江南旧事

父母爱情故事

樵夫 ◎ 著

文汇出版社

图书在版编目（CIP）数据

江南旧事：父母爱情故事／樵夫著. —上海：
文汇出版社，2024. 10. --ISBN 978-7-5496-4347-9

Ⅰ. I247. 5

中国国家版本馆 CIP 数据核字第 2024198AB1 号

江南旧事：父母爱情故事

著　　者／樵　夫
责任编辑／徐曙蕾

出版发行／**文匯**出版社
　　　　　上海市威海路 755 号
　　　　　（邮政编码 200041）
经　　销／全国新华书店
印刷装订／四川科德彩色数码科技有限公司
版　　次／2024 年 10 月第 1 版
印　　次／2024 年 10 月第 1 次印刷
开　　本／880×1230　1/32
字　　数／175 千
印　　张／8.25

ISBN 978-7-5496-4347-9
定　　价／58. 00 元

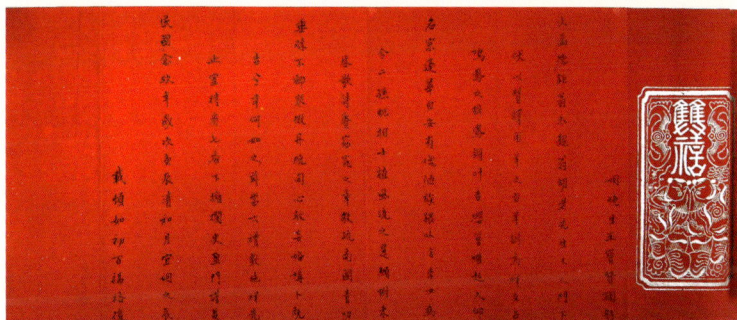

结婚证书 1941

芳年华月

我们一家子

在一起……

民国刊物：已捐赠给奉化博物馆的民国时期三百多册杂志刊物

嫁妆：民国花梨木满嵌玻璃柜

嫁妆：民国老上海西式海派花梨木配黄杨木椅子及茶几

上海益泰铝制品厂生产的运往朝鲜战场的水壶

母亲王芳霞嫁过来时的各式物件及日用品

母亲王芳霞的嫁妆：漂亮的茶盘、造型精致的脸盆及景德镇瓷器

母亲王芳霞年轻时织的带子、捻的线

孔服：大儿子胡孟人五岁上学第一天参拜祖师爷（孔圣人）时穿的衣服

序

　　《江南旧事：父母爱情故事》这部非虚构文学作品的故事和人物都是真实存在的。二十世纪四十年代，婚姻都只是"父母之命，媒妁之言"。我的父母也不例外。他们是先结婚，后谈恋爱。结婚后才是真正情感接触的开始，是印在雪地的第一个脚印。"在天愿作比翼鸟，在地愿为连理枝。"我们的老祖宗则是用优雅的诗句表达爱意。也许在冥冥之中，我的父母注定了一生不离不弃，相爱相守。

　　我的父母从小都生活在江南大户富裕人家，受过良好的教育，享有丰裕的物质。我的父亲胡声宇，来自一个先祖有着耀眼光芒的江南世家大族，清末民初这个世家大族日渐式微时，父亲的祖父辈以他们的智慧、良善、仁义、坚毅的品质，挽家族于式微，并让家族重立于世。祖父辈们既富且仁，和睦乡邦，友爱里邑。在奉邑，他们出资建校、造桥、铺路、立亭等，处处都有他们的身影。他们还出巨资，与奉邑怀仁人士共同创立奉化孤儿院，在民族危难的抗日战争时期，冒生命危险，殚精竭虑，募集钱粮，使几百名失怙儿童仍得到教与养，使他们成长为民族之花。我的母亲王芳霞，来自一个富庶又为中国首批民族资本家的大家，母亲的长辈同样以勤劳、智慧、坚韧、仁爱的品质行立于世，他们闯荡上海滩，在外来资本入侵时，在上海创立益泰铝制品厂，生产质优价廉的铝制品，抗击了来自日本及其他西方列强的铝制品，满足了劳苦人民的需要。他们的工厂，几经日本侵略者的摧毁，却又在废墟上重建起来，生产出人民需要的生活必需品。抗美援朝时，他们又夜以继日保质保量为志愿军生产装满了一列车又一列车的军用水壶。

父母两个家族的优秀品质，被我的父亲和母亲继承下来。

我的母亲长得很秀气，身材苗条，气质优雅。她喜欢读书，弹琴，写得一手娟秀的好字。母亲还会绣花、织带、捻线、纺纱、纳鞋底、缝纫衣服，当年人民解放军住在我家大院时，母亲没日没夜制作了大量医用口罩，无偿奉献给部队。我们幼时所穿的衣服、鞋、袜大多数都出自母亲之手，正是"慈母手中线，游子身上衣"。

父母亲一生勤劳节俭、温厚慈祥，从不打骂孩子，亲朋邻里或后来的同事有困难，必予以资助，他们以传统的道德教育我们，诚实处世，宽厚待人。

父母一生跌宕起伏，他们拥有敢爱敢恨的真情、豁达乐观的善良、从容不迫的心态，热爱生活，永不颓废。他们的一生是一部充满传奇色彩的爱情故事。

岁月沉淀了他们的爱情，循着他们的生命轨迹，我看到了不一样的爱情故事。他们的爱情承载了历史的厚重与人性的美。他们聚少离多，经历过了风雨同舟、生死患难的考验。父母的爱是一本跨越历史长河的凄美的故事书，记录着无数个日子里的平凡与温馨，又展现了坚贞不渝的爱情和不屈不挠的精神，他们用自己智慧的人生和饱经风霜的经历，默默传递爱的力量，享受着真正的爱情和幸福。

《江南旧事：父母爱情故事》这本书是对他们爱情最美的诠释，父母是我心中永恒的爱情典范。

胡小杭

目 录

C O N T E N T S

●　●　●　●　●　江南旧事：父母爱情故事

第一章　两条河流的交汇

　　奉邑，这片充满着特殊魅力与时光气息的土地，是由三条江滋养的，按从东往西的顺序，这三条江就是东江、县江和剡江。东江的上游又俗称白溪，溯源白溪，它起于奉化正南，正南的莽莽苍苍的山岭与宁海接壤；白溪汇集奉邑南部的清澈山水，一路流下，顺着大地自然的走势，向北，一路流经场上、桥棚、西坞、龚原、蓬岛、排溪、葛岙、杜家、尚田、尚桥、泰桥，然后西折至西坞，再北上，向方桥。

　　俯瞰奉邑大地，与东江相隔仅一连绵山群的县江，同样在奉邑南方，汇集大公岙的水，依着崇山峻岭的山势，一路朝东北向奔，与山谷中所有流经下来的溪流融合在一起，最后清明、幽亮地一路流下，这条县江，从它的源头起，一路滋养着董李、李家、柏坑、大堰、常照、南溪、楼岩、奉邑县治大桥镇、南渡，在方桥，县江与一路向北流经下来的东江汇合，汇合后的江流，奔向奉化江。

　　而因为东晋名士王羲之和唐代天才诗人李白名扬天下的剡

江，其滋养的境域更广，它的西域以博大的胸怀接纳了嵊州东坑流下至奉邑壶潭、明溪、石门、斑竹之山源，又接纳了从新昌北部以及嵊州撞天岗之涓涓细流，几股溪流汇合在一起，流经溪口、江口，最后在方桥与东江、县江汇合。三江汇合的江水一路不息地奔向宁波，在三江口与余姚江融合奔至甬江，最后或平平静静或万马奔腾似的奔向大海。

奉邑这三条江中，东江似乎要直白得多，它接纳的支流不多，自身又是耿直狷介地依奉邑西南高耸而东北低缓的地势，一路向北；而县江与剡江似乎就复杂得多，县江从最上游的大公㟃、董李到南溪，其间十多公里，就有若干条更涓细的支流流入县江，从赋竹林到柏坑和从箭岭经万竹到南溪就各有溪流汇入县江。

排溪就是东江流经的村庄。胡声宇于民国十年（即一九二一年）出生在这个被东江流淌了千年的村庄；箭岭就是县江上游支流一个四顾环山的村庄，王芳霞于民国十二年（即一九二三年）出生在这个村庄。胡声宇与王芳霞走到一起，就仿佛东江与县江最终会走到一起一样，他们有着一种内在的趋势，这种内在的力量，似乎任谁也阻挡不了，不管他们曾遇到过什么阻力，这种阻力不管是来自自身的，抑或来自外界的。

这天，胡声宇的父亲胡次乾在等张泰荣。

与往常一样，胡次乾这天依旧起得早，他起床洗漱后照例地走到园子甚至村庄田畔上转了一圈。他最后立在自家园子的梅树下，几枝梅斜斜地悬在他的头顶上，他抬眼望天，天空一片蓝色，显露了那个时岁少有的安静。这是一九三九年八月三十一日。立秋了，不过天气还是有些燠热，但热力与真正的酷夏比，减弱了许多，加之，还是早晨，洗得已是烟色的长褂穿在身上感觉是凉爽的。从一九三七年夏天起，胡次乾与奉邑所有人一样，在忐忑不安中过日子。他经历的东西多了，他内心的不安倒不是为着自己，而是妻儿老小。去年刚过不惑之年，他眼下的不惑之事就是儿子胡声宇的终身大事。他的大儿胡声宇已是十八岁，到了婚娶的年纪了。人，一过四十，就觉着有许多的人生大事一件一件等着他去做，责无旁贷。

天空安静，湛蓝，几朵云，已是棉垛般悬着。这是晴好的一天。老天不管人世间有什么不祥与不安，它仍然本性般地呈现自己。

胡次乾是不信什么俗世中的迷信的，但对于儿子的终身大事，他还是谨慎起来，他看了看所谓的皇历，这天是宜结婚、搬家和祈福的。胡次乾内心还是一下子舒心与惬意起来。今天，要和张泰荣说儿子胡声宇的事，胡次乾觉得这事似乎变得刻不容缓。

从几枝疏朗的梅枝中收回目光，胡次乾看了看被晨风吹动而摇曳的青竹。他们家的园子里栽植了梅、竹、芭蕉，也种了一些时令蔬菜。他的父亲胡开钜，虽说识字不太多，但是打理家的能手，他的父亲懂得他的生命旨趣。胡次乾常在雨夜中聆听檐下滴水，听雨打芭蕉的天籁；在梅树下寻找"疏影横斜水清浅，暗香浮动月黄昏"的生命意蕴；在盎然耸向天空的青竹中，感悟生命的韧力之美。

胡次乾仿佛又顿悟了生命一般，他周身轻而爽，提了提被草或隐落在泥土上的枝条拖住的长衫，回到了家。

他端坐在八仙桌边的椅子上，静了静神。他的妻子周根花给他上了稀饭和一碟萝卜头、一小碗油焖笋和一盘时蔬韭菜。他不疾不徐地吃完早餐，立在天井中，又望着天井上空的天，蓝天渐渐浅了起来，风，一阵一阵越过院墙，吹进了天井。十多分钟后，胡次乾回到正堂的桌边，他坐在椅子里，右手顺势把桌角上的《东方杂志》拿了过来。这本杂志是他居于奉邑而知道世界的一扇窗口，关于国家时事、政治、经济，胡次乾大半是通过这本杂志而获得的。从一九二五年开始，他几乎就期期阅读，没有一期落下。

胡次乾正读着，捧着杂志准备翻页时，一个影子晃了进来。清瘦的张泰荣进屋了。他们俩几乎同时看到对方。

胡次乾高兴地站了起来，并迎了上去。

次乾兄，你一定有事。

有事，有一件重要事。

向来不苟言笑的胡次乾脸上笑容灿烂，他是只有与张泰荣这样称得上同道加友人的人在一起时，才会浮现出笑意。胡次乾二十四岁时就与张泰荣相识，那时，二十岁的张泰荣应聘来到排溪的蓬麓学校教书，这所小学就是胡开钜拿出家资创办的，意在为村里或邻村的孩子创造一方就近能上学的天地。此后的十七八年，张泰荣做任何事，都得到排溪胡氏族的支持，尤其是得到胡开钜与胡次乾父子的鼎力支持。最令张泰荣一生感激的是，创办奉化孤儿院，他们俩几乎是夙夜匪懈。

胡次乾让张泰荣坐了下来，他又沏上茶，这些原本会让妻子去做的事，如今他亲自干上了。张泰荣知道这件事对于次乾来说，不仅重要而且颇有几分秘密性。

复梓，十八岁了，要给他成婚了。

次乾兄有想法了吧。张泰荣笑着看看胡次乾。

我看箭岭下宝贤家的二女儿王芳霞不错。这事我拜托你去箭岭下向王宝贤郑重其事地去提下。

其实，胡次乾与张泰荣都和箭岭下王宝贤相识，但张泰荣与王宝贤的交往更多些，创办剡社和孤儿院，张泰荣与王宝贤没少打过交道，甚至他的胞弟进上海益泰厂当学徒也是靠了王宝贤帮忙才去的。张泰荣一下子就明白了胡次乾的用心。

张泰荣也有些激动，他几乎是看着胡声宇长大的，他初来排溪蓬麓学校做小学教员时，胡声宇这个被胡次乾唤作复梓的小孩才一岁，时光的摇床一摇，这个小孩就摇成高挑的大男孩了。

仅仅隔了一天，一九三九年九月二日，农历己卯兔年七月十九日，一个晴朗的日子，张泰荣从楼岩步行到万竹，午饭后就步行到箭岭下王宝贤家。王宝贤家那幢箭溪边的七开间两弄两层楼的房子，新颖别致，住房是中国传统式与西洋结合的，而门楼与院墙颇有些西洋式，它的门楼建在房子的左角，且进入后还要进一门，门楼是石洞门，眉额上雕有精致又简约的吉祥花卉。这幢楼被村人称为西式洋房。这扇门，张泰荣多次进出过。

张泰荣推开虚掩的门，径直朝堂屋走去。一边走，他一边轻唤着王宝贤的名字。

宝贤兄，宝贤兄。

泰荣兄来啦。快请，快请。王宝贤热情请张泰荣坐。

宝贤兄，我今天受胡次乾郑重委托，来提亲，次乾兄希望他家复梓能娶令爱。

年长张泰荣一轮的王宝贤一下就明白了，排溪胡次乾相中了他的二女儿王芳霞。

早在十年前，三十八九岁的王宝贤就将他的宝贝大女儿嫁出去了，将大女儿远嫁到比四顾环山的箭岭下更偏僻的董李村。现在留在他身边的是二女儿王芳霞，在眼下这个被战争阴霾笼罩的时世，王宝贤更宝贝他的小女儿，但他终究明白，女儿找上一户好的人家，才会让他的心落地。王宝贤与胡次乾虽然谈不上深知，但他多少了解排溪胡氏的为人，排溪胡氏许多闻名遐迩的仁义之事，他也多少听说过。

王宝贤的乐观、豁达，这时给了张泰荣最好的回复。他当即朝张泰荣笑着说，好啊好啊。我家芳霞进排溪胡家这样的门第，作为父亲，我才真正放心。

王宝贤并非因为张泰荣上门代胡次乾提亲而敷衍，他是出于真心的。

他们俩又细细地聊了胡开钜、胡次乾，聊了胡声宇与王芳霞喜结连理后的种种可能的温馨生活。作为父亲，王宝贤内心被喜悦充盈着。

夕阳西下，最后一缕斜晖从长满竹子的岭上投进来，张泰荣起身辞别王宝贤。

夜色完全笼罩箭岭村并将人抛入更深的夜色中时，王宝贤看着灯影中的妻子毛球英，这个与箭岭相距十三四里路的界岭村的美人，王宝贤十七岁时，就把她娶回了家。她小巧，肤白，即使在箭岭这个比界岭大得多的村庄，依然是光彩夺目的。毛球英虽然不能识文断字，但她聪悟，什么东西到她手上做个几回后都会得心应手，她几乎学什么就会什么。王宝贤有这么一个内当家，总是会爽朗地会心一笑，即使他后来与弟弟王宝信在上海闯荡并风生水起时，箭岭村这个女人依旧是他心里的牵挂。他们结婚三十二年，共育有三儿二女，他们的宝贝女儿王芳霞是五个孩子中最小的，他们的大女儿是王雪霞，十年前，他们算是隆重地把她嫁了出去。现在该是让小女儿嫁出去的时候了。作为父母，女儿落到一个上好的人家，或许是最让人心里踏实的。

嗯，跟你说会儿事。王宝贤将长衫挂在衣架上，套上了件缎子睡衣。

什么事？毛球英停下手中的针线活，顺手把线篓移过来，她把正绣着的花轻轻地放在精致的竹篓里。

下午张泰荣来过。

我知道啊。

你知道他这次来干什么吗？

我不知道。你们男人说话，我一个女人家不掺和。

毛球英说的是事实。其实，张泰荣来过他们家不少回，妻子毛球英一般在招待用餐时才会与他们聊几句，饭后，男人们在聊什么，她并不知道，因为她并不在场。

他来提亲。

提谁？我们芳？

是的。

毛球英突然盯着丈夫王宝贤。眼前这个快五十岁的男人，还是在酒桌上管不住自己的嘴，一喝就酩酊大醉，一醉就会乱说乱许愿。他们的大女儿，就是眼前这个男人酒醉后胡乱许愿的，毛球英为此曾伤心地哭过，她觉得女儿雪霞嫁得太偏僻了，箭岭下已是奉化一处偏僻地，想出趟门，想去趟奉化，去趟宁波，去趟上海，那是怎样的千辛万难？幸好，女儿雪霞去的更里山的董李村，虽说村庄更偏僻，去一趟要翻过一道道山、涉过一道道水，但人家尚不错。但无论怎样，对于小女儿芳霞的终身大事，这回她这个当娘的要把得牢牢的。

你今天没喝醉吧？

没有。

王宝贤有些羞赧，他晓得妻子想说什么。

你别老是这么讲我。王宝贤有些向妻子讨饶的意味。

没有就好。就怕你喝醉了，一张嘴，就乱说话。

张泰荣这次代排溪胡次乾来提亲，希望芳霞许配给次乾家复梓。

灯，照着他们的卧室。毛球英起身去将灯芯挑亮了点，卧室瞬间更亮了。她在灯光中看着坐在左侧椅子里的王宝贤，王宝贤敦实、憨气的样子，让她放心多了。她不是很清楚排溪胡次乾，只是见过一两面，但对张泰荣就熟悉多了。她听过箭岭下的一些人时常讲起的排溪胡开钜、胡次乾，知道胡次乾和张泰荣他们办了奉化孤儿院。她以她的心思忖度，在这么个兵荒马乱、艰难时世，能办孤儿院的人就是一个善人。

你觉得怎样？

我觉得好。

你反正谁来提亲，都是好。毛球英嗔怨地看了一眼她的男人。

这回是真的好。

王宝贤有些急了，他伸出手掰着指头，手指的影子投在他们中间的茶几上。

一是不远，排溪离我们就是一道东坑岭；二是排溪胡家从祖上起，就是出了名的好人家；三是据张泰荣讲，胡次乾令郎人高马大，是个读书人；我看与我们阿芳是很般配的。

我看你这次倒是真没有糊涂。前一阵，阿芳要去上海，你也是乐呵呵地随她。上海怎么能去？别说现在上海到处是战事，就是单单看上海热水瓶厂那个小开，我就不同意。夏天，一个上海人，跑到我们箭岭下来显摆，衣服后面还开衩，一走，两衩片上下左右翻飞，哪像什么人，哪有一点过日子的样子。

这个你就不要去说人家了，上海你又没去过。人家穿的是西装，时髦的小年轻喜欢穿后面开衩的。王宝贤朝妻子毛球英摆摆手，这个以后别说了，到时又要激起阿芳生气，她一赌气真的跑上海去，你咋办？

后一句话突然就唬住了她。

我这不是在这和你说说吗？又没有当着阿芳的面说。

好了，好了。你看排溪好的是吧？

我看可以。但会不会苦了芳？我就担心这一点，对方还有一个弟弟、五个妹妹，芳是家里最小的，到了胡家会不会受委屈？

不会的。胡家是个良善人家，这种家庭的孩子都是有教养的。这个不用担心。

其他没什么。这点不用担心的话，那就好。

好。什么时候你们娘俩唠唠。

吹灯。

王宝贤与妻子毛球英将这个已是凉爽的夜踏踏实实地拥进怀里。

　　王芳霞的母亲毛球英自从排溪胡次乾托人来提过亲后，她就开始寻求一个恰当的机会向女儿王芳霞亮牌，但两天过去了，她依旧没有寻到一个合适的时间、晴好的天气，她的女儿就像只飞燕，在村子里的街巷飞来飞去，几乎不见影子落在偌大的屋子里。对这个宝贝小女儿，她可以说是疼爱有加，就像众人说的，握到手上怕什么时候一失手就摔了，含在嘴里又恐化了。有时，她偷偷看女儿的侧影，是个小美人啊，凹凸有致。这层暖意与欣喜泛起来时，瞬间又被莫名的恐惧感硬生生地压了下去。大堰、万竹、箭岭，周围高山峻岭，西北边就紧挨着新昌，一群毫无人性的土匪就藏匿在这大片的苍苍茫茫的山林中，他们会残忍地疯狂骚扰村庄，敲诈、掠夺财富，他们家为此付出过沉重的代价。

　　第三天的下午，箭岭下突然下起大雨，王芳霞终于像只燕子飞了回来。毛球英看到女儿王芳霞坐在屋子的廊檐下。雨，哗哗地落了下来，雨帘甚至遮蔽了屋子正前方的山和一片青竹。王芳霞拿起了绣花的针线，她开始绣起花来。毛球英看到女儿专注的神情，心里仿佛被慰抚到了。她觉得一个女儿家，利索的女红活会让人一生受用。

毛球英也挪了一把木椅坐在女儿王芳霞面前。雨，还是淅淅沥沥地下着，不过雨点砸在地上的声音小了许多。

妈，你干吗坐在我跟前啊？你挡了光了。十六岁的王芳霞停下手上的活，诧异地对母亲说。

阿芳，你不小了。

哎，妈。你又来了……王芳霞扭了一下腰，将身子侧向了母亲。

什么又来了，你十六岁多了。爹妈再疼你，也不能疼一辈子，是不？毛球英本来是有点性子急的人，在她的这个宝贝女儿闹着要去上海时，她曾脾气急躁地呵斥过。这时，毛球英放低了自己的姿态，她嗔着对女儿说。

妈知道你想什么，但我们对人家一点不知根底，再说你跑到上海那么远，现在又到处打仗，你说妈这一辈子的心会不会时刻悬着啊？一打仗，上海连饭也没得吃，在乡下，粮食还是会有的，饭终归有碗吃。妈现在的心，你以后会懂。

好了，妈，你别说了。虽然王芳霞内心抗拒、挣扎，但这时听母亲这么一说，内心多少也软了下来。

雨，还是淅淅沥沥落着，细碎而清亮的声音，仿佛一张恰到好处的网，把她们母女的隐秘对话，笼住了。王芳霞心里动了一下，她听出了母亲慈怜的声调，这声调突然就赶跑了一肚子曾有的赌气。她偷偷瞥了一眼母亲，母亲已是四十七八的年纪了，白发暗暗地爬了上来。王芳霞沉默不语了。

你爹你娘是宝贝你的，也不会随随便便就让你去户人家。你张泰荣叔叔大前天来过了，张叔叔很郑重地和你爹说了你的事，是人家排溪胡家胡次乾托他的。我本来对胡家也不太了解，这几天你爹跟我说了排溪胡家的为人，你爹跟我说，胡家是奉化出了名的良善人家。我又询问过村里一些有声望的有头脸的人，一说排溪胡家，人家都竖起大拇指，一个劲地啧啧称赞。你张叔叔说，那小伙子叫胡声宇，高高的，帅气，也是个知书达理的人。

王芳霞原来坚壁封起来的心墙松动了，甚至要塌下来。她内心不断地迭现着上海与奉化乡村的两幅场景，母亲最后对胡声宇的夸赞还是打动了她。

妈……

王芳霞脸上泛起一层红晕。她欲言又止。

你想说什么，跟娘说。

王芳霞以坚毅的口吻对母亲毛球英细致地说了五点要求。一是对方要有文化，要是个读书人；二要有人品；三是经济条件不能差；四是不要种田种地的；五要有西式洋房。

谢天谢地。毛球英连声说好好好。

母亲见雨止住了，西边的天亮了，一片红霞静静地挂在山岭上。她正要迈着她的三寸金莲小脚步去厨房间时，女儿王芳霞朝她喊着。

妈，我没有最后答应你哦。我要好好了解一下。

好，好，你好好了解了解。王芳霞的母亲像是卸下重负般地笑笑。

第二章　他们的成长

　　王芳霞以她十六年的全部识见，开始审视自己和那个未来要成为她丈夫的胡声宇的过往，还要上溯那个叫胡声宇的人的上辈乃至几十辈。她认为，一个良善的家族，良好的品性会传下来，一定会。如果没有，那么这个家族一定是走了岔道。她不希望看到这样的结果，如果见到这样的结果，对她来说那或许也不是什么坏事，她终于可以给自己一个确切的判断。

　　九月的天，四周被崇山峻岭包围的山村，夜里总是凉爽爽的，让人莫名的舒坦，而这舒坦也更加让她的心思细腻并活泛起来。她自忆起来，借助于爹娘对她儿时的一一述说，她已十六岁的生命之链已完全可以接起来。

　　一九二三年六月二十三日，农历癸亥猪年五月初十，前几日时阴时雨的燠闷天气，在这前一天的午后被一扫而空了。二十二日的午后，箭岭下这个四顾皆山的山村，凉风兀地从南边南溪吹了过来，初夏的凉风吹过村巷，村里的人仿佛他们山岭上的春笋，一下子从看不见的地方冒了出来。初夏二十六摄氏度的温度，给人体感极佳的享受。就是在这天，王宝贤和毛球英的小女儿王芳霞诞生了。三十多岁的王宝贤高兴得像个孩子般，他走在村道上，两脚生风，踏得卵石地嘚嘚响，像匹马踏踩着地面。村里人见着，就都热情地招呼一声，生了？生了。王宝贤呵呵地笑着。

王宝贤与毛球英在小女儿降生前，一共生了三子一女，大儿子王再富是这些孩子中最大的，生于一九〇八年，三年后生下他们的大女儿王雪霞，又隔两年，他们的二儿子王永富降生，再三年，三儿子王善富出生了。三子一女，给他们这个山村的人家，带来莫大的欢喜。王宝贤虽说只是读了几年私塾，但二十八岁时，他与胞弟王宝信闯荡上海滩，其见识让他于箭岭下的村民中，顿然有鹤立鸡群味。王宝贤曾多次笃定地想，无论男孩女孩，来到他们家，这就是上天恩赐的福分，让他与他们，或父子一场，或父女一场。小儿之后，六年了，他没有再能逗笑一个乳儿，逗嬉稚儿的记忆似乎远去。王宝贤似乎有使不完的劲，他奔波于箭岭下与大上海之间，他不像他的弟弟王宝信一门心思待在上海，箭岭下有他的一生牵挂。小儿王善富六岁多后，他回到箭岭下，他的妻子告诉他她又有了。王宝贤盯着毛球英，盯着眼前这个小巧而肤白的被箭岭下称为白牡丹的女人，他发现妻子原本小巧的身子，确实丰满了一些，他爽朗而憨气地笑，好好，我又要当爹了。这个小女儿诞生时，他最小的儿子，已将日子拉开了整整七年的辰光。

三十多岁的王宝贤吩咐家里人在他离开箭岭下时，无论如何

要照顾好他的妻子和宝贝小女儿。每次辗转去上海前，王宝贤都
要抱抱这个小女儿，然后，专注地看着不太识字却聪明会当家的
内荆，王宝贤要从其专注的目光中，获得一种闯荡上海滩的内在
力量，这种力量能让他抵挡住上海滩那些妖媚的目光。

　　王芳霞就是在父亲母亲的疼爱中长大的。六岁前，她的童年
是愉快的，开心、快乐，无忧无愁，即便是在饿殍时有的岁时，
饥饿依然没有袭击她，她还能时常吃到爹爹从上海带回来的饼
干、奶油糖，穿着爹爹从上海带来的洋气童装。唯一的不愉快，
是四五岁时，她最小的哥哥王善富被土匪绑架了，她只记得母亲
在那些日子天天偷着哭，躲着她哭，她的父亲在差不多一个月的
时间里，脸上没有一丝笑容，一会儿回家一会儿又出去。后来，
她的哥哥回来了。她只见到她的母亲抱着已是十一二岁的哥哥，
把哥哥死死地搂在怀里，号啕大哭，哭得一点不像原先那个母
亲，眼泪和鼻涕都淌了下来。

　　或许因为并不完全了解哥哥被绑架以及大人如何赎回哥哥的
真相，这些对她来说不痛不痒的记忆，很快被她的童年快乐淹
没了。

　　七岁时，王芳霞发蒙了，她被送进了箭岭下的私塾。对于读
书，她的父母意见有些相左，母亲毛球英认为一个女孩，发蒙不
发蒙不要紧，学会女红，心灵手巧会干针线活倒是最要紧的。母
亲毛氏虽然疼怜这个最后从她身上掉下的肉嘟嘟的孩子，但知识
局限了她的眼界。在这种大事上，她的父亲是不会向她的母亲妥
协的。

　　早上八点，王芳霞背上母亲给她手制的书包，来到村中的私

塾。在这之前，她几乎从未踏进过私塾，所以，私塾对她这个小女生来说，是神秘的。这天，背着书包来上学时，她的心里被从没有过的复杂心情填满了，忐忑不安，又无比兴奋，还夹杂着好奇。私塾不大，她前后左右看了看，一共只有十个跟她差不多大的学生，女生却只有她一个，她多少有点落寞。桌子是烟黑色的，凳子是只能坐一个人的板凳，也是烟黑色的；私塾的正上方挂着孙中山像，像的两旁悬挂着孙中山的两句话，左边是"革命尚未成功"，右边是"同志仍须努力"，右边的落款为"孙文"。十个孩子安静、好奇又紧张地等着先生时，先生就拖着几乎盖住脚的长衫进来了。先生是个上了年纪的人，清瘦，鼻梁上架着一副玳瑁眼镜，脸上看不到一点笑容，眼光看过来，像从镜片底下抛过来的两把寒光闪闪的刀子。她后来才知道，先生是箭岭下人合力从外乡请来的，先生严厉而又古板，学生犯了错，不论其家是殷富还是贫寒，眼镜底下训斥人的目光是一样犀利且不饶人的。

先生将夹着的书本放到最前面的讲桌上后，清了清嗓子。

请同学们站起来。

大家齐刷刷地站起来。

先生移开了一步，灰色长衫笔直地垂在先生身上。

请大家跟我诵读这两句话。先生侧转了下身体，用教鞭指着挂在上方的两联。

革命尚未成功。先生诵读着。

童稚的声音也一起响起来。

同志仍须努力。先生诵读着。

童稚的声音又响一次。

以后我们每天上课前，都诵读一遍。明白吗？

明白。

"好，我们今天开始上课。大家把这本书拿出来。"

先生把启蒙国文书举起来，让大家拿出来。他们十个孩子早一天就拿到了国文课本和算术本。先生在乌黑的黑板上写上一个"人"字。

我们今天认识第一个字：人。这是你们发蒙后第一个需要认识的字。今后我们要读的《三字经》，其第一个字便是这个字：人。人之初，性本善，是也。我们也常说：天、地、人。我们生活的这个巨大空间，叫什么呢？叫宇宙。宇宙间三样最基本的物，就是天、地、人。我们头顶上的那个巨大物体就是天；我们脚底下的能托起我们人和其他物体，比如我们的房子、高山、树木森林的，就是地；我们人就生活在天与地的空间。老师为什么要让大家先认识这个"人"字呢？天地之恒久，远远超过我们人。未有人之前，天地仅是天地而已，有了人，天地皆活，天地皆有特别的意义。我们是宇宙间一类动物，我们人和其他动物一样，需要活着，需要寻找能够让我们活着的一切物质，我们需要谷子，需要柴火，需要用水，我们还需要衣服，还需要供我们身体不受伤害的房子。在这一切活动中，我们每一个人都需要得到其他人的帮助，互相帮助就出现了。这样，人与人就要相互支持，人就不同于其他动物，人有比其他动物高级得多的情感，人与人之间就有一种相亲相爱的伦理。看，人字就是一撇一捺组成的。同学们跟着我写。

　　先生的声音抑扬顿挫，七岁的王芳霞听得呆住了，先生讲的课完全吸引住她了。她和其他九个同学一样，拿出土黄色的写字簿，跟着先生一撇一捺地写着。下课前，先生要求大家第二天将毛笔、纸墨带来，要上毛笔字课。

　　先生上课是一气呵成的，让他们十个孩子懂得字的音、形、义，练习毛笔字又强化了孩子们对一个字的言、形、义的记忆，同时又让孩子们将来能写一手好字。

　　课间活动时，其他同学嬉闹着走出课堂，他们蹦跳着，这些同学都是箭岭下村的人。王芳霞也走了出去，她倚在门边，一个人看着天空，又望着远方，她发觉自己看天与地的感觉和之前不一样了，她这时还不能准确地说出有些什么不一样，但终归是不一样的。她觉得原来读书是件挺愉快的事。

　　王芳霞每次从私塾回到家里，她的母亲都会问她学了什么，她都兴奋地告诉母亲。有时，父亲王宝贤从上海回来，她还和父亲讨论。她的父亲也曾读过几年私塾。

　　挨过先生的戒尺没有？她的父亲王宝贤呵呵笑着问她。

　　爹，我没有呢。

　　你没有？先生要你们背诵的都能背出？

　　能啊！王芳霞歪着头看着父亲说。不信，你问娘。

　　她的母亲毛球英朝王宝贤抿了抿嘴笑着。阿芳比你这个当爹的能念书。

　　呵呵，好。比你爹强就好。你爹小时候在赋竹岭你外婆家念私塾，没少被先生的戒尺打过。

　　爹读书笨笨的。王芳霞嘻嘻地笑着。

哈哈哈。这个三十多岁的汉子不仅没生气，反而舒坦地笑了起来。

母亲毛球英倒是生气了，她尖声地怒斥女儿。不许这样说你爹，别没一点规矩，没大没小的，你这样子长大了是要吃亏的。先生第一天教你的知识就丢脑门后去了？

别这样说阿芳，我们阿芳乖巧懂事的——我们王家怕是又出了一个会念书的。

她的母亲不再吱声了。在这个家，还是她的父亲说了算。

别的有挨过先生的戒尺吗？

有啊。生智被打过两次呢，第一次是背李太白的《赠汪伦》没背出，第二次是背柳宗元的《江雪》没背出。我背清代高鼎的《村居》也差点没背出来，害得我背了一个晚上。我后来找到规律了，这首诗前两句是那个时间才出现的自然景物，"草长莺飞二月天，拂堤杨柳醉春烟"，二月里，小草在长，黄莺在天上翻翻飞着。后两句写在这样的早春二月里，读了一天书的学生回到家里，赶紧趁着阵阵东风，放起风筝来，"儿童散学归来早，忙趁东风放纸鸢"。好美啊！

上私塾之后，记忆才成为记忆，早先的东西，王芳霞差不多都没能记住，念书后箭岭下的事，都仿佛刻在她的心里。她开始记住村里每年大年初一的景象。在这个三百多户人家的村庄，大年初一总是弥漫着神秘、喜庆而又令人快乐的气氛。前一天的除夕夜，在孩子们准备睡觉前，他们的父母都会把大年初一要穿的新衣服、新鞋子，码得整整齐齐地搁在床边，无论岁月怎样艰难，父母都努力给孩子一个美好的新年。

　　清早，一阵爆竹留存的硝烟味还悬凝在这个山里村庄时，在一阵阵吱吱嘎嘎的开门声中，村庄彻底醒了。早上八点，村里男女老少，都拥进箭岭下的王氏祠堂。这是一座建于清代的宗祠，它坐北朝南，是一座四合院式的祠堂，门厅、戏台、天井、正殿和左右厢房，正殿为槐荫堂；堂号前的横梁上悬一"祖德长昭"匾。王芳霞也夹在人群中挤入王氏宗祠。她的母亲曾兴奋地告诉她，初一可以看到唐伯虎像，这是每年只有大年初一才能看到的。王芳霞也多少受了母亲情绪的感染，她也有些兴奋并期待，她好像从未见过唐伯虎像。在去王氏宗祠的路上，大人们互致过年好，小孩遇到长辈，也都弯腰揖拜。王芳霞也是一路揖拜着来到王氏宗祠，她站在了靠前的第二排，她和村里人一样在等待着族长的到来。

　　族长出来了，他穿着一身新装：墨青色的棉袄，竖着的领子上镶着绛红色边，显出些气势、威严与亲近感。他身后还跟着一个人。他们俩一人抱着一轴东西，这轴东西用黄色绸缎袋包裹着，直径十多厘米的样子，可能是因为有些年岁的关系，绸缎的色泽已有些旧。王芳霞这时听到一阵骚动，她好像被后面的人往前挤了挤。啊，那一卷轴是唐伯虎像，马上可以看到唐伯虎画像了，嘻嘻。王芳霞后面的人不停地小声说着。

　　老族长慢慢地登上了祠堂的古戏台，他来到左侧的立柱前，将绸缎袋打开，展出唐伯虎的画像，将画像垂挂着。另一人来到右侧的立柱前，同样将唐伯虎画像垂挂着。

　　这是两幅被箭岭下人视为珍宝般的画像，画像高一米多，宽约一米。王芳霞曾多次听母亲说过，大年初一可以看到唐伯虎画像，母亲给她说时总含着一种兴奋、神秘感，她不太明白，为什么箭岭下的人要将唐伯虎画像视作如此这般珍宝似的。她除了也跟着看画像外，还竖起两只耳朵，希望从老族长那里知道更多的关于箭岭人的神秘文化密码。但老族长恭恭敬敬地悬挂好画像后就离开了祠堂。箭岭下近千人，人人都来拜唐伯虎画像。后来，她问过父亲，父亲对她说，可能是希望箭岭下的子孙们有出息，能像唐伯虎这样有才华。

大年初一的晚上，在山野静谧、万籁俱寂时，王芳霞躺在床上，暗暗思忖着父亲王宝贤的话，她觉得爹说得在理。

一九三三年，王芳霞在箭岭下的私塾已读完初小了，在这里她读了四年书，这四年让她长进了不少，她能识得许多字，读了唐诗宋词，她喜欢李白诗歌的浪漫与天马行空的奇丽想象，也喜欢王维诗歌的幽明深远。诗歌给了她一方冥想与遐思的天地，她觉得这些情感让她快乐。一个人立于窗前，听孤雨落瓦时，她的眼前总会浮现起李白在黄鹤楼送孟浩然的那极美的场景：故人西辞黄鹤楼，烟花三月下扬州。孤帆远影碧空尽，惟见长江天际流。这种孤独的美，这种友情的眷念，让她觉得人生很美。王芳霞的目光，比箭岭下同时出生或更早出生的女孩，高远和清澈得多。

初小读完了，如果继续读下去念高小，王芳霞只能离开箭岭下去溪口武岭学校。这是一所新式的学校，校舍也呈现着现代的气息。在她快要读完私塾时，她不止一次与父亲王宝贤说过，她要去武岭学校读。她大而有神的眼睛，满是期盼地盯着父亲，她要寻找到她往前走而不是像只陀螺原地旋转的力量，这力量只有她的父亲能给予。王芳霞没少向父亲提出要去溪口武岭学校读书。有时，王宝贤会故意逗逗这个小女儿，他对她说，你读了四年私塾也够了，武岭那么远，爹常在上海，不能照顾你，你娘又无法照顾你。王芳霞急了，她提高嗓门嚷着，我要去，我不要人照顾。我要去，爹！王芳霞抓住父亲的衣袖使劲地摇着，直到她的父亲连声说着好好好为止。

王宝贤感觉到了女儿求学的意志与决心。他觉得做任何一件事，意志很重要，他想起自己和弟弟王宝信一起在上海滩闯荡创立益泰的事，一种从未有过的热力从心底深处奔涌出来。

是否去溪口武岭学校读书，王芳霞的父亲与母亲意见果然完全相左。她的母亲坚决不同意她再念下去，本来读四年私塾，她的母亲都不同意，现在还要离开村庄去那么远的地方读。

灯光静静地照着屋子，屋子沉闷、寂然。她的母亲毛球英在收纳箱里寻找着纳鞋底的工具，翻来翻去就是没有找到那枚大号针和顶针，没有顶针，纳鞋底的活就无法干。或许她的母亲本来就没有什么心思寻工具，看似安静实则怒火中烧地等待着她的父亲。母亲毛球英干脆不找了，坐在椅子上等着她的父亲王宝贤。

时钟敲了十下，毛球英颇有些怨艾地等到王宝贤了。他嘎吱一声推开了门。

你晓得回来啊。

咋了？王宝贤边脱下外装，边说。

咋了？这回我是坚决不会同意阿芳去武岭读书的，一个女孩子家，读那么多书干吗？

　　阿芳想读干吗不让她读？她不想读，读不进书，也就罢了。现在孩子想读，我这个当爹的怎么好阻拦着？你说呢，这叫别人知道，人家也会笑话我的。

　　这有什么好笑话的？一个女孩子，将来嫁到婆家是要主家的，主家是看你干家务的能力，能不能穿针引线，飞针纳鞋。

　　你眼光浅了吧。你去上海看看，上海的一些大学女学生蛮多的，照你这么说，人家就是绣花缝衣织布？你的眼光太短浅。一个家，要是当娘的能识文断字，对下一代有百利而无一害。

　　你是嫌弃我没念过书呗。毛球英将已无意间找到的顶针又咣的一声扔进了收纳箱。

　　你看你，怎么会这么敏感？我们总是希望一代超过一代吧，我们做父母的总是希望孩子有出息，像只鸟飞得越高越远好吧。

　　毛球英沉默不语了。

　　阿芳能读想读，你不让她读，将来要怪我们一辈子的。我是不想这么愧疚地活一辈子。

　　我也不是完全不同意。她的母亲毛球英的怨气被她父亲"愧疚"这个词压住了，她忖了忖，似乎有点愧疚感了，她的声音低了下来。一个人满怀着"愧疚"地活着，那得背负着多大的心理负担啊。

　　好了。我王宝贤打当爹起，就暗暗起誓，我的孩子，他们能读多高我就供他们读多高，我没有多少文化，不能让孩子们跟我一样。他冲毛球英呵呵地笑着。

　　我是担心，这年月土匪横行，外头又乱，一个十一二岁的女孩子走那么远，做娘的能不担心？

好了，我们托人照顾。好了好了，算是答应了，啊？

第二天一早，王芳霞趿着棉布鞋披着小袄子与父母一起吃饭时，父亲王宝贤将昨晚一场论战后的消息告诉了她。王芳霞兴奋得叫起来，她甚至蹦了蹦，跑过去抱着娘，娘的小巧的身子几乎被她环抱，母亲嗔责她并转过身，与她面对面。王芳霞很久没有这么近地看过自己的母亲，她突然发现母亲老了，皱纹还是无可奈何地爬上了母亲的眼角，白发夹在黑发中，显出些令人心酸的沧桑。

母亲从她手中挣脱，踉踉跄跄，一双三寸金莲半天才稳住。

别弄得你娘跌跤啊。王宝贤满眼慈怜地看着眼前这对母女。

王芳霞即将远赴溪口武岭学校念书时，她的父亲王宝贤借着去上海做事的机会，按照武岭学校的要求，在上海专门定做了一套武岭学校校服：蓝黑色裙子、白色上衣、白力士鞋，裙子是高腰百褶式的，上衣是斜襟镶花边立领七分袖。此外，他还给王芳霞买了一只拎式书包。

一九三三年初秋，枫叶绿中染黄，山野弥漫着秋天特有的成熟气息。王芳霞要去溪口武岭上学了。这所距离箭岭下村差不多五十里路的新式学校，是这个十一岁女孩无限憧憬的远方。她的母亲就是上学要途经的界岭人，母亲千叮咛万嘱咐她，从箭岭下到溪口武岭，依次要经过谢界山、界岭、岩头、班溪、徐家埠、溪口。如果遇到危险，要向人家寻求帮助。母亲说着说着，两行泪滑落下来。

王芳霞异常兴奋，兴奋让她忘却了一切担心与恐惧。夜，一点一点在钟摆的嘀嗒声中，缓缓地坠着。王芳霞睡意全无，她披着衫，外套小马甲，双手支着下颌，倚在后窗上，望着深远的天，吹过山野丛林的风，习习地吹着她自然散乱的柔美头发。

王芳霞返回床上，扯过一角被子随性地搭在自己身上。她醒来时已听见楼下的轻微声响，好像是母亲的声音，声音来自厨房。她一骨碌坐了起来，揉了揉有些惺忪的眼，她自己也不知道睡了多久，反正觉得有股力气升了上来，爬上了她全身的筋骨。她穿好衣服，立于木窗前，见东边远山的天际线上，一点亮光像是洇染般。

来到厨房，王芳霞果然看见母亲在蒸着什么，大铁锅里的蒸罩上嗞嗞地冒着蒸汽。她来到洗漱间，拧开水龙头，洗手刷牙洗脸。在洗漱间，她心头一暖，特别感激父亲母亲对她的呵护，感激他们给予了她最好的蔽身之所。父亲在一九三一年时，从上海请来师傅装上了自来水。父亲对母亲说，你瘦弱少气力，今后不用去井台汲水了。

王芳霞的母亲叫来一位佣工，她交代他路上小心谨慎点，安全护送王芳霞到武岭。母亲给她的一个小竹篚里塞了几块蒸熟的年糕，又给了她一包上海的奶油糖，这是她父亲从上海带回来的。

曙色熹微，王芳霞就启程了。她在前面奔着走，路边的竹子、三角枫还有别的树木，其实还是暗戚戚的，她也看不清，那位佣工叔叔挑着被子、搪瓷缸、衣服、毛巾等生活用品在后走着。他们朝东方走去，母亲迈着三寸金莲的小碎步一路跟着，最后站在村口樟树下望着，他们在曙色中仿佛一幅剪影。

中午时分，王芳霞到达溪口。因为母亲将她托付给了居于武岭的一毛姓本家人，他们先将被子、毛巾和搪瓷缸子等放在毛姓人家。随即，他们来到武岭学校。她瞬间高兴起来，长途行走的疲惫一下子被扫光。这是完全不同于箭岭下的私塾的学校，报到后，她让佣工叔叔回箭岭下，她开心得仿佛一只鸟儿一样，在学校转来转去。

这所一建成就远近闻名的学校，在王芳霞来到时，学校仅有三四年的时光，所以，它还是一副簇新的模样展现在这个小女生的面前。它是阔大的，远不是乡村私塾可比的。它的建筑式样也是全新的，两幢两层的教学楼完全呈西洋式的砖混结构，还有一栋大礼堂和三层楼的学生宿舍，此外还有健身房等。校园有几棵古樟，还有三角枫和海桐等古树名木，花坛植有多种花卉。环境清幽而雅洁。

王芳霞来到学校大礼堂，这个十一二岁的乡村女生，从西洋式的大门口一下就望见了大礼堂舞台正壁上的孙中山挂像，她兴奋得一下子将双手捂在胸口，她在这儿见到乡村私塾里也有的场景，觉得十分亲近，这种亲近感一下消弭了她原本有的陌生感。她几乎是蹑手蹑脚地走进大礼堂的，礼堂空间宏大敞亮，超出了她的所见所识。礼堂的舞台高于地面约八十厘米，是凹形的，正壁处于凹形的深处，孙中山像的两边依然是挂着私塾里也悬挂的两句：革命尚未成功，同志仍须努力。舞台的前端置放着一张厚实而大的讲桌，舞台两侧各有一室，这之后，两侧各备有折式向上的木质楼梯，楼梯通向礼堂的二楼。一楼的左侧设有校长室和教务室。两幢二层楼的教学大楼是西洋式的，有立柱与走廊，教室宽敞明亮，折式楼梯在教室的顶端。学校还有医院、大小操场、发电间。

这个从箭岭下走过来的女生，在花园般的学校不知疲倦地走着，浏览着。她觉得校园太美了，几棵古老的香樟、银杏、枫树，耸入蓝天，让她望不到头；还有新栽的罗汉松、龙柏、广玉兰、女贞，校园就像是个公园。王芳霞对未来的日子充满期待与渴望。

王芳霞开始了在这所闻名遐迩的武岭学校的近三年的学习。她先是读高小两年，继而又读了一年初中，不知何故戛然而止。但这三年让王芳霞终生难忘且受益一生。

武岭对王芳霞他们高年级开设了语文、数学、音乐、体育、美术、劳动课，劳动课的内容，男生与女生不一样，男生有木工、农工和打草鞋三个课目，而女生是裁缝与织袜两个课目。此外，他们高年级学生每天还有修身、书法训练各二十分钟。

王芳霞穿着她父亲专门从上海定制的校服走进教室，心里喜滋滋的。班上的同学比箭岭下的私塾多多了，她飞快地约略数了数，有二十多个。她上的语文课比私塾里讲得要复杂些了，语文内容也开始丰富了，五年级时，她不仅学习了关于人体与日常物的知识，还知道了历史上黄帝、禹、孔子、孟子、孟母等人们常常说起的人物，老师给他们讲课时总会将知识延展得很开很远。那次老师讲孟母，老师就扩展了书本的内容。在箭岭下的私塾里，她就在《三字经》里读到"昔孟母，择邻处，子不学，断机杼"。她对孟子的母亲已有了印象。这次，语文课《孟母》则丰富得多。老师说，同学们，大家先跟我读一遍：

孟子少时读书，其母纺织。孟子忽中止。母引刀断其织，诚之曰："汝之废学，犹断斯织也。"自是之后，孟子乃勤学。

孟子见东家杀豚，问母曰："东家杀豚，何为?"母曰："欲啖汝。"既而悔曰："子初有知而欺之，是教之不信也。"乃买东家豚肉以食之。

同学们，我们先来看看这篇文章说的意思。文章说的是，孟子小时候在家读书时，他的母亲织着布陪在身边。孟子突然不读了。他的母亲见状就拿来剪刀把正织着的布剪断。母亲把剪断的布给孟子看，说，你不读，就会荒废学业，这就如同我剪断的布一样，布已废了。从这之后，孟子就发奋读书。

孟子见邻居东家杀猪。豚指猪。他问母亲，东家为什么杀猪啊？他母亲说，要给你吃肉。孟母被自己这随口一说吓着了，她后悔这样说。她在心里对自己说，这孩子刚有知识就欺骗他，这是教他不诚实啊。于是，孟子的母亲就去邻居东家那买来猪肉给他吃。

我们最早知道孟母就是《三字经》，那几乎是人人知道的。昔孟母，择邻处，子不学，断机杼。这短短的十二个字就包含了孟母教子的两个故事。其实孟母教子被我们所熟知的是三个故事，这三个教子的故事至今仍被我们传讲，我们之所以会传讲孟母教育孩子的这三个故事，就是因为它们有着深刻的教育人的道理。三个故事就是：孟母三迁、断机教子和买肉啖子。我们这篇课文包含了后两个故事。孟母三迁说的是什么呢？我先给同学们读一下原文：孟子少时，其舍近墓。嬉游为墓间之事，踊跃筑埋。孟母曰：此非吾所以居处子。乃去。舍市傍，其嬉戏为贾人炫卖之事。其母曰：此又非吾所以处吾子也。复徙居学宫之旁。

孟子乃嬉为俎豆揖让进退之事，其母曰：此可以处吾子矣。遂居焉。就是说，孟子小时候，家离墓地很近，他就常常玩办理丧事的游戏。他母亲就说，这儿不是我可以用来安顿儿子的地方。于是孟母带着孟子离开了，搬迁到了一个集市的旁边。孟子又做学商人炫卖东西的游戏。贾人，即商人。古时，商贾，两个字的意义一样，商贾就是商人。孟子母亲又说，这也不是我可以用来安顿儿子的地方。就又搬迁，这次搬迁到一所学堂旁边。孟子就学着做些祭祀、拱让的礼仪的游戏。他的母亲说，这里可以用来安顿我的儿子了。于是，他们就在学宫边住了下来。这个故事蕴含着近朱者赤，近墨者黑的道理，说明了环境对一个人成长的重要性。孟子在他母亲的教育下，成为一代先圣，是继孔子之后的又一儒家圣贤。同学们，我们活着就是要靠近有良好品性的人，像许多古代先贤一样，努力靠近圣人。

王芳霞专心致志地听着，她忘记了时间，直到下课铃声响起，她才从老师生动的讲解中缓缓地走了出来。

这是周六了。下午，王芳霞和少数几个女生被老师领着去踏缝纫机，这是她们女生才上的劳动课，男生们去学校设置的木工间学做木匠活了。王芳霞她们除了学习踏缝纫机外，还学习织袜子。劳动课的教室里有两台缝纫机，女生们轮流一个一个上去学踏。轮到王芳霞时，她多少有点紧张，她见前面的同学有的踏得很顺，缝纫机发出均匀的旋转声响，有的却踏上去就卡壳了，缝纫机怎么也不转，用手将机头转动到可以重新踏时再踏，又卡住了。王芳霞端坐在缝纫机前，身体向前微倾，她见过她的母亲踩踏缝纫机，她这时觉得母亲这种姿势有道理，然后用手将缝纫机机头转到踏板的最佳位置时，她双脚一踏，缝纫机旋转起来，她用力均匀地踏，缝纫机发出均匀的流畅而美妙的声响。她成功了。王芳霞心中暗自欢喜。老师对她们说，下周要开始走线并简单缝合衣袋。王芳霞有了期待，她觉出了时光给予她的快乐与智慧。

之后，女生们又学习修身课二十分钟。王芳霞记得她在修身课上学习了卫生、衣服、早起、慎言、守信、自尊、自省。这天她上的课是孝行，讲的是东汉蔡顺拾葚的事。说：蔡顺事母至孝。幼值王莽末，岁大荒，顺出外拾葚赤黑分盛异器，归遇赤眉贼，见而问之，顺曰：黑者味甘，所以奉母，赤者味酸，所以自食。贼闻言，俱感其孝，争以米肉遗之。用今天的白话文来说，就是说东汉时有个叫蔡顺的对母亲非常孝顺。他年幼时遭王莽之乱，又逢饥荒，没有粮食，于是他去山野采拾桑葚，并用不同的容器来盛，红色的放一盛器，黑色的放另一盛器。归家途中正好遇到农民起义军赤眉军，赤眉军见到他这样分开盛放桑葚，便问他，为什么桑葚要分开盛放？蔡顺说，黑的桑葚果味道甘甜，这些甘甜的要奉给母亲吃；这些红色的因为还未完全成熟，它的味道是酸的，这些我就自己吃。赤眉军听说后，都被蔡顺的孝心感动了，大家争着送给蔡顺米和肉。蔡顺拾葚的孝行，让王芳霞沉默了，她的内心似翻腾的县江水，她开始自省起来，自己在父亲母亲给予的丰富的物质生活里，多少有些富贵人家子女的娇宠与奢侈，更何况自己多少也会赖着是父母膝下的小女儿，会更添奢想。她有些羞赧，她觉得孝行其实在很多生活细节里藏着。

周末放学早些。这天上完修身课，太阳还悬在对面山冈的上方，它距那一黛色天际线还有两三丈高，即使在这样的初秋，太阳悬在天际线上至少还要两三个小时才落下远方的天际线，其实在山外的话，太阳还要过相当长一段时间才真正落山，天，才会慢慢黑起来。王芳霞拎起书包，就往箭岭下跑。那里是她心之归属，武岭是她心之向往和憧憬地。她一跑在路上，就觉得欢愉与舒畅。有时走，有时蹦跳着，手里拎着的书包一上一下颤着，裙子的褶边有时飞扬起来。近五十里的距离，在她眼里没有一点惧怕与障碍。

王芳霞在不下雨的周末多半会回箭岭下，她的母亲因为担心她在回家的路上出事，常会内心极矛盾地要她不要回去，好好待在武岭。但是，王芳霞后来知道，每逢周末，她的母亲无论是晴天还是雨天，都会在下午五六点时立在村口的那棵老樟树下，等着她。她走着想着，心里一暖就有泪在眼眶里。

王芳霞路过岩头时，太阳已忽隐忽现。她沿着山麓或山腰的蜿蜒的路疾走着，她已经不跑了，她隐在山阴里，在山岩阻挡视线时，她要分出一份心思仔细观察周围的环境，她自己给自己打气、壮胆。她的双眼与双耳并用着，竖着耳朵听一切声响，山谷的风有时确实有些怪异地发出打着旋儿的尖啸声，她也担心怪兽出没，她的父亲与母亲从来没有和她说过野兽的事，大概担心吓着她吧，但学校的同学说过这片山里有野兽，就是遇到岩头或谢界山的村民时，村民也让她当心。

过了岩头，过了界岭，她似乎越来越有胆气了。界岭是她外婆家，许多熟悉的人给她鼓劲，都夸赞她，他们都对这个女孩子刮目相看，觉得她是个有知识的人，将来过的日子一定不是他们围于一山的日子，是会见大世面的人。他们对她投去夸赞与羡慕的目光。

翻过一道山，又过一谷，再走三四里就到了谢界山村。立在山顶的垭口，她已望见眼底下黑色成片的瓦，甚至还隐约看见天井里流动的灯火。夜，真的快像一张网罩要网了下来。王芳霞知道再过四十来分钟就可以到箭岭下。越过谢界山，王芳霞似乎能嗅着家乡的气息，这种气息还是令人着迷，她终于明白自己其实是个很恋家的人。

来到村口，她的母亲站在古樟下。古樟巨大的树干完全遮蔽了母亲，她啪啪啪踏着久未下雨而干燥的路面的声响，惊动了母亲。她的母亲看见一个影子朝她过来，越来越大。她的母亲离开了古樟的树干，边迈着三寸金莲，跟跄着，边呼，是芳吗？

是，妈。你还站在这里呀。王芳霞小跑过去，一把抱住她的母亲。她右手拎着书包，左胳膊挽着母亲的右臂，她亲昵地问着母亲，语气的亲热与含有的敬意，连她自己也意识到了。孝，就是敬与尊，这比之仅仅给予物质要紧得多。王芳霞突然发现，知识或者说武岭让她长大了不少。

来到家，她让母亲站在灯光下，她说，妈，你又瘦了。她带着一丝歉疚的语气让她的母亲扑哧一声笑了。母亲用手指亲昵地按了一下她的脑门，读书了，会疼人了。王芳霞更是撒娇般地说，妈，人家看见你疲了，憔悴了，心里难过嘛。

好好好。我们芳越来越懂事了，将来去婆家，娘放心了。

母女俩似乎从没有如此打趣、调侃，这种轻松的氛围中，其实王芳霞自己也明白是什么原因。

在他们所居的两层七间两弄，带着一丝西洋气息的屋子里，王芳霞与母亲尽情享受着快乐轻松的时光，尽管在这居所之外，在箭岭下之外，时光气息还浓烈地悬浮着沉重与不堪。王芳霞母亲晓得，属于她的这种时光不会太多。

仅住了一个晚上，王芳霞就要在周日午饭后返回武岭学校。她的母亲午饭一吃好，就给她弄好了一些吃食，又包好了一小袋上海奶油糖果和精致的饼干，吃食可以给她吃几天，而奶油糖够她吃上两周。王芳霞拿过母亲塞给她的包裹后，看到又装了好些奶油糖，她心里热乎乎的，像有一股东西涌了上来。王芳霞被她母亲的疼爱与细致感动了，她知道她的母亲担心周末遇上大雨，她就回不了箭岭。

王芳霞在母亲目送下离开箭岭下。她觉得她走离村庄已经很远了，她在一个拐弯处回过头看看，让她想落泪的是，她见母亲瘦小的身子还站在村口的古樟下，身子与古樟巨大、笔直的树干，融成一体。

天擦黑前王芳霞回到了武岭。她在母亲托付的毛家，与主人打了招呼后，简单吃了点东西就看起书来。次日一早就来到学校。时间尚早，她在女贞、罗汉松那些花坛树边转着，吮吸着这里清新怡人的空气。在武岭学校，她如饥似渴般，越来越喜欢上修身与国文课。她还专门自修了女子国文课。她读到"家庭之幸福"，她害羞地对未来充满着憧憬和期待。在一个周围无人打扰的早上，她诵读着这篇课文。

希望幸福，为人人心理所同，而其当前，无待外求，且最真切、最深长者，则莫如家庭之幸福。

家庭之中，上则有父母，下则有子女，诚使老有所安，幼有所长，各得其所，初无几微嫌隙之生，则举室怡怡，较诸耳目之观游，尤为可乐，人生幸福，何以尚兹，然非可以幸致也，道在家人之各修其职始。

所谓各修其职者，当先明责任所在，男子主外，女子主内，古有明训，是以执业治生，以资事畜，男子之责也；一家庶务，处理攸宜，女子之责也。譬如二手，左右相依，不容偏废，诚能各尽己责，使家计有丰腴之象，门庭呈整洁之观，则入此室处，身心泰然，幸福莫逾于是矣。

诵读完，王芳霞抬头望着远天，此时，正值一对鸟飞过，它们或并飞或一前一后，王芳霞目视此景，蓦然就想着自己的父亲和母亲，她很幸福地感觉到父亲与母亲就是各司其职而使得家里举室怡怡。父亲在外主事，在上海劳作，一切为了家的富庶、殷实；母亲则在家操持家务，伺候长辈，哺育儿女，纺纱织布，穿针引线，样样操作，果真是父亲左右手。

知识改变了她的思想，比如后来在国文课中，她连续地学习农、工、商，她知道任何一个门类对人们都是很紧要的，她愈来愈尊敬父亲了，她的父亲王宝贤就是一个农、工、商三栖的跨界人物。《农》："农夫居乡，以耕为业。若麦、若稻，若豆、棉，若蔬菜，耕耘收获，各有定时。故恒终岁勤动，不得休息。然事尽矣，而螟、蝗、水、旱、风、雹，一旦猝至，则收获之物，常致不稔。且牲畜，肥料，及一切农具，俱不能缺。农之劳费如此，彼安坐而食者，不可不念其功也。"王芳霞每次重读它时，都感受到了稼穑之艰苦，她的父亲也时常去山地侍弄竹子或亲自伐竹，也时常去旱地里种豆植蔬，她理解了父亲侍山地、田畦的艰辛，理解了母亲的节俭。

王芳霞没想到在国文课中，她能一气呵成读着关于农、工、商的事。《工》："世界之物，或生于自然，或由于人造。棉与茧，生于自然者。纺之为纱，缫之为丝，则其价倍。更织以为布帛，则价又倍。若加鲜丽之颜色，或精美之刺绣，其价又骤增焉。其他物价，因人工而递增者，莫不类是。工之利大矣哉。"工人的劳动，使原本的自然物更美更有价值，而其价格也翻倍甚至几倍于自然物。工人创造了价值。王芳霞将已学到的知识揣在手上像有了一把尺子，她用这把尺子去度量父亲和叔叔王宝信的价值了。原本是一堆锡材、铝材，在父亲和叔叔他们的劳作下，它们成了锡壶和铝制品，这些制品成了人们生活的必需品。

《商》："日用之物或出于农，或出于工，若无待于商者。虽然农、工所出，常因地而异。凡日用所需，若布帛之为衣，若黍、稷、稻、粱之为食，若金、石、木材之为宫室，为器具，固非一地之农、工所能备也。唯有商以转输之，乃能取四方之物，集于一地，用物者无待远求。此商之所贵也。"

王芳霞一下子豁亮通透了，知识让她仿佛一夜间看清了这个原来在她看来混沌的世界，她好像瞬间就明白了这个世界彼此之间的关联。

她在武岭学校读完两年，高小毕业了。虽然母亲仍是不十分赞成她继续读下去，但她仍然得到父亲的支持，她升入初中读初一了。这是一九三六年。王芳霞十三岁，她的识见已经远高出箭岭下同龄的孩子。初中一年，王芳霞他们还是以文化课为主，兼劳动课，这时的劳动课学习种蔬菜，在种蔬菜的过程中，她知道了时令与蔬菜的关系。而文化课则比之小学要复杂和深。国文的篇幅长，议论文比例多；而数学开始学习几何学，建立空间感。

王芳霞在学校俨然一尾鱼，游弋在这一潭碧水的深潭中，她学习得游刃有余。然而，在初中学习一年后，她的读书生涯戛然而止。没有人知道什么缘由，她的父亲没有给她断供，反正她没再念下去。她倒是高高兴兴地回到了箭岭下。她的父亲王宝贤还是一副乐观的神情，对他这个宝贝般的小女儿又宠又爱，一切随她开心，父亲觉得女儿不再念自是有她不念的理，这理没必要去深究。她的母亲毛球英先是一愣，继而在嗔怪的语气中透着百般的调侃：不读好，好，能省钱。读个书，花费了六十大洋。晓得这六十块大洋能干吗？能买十几亩地。

十四五岁的王芳霞，已是亭亭玉立的少女了。她身上散发出的特有风华气息，像股清澈的山岚在箭岭下缭绕。她既有知有识，又有大家闺秀的素养，箭岭下的人都夸赞王宝贤家出了个好女儿。

回到箭岭下，王芳霞一边跟着母亲学习操持家务，一边跟着母亲做女红。在武岭学校，王芳霞尽管学习了缝纫，但内容还是有限。母亲郑重其事地告诉她，一个女人，持家一项重要的本领就是会做女红。回到箭岭下后，母亲教她纺棉线、结带子、绣花。纺棉线不是件容易上手的活，王芳霞跟着母亲学习了不少日子，才掌握了脚踏踏板的力度与手中捻扯棉的关系。

在箭岭下的日子，王芳霞保留了在武岭学校念书时的习惯，她在帮助母亲做家务时，坚持有空就看书看报，有时也看连环画和杂志，那些报纸基本上是父亲从上海带来的过时的报纸，父亲知道箭岭下闭塞多了，外界的消息基本上难以传过来，所以这些过时的报纸，比如《申报》，对王芳霞了解外界依然是有重要作用的。

少女的成长有时是刹那间的事。一九三八年，十五岁的王芳霞成长得开始让她的父母既开心又担惊受怕，尤其是她的母亲和她两个人在家时，她的母亲更是战战兢兢。她的母亲在初夏已至，箭岭下已有些燥热时，盯着女儿发育得丰满的胸脯，发现她的胸前衬衣，被鼓得又隆又尖。

一个天气晴朗的下午，太阳还悬在屋前方的山岭时，她和母亲居住的这幢显得空阔的屋子，在天井与一楼的七间房子都还照得亮堂堂时，她的母亲开始将一只火油箱挂在屋子门口的墙上。

这幢砖木结构的洋房，七间两弄两层，房间的前面是长方形的巨大天井，房子的大门在东侧，大门并没有雕饰繁复的门楼，但门楣的饰纹儒雅并弥漫着淡素的文化气息。

王芳霞仔细地看了一遍她和母亲居住的这幢房子后，她询问母亲：

妈，干吗要把火油箱桶悬挂在屋门口啊？

芳啊，娘担心啊。

妈，你担心什么呢？

芳，你看今天天气这么好，没一点云，风也没一丝。

怎么了？天气好，好呀。

芳，今天晚上肯定有月亮啊。

有的。妈，害怕什么呢？

王芳霞的母亲欲言又止，犹犹豫豫。她知道母亲一定藏着什么心事，或者说曾经发生过令这个家和母亲难堪、心苦的事。

妈，有什么事，告诉我啊。王芳霞央求她的母亲。我都已经是大人了。

她的母亲看着她满眼的央求，觉得这件事应该让她知道，让她对未来的不测有所警惕与防范。万一发生什么事，她还浑然不知，结果反而会误更大的事。

吃过晚饭，王芳霞的母亲又去东侧大门看看落上锁了没有，然后站在天井看看天，还是没有一丝风吹过来。她的母亲和她一起来到客厅，她们隔着几张桌子坐着。

芳，娘告诉一件事，这件事如果不是我们母女俩单独住着，我还不想告诉你，免你难过、害怕。可是现在不行，就我们俩住着，你爹又不在，你爹在的话，娘的胆子会大许多。但是你爹不在，很多事就只能靠我们自己去对付。

芳，你娘心里苦啊。民国十八年，你的二哥，才十六岁就死在上海，他是劳累过度走的。而民国十一年发生的事，差点你的三哥也没了。娘今晚就跟你说这件事。民国十一年，那是一九二二年，你还没出生。你是民国十二年也就是一九二三年六月生的，也是这样闷热的初夏。民国十一年盛夏的一天，也是有月亮的晚上。那天，我们箭岭下请来戏班子在祠堂演戏。演戏的几天，总是小孩子喜欢，他们喜欢热闹。箭岭下远离城区，又是奉化的里山，平时出个门都很困难，更别说有什么热闹的事。那天，你姐雪霞还没等吃晚饭，就扛着小竹椅带着两个弟弟，也就是你永富哥和善富哥去祠堂占位子。孩子们都是这样，都喜欢抢前面的位子。大人们都无所谓的。小孩都去得早，好多孩子都兴奋得不吃晚饭。你姐和你哥他们搬了椅子去就没再回家。那时，你姐十一岁，永富哥九岁，善富哥才六岁。其实，那个时候天已经黑尽了，月亮升了上来，月光已经把箭岭下照得通亮。祠堂里的戏估计过会儿也要开演了。就是在这个时候，山里的土匪下山了。我们箭岭下紧挨着新昌、嵊县，奉化南边以及西南一带翻过山就是新昌，甚至新昌很多山与奉化连在一起，就是这一带山里藏匿着土匪的窝，土匪势力很大，他们有枪有头目，政府对他们都头痛得很，政府也曾去剿过几次，但毫无用处，据说，有一支地方保安队在政府的命令下去剿匪，结果灭匪不成，保安队队长的枪反而被土匪缴了，还损了十几个人。所以，活动在新昌山里一带的土匪让大家非常害怕，不知道什么时候就灾难临头。后来，村里人告诉我，土匪常会挑有月亮的晚上下山进村，有月亮的晚上对土匪有利，村里的巷道和他们踩好了点的人家，被月光照得通亮，月光有的话，方便土匪做坏事或是逃跑。后来，你爹他们告诉我，土匪这次进箭岭下"绑票"，原来是看中了别的一个孩子，那个孩子是箭岭下一户大户人家的孩子，但祠堂开张演戏的那天晚上，那个孩子并没有提前到祠堂。唉，你娘常常暗地里思忖，这就是命。那天，演戏开始后，土匪到箭岭下来到祠堂，他们在暗黑中摸着坐在前面的孩子，他们摸到你三哥善富哥，你三哥穿着皮吊带裤，土匪摸到你三哥善富后，就把他抱走了。土匪认定你三哥一定是富人家的孩子，乡下的孩子不可能穿皮吊带裤。我可怜的孩子啊，呜呜呜……你三哥好可怜啊，他才六岁啊。这帮天杀的土匪！你三哥当时穿着皮吊带短裤，洁净的白衬衫，锃亮的小皮鞋，他的头发经常被打理得整整齐齐，一丝不乱。你三哥一向是个乖巧懂事的孩子，不淘气，不惹你爹你娘生气。你善富哥被土匪抱走了，你雪霞姐和二哥永富，一下子呆住了，等回过神，他们吓得拔腿就跑，他们俩也跑乱了，等到在巷子里碰到后，你姐才缓过神。就在这个时候，村口炮仗响了，那是土匪放的，就是请财神的意思，土匪一旦绑到票就会放炮仗。那个时候，娘听到炮仗声，还不知道谁家孩子被土匪抢走了。你姐和二哥永富他们气喘吁吁地跑回来，突然他们俩就大哭起来。我和你爹就知道是你三哥被土匪抢走了，你爹瞬间像一根木桩样立在那儿，娘突然也号啕大哭啊。你三哥才六岁啊，他哪里经得起这样的恫吓！呜呜呜——土匪抢走你三哥后就藏匿在大山里，这连片的山，茫茫一片啊，谁知道他们在哪儿。土匪传话过来，要赎金一万大洋，半个月内给，不给要"撕票"。"撕票"是啥，你知道不？"撕票"就是要把你三哥善富哥杀了啊。这些遭千刀杀的土匪，对一个才六岁的孩子下得起手，好歹毒啊。你爹接到传来的话，当天晚上就病倒了，你爹是个吃惯了苦的人，但这事把你爹击倒了。他发烧了，急火攻心啊。但第二天，你爹硬是爬起来，他开始筹钱。家里哪有土匪要的这么多钱！你爹开始向别人借，但一时半会儿哪里去借。你爹托人向土匪带话，赎金宽限到一个月。土匪答应了。土匪把赎金送达的地点又改了，不是原先的了。土匪狡猾啊，他们怕政府找他们的麻烦。筹钱的那些日子，你娘没吃过一餐像样的饭，哪里吃得下去？一想到你哥一个六岁的孩子在土匪那不知受到什么样的虐待，你娘就哭，那些日子，你娘差不多天天以泪洗面。你爹这个时候就常劝我，好好吃饭，不要把自己弄垮了，他说，钱是人挣的，人没了，钱挣得有什么意义。你爹是宽慰我，我知道你爹心里苦啊。第一次，我们请了阿祥叔，就是那个长期在我们家干活的阿祥叔，他穿着蓑衣去送钱，他这样一副土里土气的打扮是尽量减少外人的注意，那个怕啊，你没有经历过不会知道的。结果第一次没有和土匪接上头，土匪将赎金送达的地点又换了。再送。我们是分两次送赎金，才把你三哥换了回来。从那以后，只要你爹不在家，月亮一升上来，我就怕啊。你去武岭念书了，我反而不怎么怕了。现在，你回家了，娘一看到有月亮的晚上，就又战战兢兢，怕得要命。你一个大姑娘家，要再出个什么事，你娘还怎么活下去？

王芳霞的母亲是一口气讲完这件事的，即使在母亲边说边呜呜呜哭泣时，她也没有去劝母亲，她知道母亲憋着许多年了，今天才吐了出来。她在母亲讲完后，看到母亲用手抹了抹眼角的泪，才起身走过来，一把从背后环抱着坐在椅子上的母亲。她的环抱，此时可能是对母亲极好的无声的劝慰。母亲好像平复了许多，拉过她的手，抚摸着。

你不能出事啊，芳。有月亮的晚上，睡觉别太沉，警醒一点，听到火油箱咣当咣当的声响，你和娘就赶紧从后窗逃走。知道不？今天晚上警醒点。

第二天起床，王芳霞见母亲双眼红肿。

妈，你一晚上没睡吧？

你娘一个晚上提心吊胆，一点声响就把你娘吓的啊。昨晚后半夜起风了，风吹得那火油箱咣当咣当响，响声不是太大，但你娘一听到就披衣坐起来，竖起双耳听啊。后来感觉到不像是人弄出的咣当声，才又躺下。娘哪里睡得着，你娘担心你啊。芳，你要赶紧落个好婆家，那时，娘就省了一份操心，嫁人了，有婆家疼，有男人疼。

妈……

王芳霞别过脸，一脸娇羞。

接下来的日子，王芳霞和她的母亲倒是盼着天天落雨或阴云密布，在这样的天气里，她们才能拥衾入睡。

这年的盛夏，王芳霞叔叔王宝信的儿子在上海结婚，叔叔请她去上海喝喜酒，让她无论如何都要去。王芳霞欣喜万分，她明白宝信叔叔的好意，一是希望她去给堂兄庆贺，增添喜庆；二是希望她这个从未到过上海的亲侄女，去见见上海的世面。她也晓得她的母亲一是因为三寸金莲行动不便，二是箭岭下一摊子事也离不开，所以母亲不能和她一起去。

这可以说是让王芳霞在家的日子里最开心的事，她终于可以去看看宝信叔叔和父亲打拼奋斗过几十年的上海，见识见识大上海的模样，可以见到许多日子没有见到的父亲，看看父亲工作的模样。去上海，要辗转从奉化到宁波，再从宁波外滩码头乘船去，这一切对她来说都是新鲜而有趣的。在有所期盼的日子里，王芳霞觉得时光赐予了她蜜般的甜。

王芳霞在这年夏天，已过了十五周岁。她的母亲对她去上海参加她堂兄的婚礼，是放心的，只要她能从箭岭下顺利到达上海，就没什么让她这个娘牵挂的，在上海有她爹和叔。她的母亲在她启程前往上海前，给她准备了一些带到上海的家乡土特产，这些东西虽说不值几个铜钱，但能唤起她叔叔的记忆。叔叔王宝信小她父亲王宝贤五六岁，他们兄弟俩过早就失去母爱，从小相依着寄养在赋竹岭外婆家，她的父亲与宝信叔叔，真的是兄悌弟，弟敬兄。这个时节，杨梅还有，她的母亲就给王芳霞准备了杨梅、奉化芋艿、乌鲞。对于她的上海之行，她的父亲与母亲是极重视的，除了准备好的家乡土特产，更是精心打扮她，上海毕竟是灯火通明的，上海滩是世界人闯荡的上海滩。她的父亲为此专门在上海订购了美国府绸布料，又专门到奉化城里找最好的奉帮裁缝做旗袍，颜色分红、紫红和绿色，定做了三套旗袍，其款式与美，可比肩上海十里洋场那些女士的旗袍。她的父亲又在上海给她买了高跟皮鞋。

天高云淡，微风吹进箭岭下的一天，已近晌午了，王芳霞草草地吃过午饭，提上那些送给宝信叔叔的土特产，又背了一挎肩包，包里装着三件旗袍和高跟皮鞋，还有一些日用洗漱品，就走出了家，走出了箭岭下。她独自的远行引来乡邻一路关切的询问。乡邻尤其是箭岭下仍未出嫁的女孩，更是投去羡慕的目光，上海这座只是谈话中时常提起的大城市，人家王芳霞这回真的要踏进去了。她们有的直问王芳霞怕不。王芳霞其实一点也不怕，何况从奉化到宁波外滩码头，还有阿祥叔送。

王芳霞还是走了去武岭学校念书时常走的路。路过岩头，他们本可以坐小舟到达溪口，然后走剡江经奉化江到达宁波濠河头。他们没有这么走，他们一路走到溪口，再乘船到达宁波濠河头埠口。下船后，因为太累了，他们叫了一辆人力车到达外滩码头。买好傍晚六点宁波开往上海十六铺码头的船票后，她让阿祥叔回箭岭下去，并恭敬地让他回去时小心点。

外滩在西天悬垂的太阳照耀下，更显出几分生气，甬江口船帆林立，外滩人来人往，这是她在奉化乡村极少感受到的人间气息。王芳霞已经被宁波这样的城市气息迷住了，她越凝视着江面穿梭般的船只，越是觉到了内心的激动，据此推测，可想而知上海的繁华。她从昔日的那些过时的《申报》感受到了这座即将呈现在面前的大上海。

其实日本军侵略中国后，国人都同仇敌忾。宁波暂且还处于安宁状态，通往上海的一切轮船还照旧运行着，暂时未受到多大影响。

依在外滩江边的石栏柱上，看着江面的船与人，王芳霞内心祈祷着，她满怀希望这样的景象永远在，永远会呈现在她的面前。

鸥鸟贴着江面飞翔着，一下子又冲上来，飞进光灿灿的阳光里。傍晚五点半左右，王芳霞随着登船的人流登上轮船。她在寻找她的二等舱位。

王芳霞在轮船行进在甬江上时，她也如许多人一样，立在船甲板上，看着缓缓向船后退去的两岸房子，看着夕阳一点一点落下去，远方入黛，船也接近镇海招宝山。船要驶入茫茫大海了。王芳霞回到舱位。这个晚上她虽然兴奋还夹着满是对上海的期待，但睡得安沉。

早上六点，轮船就到了上海十六铺码头。人们纷纷收拾东西下船。王芳霞下船。刚升起的太阳已把十六铺码头照彻了。她心里踏踏实实地随着大家朝码头出口走，她知道有人会在出口处等着她，她突然就觉得上海是亲切的。

王芳霞走到出口，刚在张望着时，叔叔王宝信就走过来喊她：阿芳，阿芳，这里。

叔叔王宝信一边拨开人流，一边举起右手招呼着：

阿芳——

啊！叔叔。

王宝信一边接过王芳霞的行李，一边拉着她的手走。

阿芳，叔几年没见你，你好像一下就长大了。叔叔王宝信看着这个一头直直的黑发的女孩，一只发夹拢住侄女清秀的长发，王宝信为箭岭下王家出了这么一个知性、端秀的女孩高兴。

王宝信将王芳霞引到汽车停放处，开门，让王芳霞上车。叔叔王宝信亲自开车。王芳霞双眼几乎是贴着汽车玻璃，看着匆匆而过的人流和缓缓移动着的远处的建筑。上海太繁华了，高楼林立，人潮汹涌，王芳霞兀然觉得没有在箭岭下曾有的孤寂与孤单。高楼、人流、热闹，给了她从未有过的人生体验。

车子大大地改变了空间感，仿佛刹那间就把她接到了叔叔的家。车子停稳后，叔叔把她引进别墅。这幢位于上海闸北育婴堂路的别墅，在王芳霞看来太大了。她一边走在别墅的花园，一边惊呆了：花园空阔，四周都建有水潭，潭里有错落有致的山石，鱼在水潭中游弋。穿过花园来到别墅大厅，大厅摆设华丽，一角的木几上还有一台留声机。叔叔叫她坐下，叫来女管家，对女管家说，这是我从宁波奉化来的侄女，你好好安顿好她，要像对待我的孩子一样好好待她。女管家躬身连连说着是。叔叔转身又看着她，拉着她的手对她说：

你爹很忙，等下吃饭时他会来。你先在这休息，累了就和管家说，去房间休息。

好，谢谢叔叔。王芳霞激动地说，一边朝叔叔微微躬身，一边迅疾地说。

好，叔叔先出去一趟——要听音乐或戏么？叔叔这里有留声机。

叔叔王宝信把留声机打开，又告诉王芳霞怎么开留声机，就出门办事了。

王芳霞看着叔叔走出门的背影，叔叔才四十三四岁啊，就有这么大的成就。她对叔叔甚至父亲，一下子就涌起一种从没有过的虔敬甚至崇拜感，她感觉到了这种情感的神圣！

晚饭，叔叔王宝信在家宴请，父亲王宝贤果然来了。王芳霞看到久未见到的父亲，又是开心了好一阵。这次晚宴，王芳霞还见到了比她大四岁的堂兄王海富、比她大一岁的堂兄王有富和小她三岁的堂弟王华富、小她四岁的堂弟王理富、小她八岁的堂弟王仁富、小她十二岁的堂弟王均富、年仅两岁的小堂弟王全富，两个已经和她聊了一个下午的堂妹王秀霞、王月霞也一起参加晚宴。父亲与叔叔王宝信很亲热，席间，王芳霞看到叔叔不停地向她的父亲敬酒。她的父亲快五十了，还是敦厚、乐观的，父亲乐呵呵地接纳着叔叔王宝信的敬酒。父亲看着她的堂哥海富说，过天我们就要喝你的喜酒，伯伯高兴，我和你爹看到你们成长，一个个长成大人，结婚生子，我和你爹再辛苦再累，也就值了。父亲脸膛发红，酒劲上来了，他用手一划，指着王芳霞这些晚辈说：海富，你爹小时候苦，那个苦啊，你们无法了解，感受不了，他很小就闯荡上海，做学徒，然后自己创业。现在值了——王芳霞见父亲端起酒杯朝叔叔王宝信碰去。

在大上海，在这个热闹而又充满亲情的大家庭里，王芳霞不仅不陌生，反而有种归属感。

堂兄在上海新亚饭店举行结婚典礼。喝酒前，王芳霞被叔叔家女管家领着去做头发，头发是上海流行的式样，又带她去涂了指甲。女管家对她说，小姐，去喝喜酒时再穿上高跟皮鞋，穿上红色旗袍就可以，两位老爷吩咐过。女管家说的两位老爷应该就是指她的父亲和叔叔。

王芳霞和其他宾客来到新亚饭店，酒桌有好几十桌。她被引领到自己的座位上。菜肴是丰盛的，有些菜，王芳霞从没吃到过。王芳霞吃了一会儿才发现，喝酒的好像每个人背后都站有一个人，而只有她没有。她一边吃着一边观察着客人背后站着的那个人，一会儿她发现那些站在身后的人，在客人吃一会儿就会递上毛巾。她终于明白了。就在她要擦手却没有人给她递上毛巾时，她的叔叔王宝信发现了，叔叔走了过来，轻轻地拍拍她的肩膀。王芳霞看见叔叔，或许是尴尬，或许是感动，她脸霎时就红了。王芳霞穿着红色旗袍，她立起来，因为叔叔王宝信的原因，她一下子成了注目的焦点。在这当儿，作为东家的王宝信自然是酒席间的焦点，这个焦点在哪儿，哪儿就成了新的焦点。他指着王芳霞对在座的宾客说：

这是我侄女，我的亲侄女，谢谢大家今天赏光出席孩子的婚礼，也希望大家多多关照我的亲侄女，关照她就像关照我的女儿一样。

叔叔王宝信立马叫来饭店服务生，让他们赶紧找个人服侍好王芳霞。

王芳霞在上海待了十多天。她的哥哥善富和堂哥们陪着转，他们陪着她去外滩看黄浦江、看十六铺码头，陪着她去上海大世界，去有名的永安公司和大新公司。她还去了父亲的益泰铝制品批发所，看忙忙碌碌的父亲。有天，还有一个上海热水瓶厂厂长小开也来一起陪她走，这个比她大四五岁的小开有着一种令她特别的好感，她尚不明白这是什么，但让她莫名舒服。她觉得上海太大了，许多地方对她来说都充满着魅力。但令人愉快的时光总是短暂的，来上海十几天后，王芳霞万般不舍地离开上海，重新按从奉化箭岭下来上海的路线返回奉化箭岭下。叔叔王宝信给她装了一网袋的上海饼干、奶油糖和奶粉。父亲给她带回一些上海用品。叔叔王宝信这回派了司机送她到十六铺码头。

轮船拉响汽笛声，缓缓驶离上海时，王芳霞在心里暗暗想，她要再来上海，或者说她今后要来上海。

王芳霞回到奉化箭岭下，又和母亲一起拾掇着家务，在她的母亲看来，她像一潭水又恢复了原状。她的母亲哪里知道，这潭被上海风吹拂过心灵的水，已不再是那潭水了。

不久，上海那个小开来到箭岭下看王芳霞。这仿佛朝一池春水里扔了一枚石子，王芳霞心里泛起涟漪阵阵……

她的母亲这回弄明白了，眼前这个像先前一样晃动的女儿已经变了，不再是原先那个女儿。

父亲王宝贤从上海回来后，母亲与父亲吵架了，他们为女儿的变化争执得不可开交。父亲对女儿去上海并不反对，而母亲极力反对。他们站在了不同的立场去看这一件事。

许多日子后，王芳霞称为叔叔的张泰荣上门来代排溪胡次乾提亲，他们希望她与胡声宇结秦晋之好。

一九三九年，被战争的阴霾笼罩的大环境，改变了王芳霞的想法，她在床上辗转反侧，她想，母亲或许是对的。此时的现实环境，人，活着或许更重要。

如果命中注定要遇到的这个叫胡声宇的人，是她的真命天子的话，则也此生无憾。

王芳霞后来了解的胡声宇，似乎几句话就可以勾勒出他的经历：大她两岁，出生在排溪一个殷富而又在十里八乡口碑极佳的良善人家，启蒙就在他的外婆家楼岩，初中去宁波迪斐，现在在杭州一所大学念财会专业。

殷富、良善、读书人……这一切都在王芳霞心中扎根了。

王芳霞又开始将目光上溯到十年、百年乃至千年的时光点上……

第三章 祖先的光芒

排溪胡氏在奉化的开基始祖叫胡进思。胡进思可不是一般的人，他是辅佐钱镠建立吴越国的大功臣。仅凭这一点，胡进思就值得他的后人，甚至我们，顶礼膜拜。晚唐时期，也是战乱频仍的时期，唐之后，华夏这块版图，就被裂变成五代十国。五代，被诩为正统延续政权的朝代，也是你方唱罢我登场。而十国，则是在那个被视为正统政权之外的各自雄踞一方的小政权。在这十个小政权中，比较公允地说，倒是钱镠创立的吴越国，政通人和。在其他土地上，战乱频频，人民流离失所时，吴越国在钱镠及其子孙三代五王的治理下，物阜民丰。这使得江南一带，有几十年难得的休养生息的时光。江南的富庶与此，莫可分开。而胡氏的先祖胡进思则是辅佐了钱氏三代五王的辅臣。

上溯历史，胡氏又可追溯到五帝之一的帝舜。据传，帝舜又是颛顼的后代。周武王灭商后，追封帝舜后裔妫满于陈，建立陈国。妫满去世后，谥曰胡公，称胡公满。在春秋时，陈国被楚国所灭，妫满的子孙以其谥号为姓，称胡氏，尊称胡公满为胡姓始祖。胡氏后世子孙经繁衍，开枝散叶。其中，迁于甘肃一支，至后汉时已为一大望族，而这支胡氏族后为各地胡氏繁衍的主要源头。西晋末年，因发生"永嘉之乱"，胡姓中原士族大举南迁。而早在三国时，另一支胡氏抵江浙一带。据胡氏族宗谱载，第三十九世胡奋为江南始祖。胡奋生有龙伯、凤伯二子。龙伯的后裔到五十三世，有胡简。胡简就是胡进思的祖父。胡进思为五十五世孙。

胡进思生于晚唐大中十二年即公元八五八年，卒于公元九五五年，享世整整九十八年。胡进思，名万一，字克开，世居长安，少年时由祖父胡简任职湖广时迁居吴兴霅川（即今浙江湖州），其父叫三乙，亦为官。胡进思是一早慧之人，曰："四岁识文，七岁会文章。"十七岁时，因考进士不第，即弃文就武。当时国局动荡，朝廷腐败，他得悉吴越有个叫钱镠的，时任都指挥使，胡进思认定钱"雄略不凡"，就前去晋见，时年，胡进思十七岁，钱镠二十三岁。胡钱二人取得共识。钱镠很看重胡，就留十七岁的胡进思在身边当"参赞军机"，即帮助军中理事。

唐中和二年即八八二年，胡进思帮助钱镠打败了刘汉宏之乱，平定淮南、苏湖、常州、润州（即今江苏丹徒）等地。胡进思也由马步都虞候、武功大夫、武都指挥使，渐升为越州兵马使。

晚唐昭宗天复二年（即公元九〇二年），钱镠手下徐绾、许再思乘钱镠外出叛钱攻城。钱镠的儿子钱传瑛拒叛紧闭城门。钱镠与胡进思闻讯急归，但不能入城。胡进思就与徐绾血战，引走叛军主力，使钱镠得以微服逾城而入。徐绾、许再思战不下钱镠，就向吴国杨行密在宣州的刺史田頵求救攻城。田頵认为此时正是夺取杭州的难得时机。形势十分危急。钱镠向田頵晓以利害关系，许以财帛，结以姻亲，要求田頵罢兵。田頵踌躇再三，同意结为姻亲，条件是要钱镠先送去儿子再罢兵。钱王命胡进思陪侍第五子钱元璙到田頵处当人质，胡进思临危受命护送钱元璙到宣州，田頵因此罢兵，钱王化险为夷。没多久，徐绾、许再思之乱被平定。这次叛乱，是钱王历次战乱割据生涯中最危险的一次，胡进思功不可没。嗣后，杨行密因吴国内乱，诛杀了田頵。胡进思乘机保护钱元璙顺利返杭，从此深得钱王和钱元璙的信任。唐天祐三年即公元九〇四年，钱王特为此建造"吴越国功臣堂"，记有功将领五十余人，胡进思名列榜上第二。

后梁开平元年即公元九〇七年，钱镠被封为吴越王兼淮南节度使。胡进思也升为常、润等州团练使。后梁贞明三年即公元九一七年，胡进思升为常、润二州防御使。同光元年即公元九二三年，他受钱王派遣，登莱州促使莱州归顺后唐。胡进思由此被唐庄宗封为吴越钱王麾下兵部尚书右丞。第二年，又被钱王加封为吴越兵部尚书。

后唐长兴二年即公元九三一年，钱镠卒。长兴三年即公元九三二年，其子钱元璙文穆王袭位。王"推旧恩"，加胡进思为大将军，可"剑履上殿"。后晋天福六年即公元九四一年，文穆王钱元璙卒。子弘佐立，称忠献王。当时忠献王少不更事，国内又连年兵乱，李仁达趁机挟附福建李景反叛。胡进思于危难时忠心为主，统领水陆大军，大败李景，平叛凯旋，从此威望大增。

后晋天福十二年即公元九四七年，忠献王钱弘佐卒。忠献王弟钱弘倧袭位，为忠逊王。此王，暴戾荒淫。八十九岁的胡进思"数谏"，弘倧不仅不纳谏，还顿生厌烦之意，有次，甚至当场示"怒""掷笔水中"，语带讥厌。"进思不能平"，当夜，"率甲士三百人，迁倧于别馆，迎弘俶立之"。钱弘俶为钱弘倧之弟，废倧立俶后，俶称忠懿王。钱弘俶拜胡进思为尚父，佐理吴越政事。

三年后的天福十五年即九五〇年，胡进思已九十三岁高龄，他想到自己年事已高、国家动荡不安，更担心当时年仅十七岁的小儿子胡庆的未来，他叹息道："职位已到相当于相国，可以说够荣耀了，但还是常常要受到各种各样的牵制。人老了，再不走，恐怕要引发我整个家族的祸患。"于是，他称病辞官，推辞钱王多次亲临劝说，带着小儿子胡庆，离开吴越国权力中心。

胡进思一生先娶赵氏，赵氏后封婺国夫人，生长子璟；七十三岁时，续娶杜氏，杜氏后封邢国夫人，七十六岁时生次子庆。次子胡庆，忠厚朴实，是胡进思最大的心病，必须找个偏僻、安全的地方，安妥次子胡庆。胡进思还考虑长子、次子两家聚居不妥。胡进思生有三子：长子璟，次子庆，幼子。幼子后夭折。他先让长子急流勇退，择地卜居。胡璟"遂致仕"，来到"南明之新昌卜居焉"，这一年是后汉乾祐元年即公元九四八年。胡璟卜居新昌梅溪。胡进思安排好了长子胡璟的进退，就着手考虑次子的未来。于是，他推却钱王多次挽留，称病辞官，携妻带子，一路南下。

天福十五年即公元九五〇年，胡进思携妻儿来到新昌梅溪，看过长子胡璟后，带着小儿胡庆及随从赴台州。翻过天姥，经过天台，到台州暂住一段时间，他觉得居地仍不理想，又折道沿海北上。一天，胡进思率家人过宁海紫溪西望，来到香山，取小道步行至西侧缓坡，爬上一座小山，健步登上岭顶，东望浩渺沧海，潮中红日初升，四周云蒸霞蔚，天地气象万千。这年胡进思九十三岁，儿子胡庆年方十七，一翩翩少年。一老一少，一翁一童。两人登岗过岭，眼前豁然，只见一片未垦的荆棘荒原，只闻鸟语和潺潺溪水。胡进思不禁欣然叹道"此蓬岛之仙境也"，他即带着次子胡庆，在这方胜境筑居，后人遂以"蓬岛"为安居地。胡进思与次子胡庆登过的岗岭，就被称作"童公岭"。

次子胡庆，字德威，号松溪，"仪表魁杰，儒学能文"。胡庆为人淳朴、厚道且威仪公正。公元九七八年，他用父亲留下的资金，建起一百二十间楼房让族人共同居住。公元九八〇年，在蓬岛的白溪（今簛溪）岸边"筑楔堤防"，后人称之为"胡芝楔"，使当地农民种田能旱涝保收。公元九八二年，在白溪道旁造房并置床帐器用，以供旅人和经商者住宿。胡庆还尊儒重道，遵父遗命，自办松溪学堂，置常稔田四十亩："廪食"，以供"远近来学者"。这所私塾培养出来的后辈学生，有史为记："隽异不群，器业奇颖""颉颃竞秀"，或为国家所用，或在教坛出名。曾任相国的鄞县人郑清，也是从这所私塾读书后成才的。胡庆母亲杜氏，在蓬岛的最后五年里，还"躬耕纺织督稼穑"，为后代树立了勤劳朴实的典范。在胡庆几十年的努力下，蓬岛呈一派兴旺景象。

胡进思去世四十多年后，宋至道三年即公元九九八年，宋相国、中书令平章事、许国公吕蒙正来到蓬岛，亲祭胡万一并写下

《祭始祖万一尚书公文》一文：

惟我始祖，雪川毓秀，浙水开祥。年甫七岁，六艺成章。声雷目电，智勇超常。途遇异士，吕氏纯阳。弃儒学剑，辅佐钱王。诛巢寇，射钱江，力扶吴越，忠报残唐。助勋四世，保事五王。出将入相，文武英扬。功名告罢，率子渡江。居奉邑，童公岭傍，石楼蓬岛，览胜寻芳。勤耕教读，和爱乡邦。九旬有八，只乐徜徉。子宰工部，孙拜礼尚。悠闻国难，复往于杭。及至官舍，寿百身亡。军民洒泪，僚友痛伤，携棺归葬，翠峰山岗。同里感意，塑仪在堂。德流今古，谱牒生光。旱求赐雨，灾告降祥。睦城助战，腊寇归降，忠魂报宋，庙敕灵昌。祠名观德，千载流芳。神其如在，来格来尝。

吕蒙正还挥毫书写"尚书府""光禄堂""尚书楼"等匾额。这些匾额光前沐后。

第四章 他们的祖父辈·胡

　　胡声宇的祖父是胡开钜，父亲是胡次乾。胡开钜与胡次乾都是奉邑排溪德望甚高的人，他们都秉承了先祖胡进思"勤耕教读，和爱乡邦"的美德，胡次乾的名望更显达，奉邑几乎都知道这位士绅。从胡开钜再往上溯，则可追溯到胡嘉址，他是胡开钜的生父，为胡进思第二十八世孙。胡嘉址名承昭，字殿魁，其德配为大溪堰王氏，这对夫妻生一子一女，其子即胡开钜。在中国传统农耕社会，一般大家氏族都会在后世子辈的名字上，寄寓着一个家族的厚望、宏愿，胡氏家族从胡嘉址开始就有着弥漫着儒家文化气息的"字"的排行，从胡嘉址开始的今后若干代的排行是：嘉、开、振、声、维、友、宏、绪、启、祯、祥……他之后被我们了解的后辈，确实如此取字。胡开钜，名金山，字开钜，以字行世。胡开钜之子胡次乾，谱中即取字为胡振亨，乳名学庠，又字次乾，以字次乾行世。胡次乾上面三位兄长分别是胡振养、胡振教、胡振学。胡次乾之子，取字为声宇，为"声"字谱辈。嘉、开、振、声、维、友、宏、绪、启、祯、祥，这些字，其字义及衍生的词义，都可以是美的、正向的、旨趣宏远的。

胡声宇的祖父胡开钜，是一个以良善美德而闻名乡里的人。说一个人良、善，比之说一个人善良，其褒扬的意义要丰饶得多，良善既含有善良，又含人们对其良好、美善的品德的颂扬。乡里人对一个人的美德称颂，往往是基于这个人的良与善的行为而褒颂的。

胡开钜，名金山，一八六二年出生于奉邑排溪，为奉化胡氏始迁祖、吴越国功臣胡进思第二十九世孙。他幼时体弱多病，至三十岁，身体倒是开始强健起来。胡开钜少时，就显示出慧根，学习不错，但因家境到他父亲时，已属贫寒，因而无法就塾念书，辍学归家，跟着他的父亲胡嘉址打理一些维持生计的烟杂铺。先在奉邑东部吴家埠打理他父亲开设的烟杂铺，后将铺子迁回排溪，烟杂铺的店号取名为"同茂"。这一店号含有对其家族未来的祈愿：炽昌。胡开钜身体强健后，加上他的聪慧，此时，精力与智慧都开始助力他的事业，他在开设同茂烟杂铺后，又开设一家源茂染坊，紧接着又开天宝堂药材等其他店铺近十家。胡开钜而立之年乃至不惑之年，晚清这艘破船已被时代洪力扔进了汪洋大海，被狂风席卷着，飘飘摇摇，不久后，中国几千年封建的皇权专制被辛亥革命推翻，一个新的民主共和国诞生。但这个新的政体产生后，各地军阀窥窃权力，战事烽烟起。不过，虽然这个新兴的时代仍旧给芸芸众生带来伤痛，但彼时的奉邑南部山区倒是相对安然，各种政治势力相互纠缠的触角还没有触及奉邑深山这片土地，这倒是使奉邑有了比之政治角力之地更多的经济自由生长空间。一个人，是无法不受时代洪流影响的，胡开钜也概莫能外。

紧傍着白溪的排溪，很长时间都是奉邑城区通往宁海乃至新昌一带的要津，因此，排溪每逢农历二、七的集市，都是人声鼎沸，鱼、肉等摊贩云集排溪，里山万竹、箭岭、大堰等客商也纷至沓来，每一位商人都不愿错过这个万物交流的商机。据记载，此时的排溪市面是其历史的鼎盛时期。

胡开钜果然慧眼如炬，他搭准了这一经济脉搏。他开在排溪几百米老街上的同茂烟杂铺子和源茂染坊，果然兴旺得如炉火正旺之时，灶膛里的火苗总是嗞嗞往上燃着。胡开钜苦心经营店铺前后达数十年，胡家开始兴盛，且兴盛炽昌的速度比之别人更快得多。胡开钜毕竟是晚清与民国初人，他的理想也和许多秉承儒家"耕读传家"的人一样，他也一样重耕读。历史不管如何变，人类不管如何繁衍，也不管身居何处，没有什么比耕读更重要。无耕，何来人的生存之本？不读，又哪有立身之本？他儿少时不是不读，是无财力支持他读。耕，一定为读涵养肉身；读，一定为耕涵养精神。胡开钜觉得土地是万物之母，无土地，什么都是虚生。他在十数家店铺获利后，将盈余投入到土地购置中。土地在胡开钜这一辈时是积累的峰值，已达三百八十亩。不过，这些土地有相当一部分是他的先祖留下的。从奉邑始迁祖胡进思踏上蓬岛这片土地开始，胡氏族就开始刀耕火种，提镢挥锄开垦荒山芜地，原是荆棘丛生之地，经过胡氏族人开垦并几番翻种，就成为盛产粮食的宝地。

双脚踏在厚实的土地上，双手牵引着一根商业经济杠杆，胡家财富迅速积累。但是，胡开钜没有为富不仁，他是追富贵也达仁义。备受儒家仁义思想熏陶之人，往往是力主仁义礼智信、温良恭俭让的，这是他的行为圭臬。乡邑人至今称道胡开钜的，就是他的恭俭与仁义。胡开钜的俭朴到什么地步呢？这位财富已可敌邑之人，在他中晚年，几乎一律着一袭自家染纺制的灰布长衫，灰色颜料是自家用稻草灰法染成，穿布鞋布袜。无论寒暑，裸身睡。他的晚辈劝他别过于节俭，他的乡邻也与他言，太俭朴了。胡开钜皆一律回说：裸身睡，一对健康有益，二可节约用布。他说，着布衣睡，辗转反侧，衣衫磨来磨去，就容易烂，衣服使用时间就短了，穿不了多久就又得用布了。或许出于礼仪之虑，他在与人交往时，倒会穿上一件像模像样的外衣，而只有他的家人知道，外衣里面的衣服几乎全是破旧衣服。在寒冬寒彻袭来时，胡开钜也是不垫厚实棉被，只是在铺些稻草的床上垫张草席，他对人说，稻草软而暖和。他还常对别人诙谐地说，稻草是越用越柔软，不像垫被越睡越梆硬，梆硬的被子，到了冬天，一睡上去就像是睡在冷冰冰的铁皮上。他盖的也是自家制作的印花蓝布被，没有一床丝绸缎面被，他常为自己的俭朴自嘲而又睿智地说：自己本是一身糙实皮囊，还是自家的印花蓝布被耐磨。他也不善饮酒，更谈不上嗜酒如命。他从不浪费一粒粮食，自己如此，也要求家人如此。他家的餐桌上不能剩一粒米饭，碗中也不能剩一粒米饭。家佣淘米煮饭时，胡开钜时不时会提醒，淘米少淘，少淘的米煮饭、熬粥，更经吃些。他的节俭，有时令家佣暗地里摇头、咂舌。他走进厨房灶间，见到正在煮沸的饭汤溢上灶台时，常是一手按住长衫，一手撩起胡须，舔吮着汤汁。家佣看到，有时惊诧，不知所措。胡开钜倒是笑着解围，说，这米汤好喝，有营养，我吃了最营养的东西。随即，胡开钜又在挂钩上取下一只竹篮子，将竹篮子放在灶膛边，对家佣说，以后烧稻草柴火时，看看稻秆上有没有留下的谷粒，有的话，把它脱落下来放在篮子里，积少成多，浪费粮食太不应该。不浪费是一方面，不奢侈甚至简直可以说吝啬，是胡开钜俭的另一方面。在他们家，奉邑人最喜的美食蟹酱，从来不倒入一碟盘中吃，而是只许用筷子竖着插进蟹酱中蘸着吃。胡开钜重耕显读，他视耕牛为农家最主要畜力，也护爱青蛙，他常跟租种他土地的人讲，青蛙是护谷神虫。胡家的餐桌上，牛肉与青蛙是绝对不许上桌的。他外出办事也从不坐轿，只要脚力尚可，他都步行。他说，他见不得自己的舒坦建立在人力之劳上。

胡开钜勤俭、朴素，乡里人都知道。就是这么一个如此俭朴的人，一生急公好义、和爱乡邦。修桥、铺路、造亭、亭内施茶、布施草鞋等公益事，无一不出现胡开钜的身影。他出资修富春桥，使附近几个村庄的人，减去因溪无桥而绕远道之苦。他在排溪村东不远处修排溪八角凉亭，给手提肩扛或徒步行走之人，提供一个纳凉、歇脚的去处，这个后来被乡邻几十里路的乡人一直纪念的八角凉亭，路人经常可以在这喝到布施茶水，可以取到布施草鞋。

民国五六年时，这是一个要停下来凝视它的时间节点。此时，胡开钜把关注的目光落在排溪百来户人家的孩子们身上。他忖思良久后，对内荆张氏说，排溪的儿童，不管是大是小都跋涉去邻村上学，孩子们苦哇，刮风下雨，飘雪结冰，滔滔洪水，孩子们背着书包去邻村，这很苦，要想法在排溪建所自己的学校，让排溪孩子能在村里就近读书，这样才好。他的内荆张氏，比他年长两岁，虽不识什么字，但门庭雍肃，心怀慈怜，又明事理。她对胡开钜的想法很是认同，她自身也深受没读书之苦，说，孩子不能读书是一生中最苦的，有书念又每天担惊受怕也是一苦。胡开钜尊重这位像小姐姐的内荆，有什么事都与她先通通气。胡开钜得到内荆之允，就心里敞亮多了。他进一步对内荆张氏说，准备全力出资建立一所村里的学校。内荆张氏说，你想做的，对排溪甚至邻村蓬岛甚或王家岭村都是天大的善事，你尽管去做，吃、穿、用，是无度的，我们节俭点就是。

胡开钜与张氏育有四子，其一子早夭。在他正思忖出资建一所小学时，他最小的儿子即胡次乾尚在浙江公立法政专门学校法科念书，其二子胡振教也就是胡学校倒已是风华正茂之时，年二十七八岁。胡开钜觉得他可以将一些重要事诸如建校之类的土建木作等交给二子胡学校来做，他的这个二儿子虽然也只读过三年私塾，但他发现他这个儿子倒是越来越精明干练。

胡开钜把二子胡学校叫来，他告诉二子，他准备出资建一所排溪村小，让其全力操办。胡学校知道这是父亲已决定的事，他只领父命照办就是。胡开钜折赀度地庀材，他准备好资金，又度量好土地，筹措建材。二十七八岁的胡振教第一次在父亲的督促下，拼尽全力与智慧，建起排溪村小，他们将这所学校取名为蓬麓小学。这所小学建在排溪村村中心，胡开钜这样选择校址的目的，是方便排溪村百来户人家的学龄孩子进出。排溪的孩子从此结束了跋涉上学的历史。胡开钜的名望一下腾升。乡人过去称赞他的俭朴品德，现在称颂他的仁爱美德，乡人认为俭朴惠及自身，而广施仁爱则恩泽乡里，恩德若天。

两三年后的民国七八年，时世动荡，军阀割据，匪盗横行。胡开钜被土匪盯住了，胡开钜家中大小，提心吊胆地过着一天比一天更觉漫长的日子，胡家大小不知外界疯传的土匪将横扫胡家的各种传言，何时真如晴天霹雳下来，他们不知，只是被动地等待灾祸降临。

一天，传言土匪要来胡开钜家请财神，所谓请财神即土匪绑票之意。胡开钜及家小都在恐惧中发现传言之人的惊悚，他们觉得这次要万分认真地对待了，不敢有丝毫马虎。胡开钜把家人都叫拢，聚在一起，他要求男的都到外面躲避，屋里只女眷留守。这天，深夜十二点许，天高，月悬中天，土匪像一群鼠溜到排溪，直扑胡开钜家。遍寻大院没有找到一个能绑票的男人，一怒之下，点燃柴火，将燃着的柴火扔到木壁上将房子点燃，土匪们见到火势已蔓延整个胡家大院时才离去。此时，躲藏在二楼隐秘处的胡家女眷们早已被吓得不敢出声，见房子被烧，熊熊烈火已是冲天而起时，她们唯一要做的是逃命要紧。女眷们深恐土匪们仍守在已燃的院里，只能悄悄地把棉被从窗口丢下去，然后撑开雨伞，她们一个一个往下跳。此时已是半夜三更，她们痛泣，捶胸顿足，有的哭泣得痉挛，她们眼睁睁地看着大火吞噬着胡家辛苦造起的家业。天亮，房子已成废墟，瓦砾垒地，残垣还冒着黑烟。女眷们号啕大哭，未来的日子，她们将去哪儿度过？

胡开钜他们回到排溪，都呆立于一片废墟前。胡开钜也呆若木鸡。火星仍四处闪着，烟还浓浓的，这里升一柱，那里升一柱。胡开钜眼里含着泪，他不能哭，更不能失态号啕大哭，他是胡家的主心骨。胡开钜对那些眼泪已哭干的女眷说，你们都在就好，就是老天对我胡家的福报。

胡开钜带着胡家大小来到奉邑城区找房租住，他害怕土匪因不甘再度侵犯胡家。胡开钜在奉邑城南小卿第租居。租居不久，胡开钜和儿子胡振教、胡次乾他们商量，胡开钜觉得长租不如买房划算，儿子们认同父亲的想法。

他们计划买房。在奉邑城区里，遍寻大街小巷，都没有找到满意的房子，所见的房子，或因朝向不好，或环境不佳，或大小不适，最后没有买成。

一个原本就节俭惯了的人，租房的一切开支，让胡开钜觉得要尽快改变这种状况。他站在所居之屋的中庭，蹙眉暗地掰着手指盘算，租居在这儿，除所居的每月租金，每天开门七件事，油盐酱醋茶水电，件件都得花钱。总之，租，不合算。改变这种现状的唯一办法，还是得自己建房。

土匪因为受到政府的围剿与打击，其嚣张气焰有所收敛，社会渐趋安定。胡开钜决定回排溪再盖新房，以解胡家老小颠沛之苦。

一九二〇年秋冬之际，已是三十又一的胡振教再次受父亲胡开钜重托，挑起建房的重担。胡振教起早贪黑，扫清原址废墟上的残砾，厘清地基，去远山购置木材，木材通过河道一路艰险运送时，曾被汹涌的山洪冲走。胡开钜没有被这灾难压倒，他继续购买。木材备齐，寻请木匠，又寻泥、瓦匠人，召集劳工。胡家通过两年多时间，终于完整地建起七间二弄东西各三间厢房的二层楼房，建筑面积达一千多平方米。正屋屋脊中间，竖一长形匾，上书"渊薮"。大门门额书"积善余庆"，屋子名"同庐"。胡开钜及其子胡振教、胡次乾，都力主低调为人，"庐"，即房舍，寓简陋之居所之意。"同庐"，寄寓着胡开钜对胡氏子孙的殷切希望，他希望胡氏子孙同在屋檐，即使居于简陋之所，也要同心同德，共享胡氏荣耀。

时间往往是历史最狠的角色，它果然验证了一切。

一九二七年，蓬麓小学教师张泰荣将一件事扔在了胡开钜父子们面前，这件对失怙失教的孤儿来说为天大的好事，却仿佛一座大山兀立在他们面前，事实上，在时间的长河中，他们父子大半辈子都在登这座山。共同居于"同庐"，胡开钜、胡次乾父子果然同心同德，共同把奉邑乃至中国至今在称道的创建孤儿院的事业扛在了肩上。

一九二二年，尚不足二十岁的张泰荣被排溪胡开钜、胡次乾父子聘为蓬麓小学教师。一九二二年二月十六日，即壬戌狗年正月二十日，一个晴朗的日子，居于奉邑城南的张泰荣，吃过早饭，辞别家人，自己雇一车，与挑夫行四十来里路来到排溪蓬麓小学。"同庐"主人胡开钜很厚谊地接待了他。

这年，蓬麓小学一二三年级共接纳了来自排溪村、王家岭等村的三十来名孩子，张泰荣分身有术地教导着他们。

张泰荣在蓬麓小学教书一年，他常与同庐主人胡开钜交往，又与胡次乾谈天说地，聊彼时社会，也共品历史与文学。他钦佩胡开钜的急公好义，也欣赏胡次乾的知识与胸襟。此时，胡开钜正是耳顺之年，而胡次乾仅大他四岁。张泰荣尊称胡开钜胡翁，称胡次乾为次乾兄。一年后，张泰荣辞别排溪，北上上海、宁波求学，学业有成后，他再次被胡次乾聘请入职蓬麓小学。

　　一九二五年十一月二十一日，这天发生了一件事，就是这件事仿佛最后一根稻草，压垮了张泰荣。他十九岁时，慈母离世，别下他的弟妹几个，而最小的弟弟尚不足五岁。他的父亲本来就是靠种田地而生，没有多少挣钱的能力，他们家仿佛一下子抽去支柱，大厦将倾。十九岁的张泰荣自己也是见日生愁，每一天的日子不知如何度过。母亲辞世后，像一串宝娃般的弟妹站在他的身后，他内心刀绞一般痛。他最早领受了这种哀痛与内心的悲苦，在母亲归魂日，他趴在那座新的坟茔上痛哭，让天地为之悲恸。他的弟妹一下像是失怙恃之孩，生活凄苦，而他又无能为力，他因此常悲凉地仰天长叹。几年来，张泰荣积压的悲苦一层一层叠高，他知道总有一天，这些悲苦会压倒他。这一天，在一九二五年十一月二十一日真的来到。这天，张泰荣晚饭回来，途中遇见他的好友孙昭祥，孙昭祥很难过地告诉他，他的好友胡友柏上午悬梁自尽。张泰荣刹那间，仿佛受霹雳一雷，心魂俱惊，一下跌倒在地上。这位多年好友，前几日他们还在一起书生意气，纵论皇皇中国几千年历史，横述奉邑山川地理，没料到今却阴阳两隔。张泰荣知道，胡友柏幼失怙恃，自小受尽苦难，东讨一餐西乞一顿，不到成年就四处干苦力，后入职做邮务生，不料，又遭命运捉弄，因病被停职，返回村里，饱受风霜，常绝粮断炊，无奈之下寄食于庙宇，终经不起生活与精神之苦的双重折磨，潦倒抑郁，第一次自尽被人救下，这次悬梁他一命呜呼而去。这个晚上，张泰荣躺在床上，一宿未眠。

天气已日趋寒彻。让张泰荣内心更寒彻的是他眼前晃动着刚悲凉离世的友人，是他一排仍嗷嗷待哺的弟妹。他披衣而起，他觉得创办一所孤儿院似乎是他的使命。但他很快明白，要完成这一使命，他必须得到奉邑有慈怀仁爱之士的鼎力支持，只有他们才能给他一束火，照穿黑夜，抵达曙光。

翌日，张泰荣与胡开钜去邻村办事回排溪，一路上，张泰荣与他尊称胡翁的胡开钜，谈孤儿院在当今多事之秋的益处，让他无比欣喜的是，已是六十三岁且勘破世界的胡开钜连连表示赞许。张泰荣来到排溪同庐，此时，胡家同庐在张泰荣眼里有着别样的光芒，那不仅仅是栖身之所，更是他精神的庇护所。他想，如果创办孤儿院成功，那则是造福奉邑孤儿的天大的善事。

胡家胡振教、胡次乾见到张泰荣与他们的父亲回来，都迎了上去。胡次乾与张泰荣也有些时日没见了，从一九二二年壬戌狗年正月二十日，张泰荣来到蓬麓小学教书后，胡次乾就暗暗明白，他们会成为一生的挚友。此后，不管胡次乾去何地工作，只要他回到排溪，必与张泰荣见上一面，或谈蓬麓小学的发展，或谈奉邑之事。

胡次乾将张泰荣引向大堂。

张泰荣知道蓬麓小学的实际掌门人其实是胡次乾，胡开钜翁毕竟年事已高，尽管胡翁仁善，但文化还是阻隔了其眼光，而胡次乾年轻又是大学生，目光高远得多。

泰荣，你还好吧？

昨天心情糟糕透了。次乾兄，胡友柏突然去了，而且是悬梁去的。一个人，这是到了怎样的绝境才会如此啊？

　　张泰荣的眼眶又潮湿了。他低下头，手摩挲着桌角。

　　这是两个富有朝气与理想的年轻人。胡次乾才二十七岁，一子刚四岁；张泰荣二十三岁，一女刚两岁。

　　胡次乾伸过手，轻轻地拍了拍张泰荣的手背。张泰荣因这一充满着友情与关怀的动作，得到安抚。

　　次乾兄，我和胡翁回排溪的路上，与胡翁谈起过在奉邑创办一所孤儿院的事，他极赞成。这让我心情大好。胡翁德望并重啊。

　　你有创办奉化孤儿院的想法？

　　是，次乾兄。这想法在我慈母辞世时就冒出来了，这次胡友柏悬梁而去，彻底地激发了我。我的弟妹至今在失怙恃状态，友柏也是自小失双亲才导致他人生的不堪。

　　好。我支持你，泰荣。现今社会，还是动荡不安，奉化失怙儿童不会少，这些小孩如果没有一个场所去接纳他们，一是奉邑也不得和谐，二是有失天道。

　　张泰荣很是激动，他没想到胡次乾一下就将认识的高度提到了他要仰望的地步。

　　泰荣，你若认真地做起这件善事，我现在就答应你，我个人出二百大洋。

　　张泰荣又是一阵激动。

　　张泰荣走后，胡次乾的心里倒全装的是创办孤儿院的事，此后，他的脑子里总是萦绕着这桩事。晚饭时，胡次乾与父亲胡开钜谈起孤儿院之事，父子俩都觉得这确实是一件需要去努力做的事，先前时不时听到的一些孤儿生活困顿生命遭厄之事，这时仿佛锤子一下又一下地捶击着他们。胡次乾对父亲胡开钜说，如果办起来，爹要多支持。

胡次乾要张泰荣将创办奉化孤儿院的事陈述得更详尽些，以便打动奉邑更多仁爱人士，争取更多人的支持。张泰荣听了胡次乾的建议，他在课余，全心地草拟《创办孤儿院的呼声》，张泰荣在这份吁请书中，阐述了一国之教育要让全民享有受教育权利，这就应注意到贫苦阶层。而孤儿要受到教育，创办孤儿院才可能使孤儿成为一个受教育者。他层层推进，最后阐述了创办孤儿院是件刻不容缓的大事善事，应请大家合力创办云云。

半个月后，胡次乾致信给张泰荣，表示将全力帮助，同时告诉他，此事也与父亲胡开钜深谈过，适当时让他可以寻求其父胡开钜的支持。这是一九二六年元月四日。

几天后的一月八日，这个晴朗的日子给张泰荣一片晴天。这天晚上，张泰荣来到排溪同庐，他找到胡开钜，两人商讨了创办孤儿院的事，磋商了孤儿院的选址、建筑、开设的课程、孤儿入院的条件、出院后如何助力受教养的孤儿入职社会等事情。

泰荣，万事开头难。办孤儿院首要的是筹备足够的开院资金，没有这个，我们有一万个想法，也是竹篮打水一场空。

是的，开钜翁。

年轻的张泰荣也明白这点。这些日子，张泰荣与一些友人筹划过，孤儿院的启动资金在一万元。

你们算过吗？次乾临走时也与我磋商过孤儿院的事。你和次乾他们算过吗？

先期要有一万元，才可启动，孤儿院才能正式运转。

好。这件事若是成了，真是大裨益于奉化的孤儿啊。

是。

你和次乾他们正年轻，风华正茂，可做许多有益于奉化的事。这样吧，一万元也不是一笔小数，我负担一千元。

这个晚上，张泰荣躺在同庐的床上，夜不成寐，他在床上辗转反侧，从有想法到这时，尚不到两个月，创办孤儿院之事就摆上议事日程，且得到胡开钜翁的慷慨解囊，得到胡家父子如此大力支持，这种支持不仅在道义上，更在物质上。开钜翁说得好，没有经济的支持，一万个道义也有可能是竹篮打水一场空。

他悄然披上小袄子起身来到天井，在天井中央环望着天空，此时，星星闪闪。他心头热乎乎的，如果再有几个像胡家父子这样的人，孤儿院必立起来。

张泰荣得到胡开钜的支持后，他不再觉得自己是孤勇之士。他写信给远在上海吴淞口的叔父，求叔父指点迷津。叔父回信告诉他，要他寻求奉邑曹村的庄崧甫翁的支持，叔父说，得到庄翁的支持，道义就会立于制高点，庄翁是奉邑广有影响的人物，他在奉邑有着举足轻重的影响。叔父在信的末尾说：如果需要，我可请托崧甫先生帮助你。

张泰荣对叔父是感激的。起初，叔父不赞成他去发起办孤儿院，叔父认为一个教书先生当以教书为正业，况且排溪同庐胡开钜、胡次乾父子对他不错。但当他执着于孤儿院事业时，叔父还是转过头来支持他。

这年的腊月十八，旧历年毕竟是更像过年了，无论在外地的人混得怎样，大多数人都仿若倦鸟归巢般回到奉邑。张泰荣前往曹村，专程拜见庄崧甫翁。庄崧甫极赞许在奉邑办一所孤儿院，他表示他将全力支持，并愿意去信给奉籍各政界、商界甚至旅外巨绅，请求帮助并函请这些士绅作孤儿院发起人。大约半个月后的农历丙寅虎年正月初四，张泰荣代庄崧甫拟一信函，并附有庄崧甫名片，寄给胡次乾，请求次乾兄在江苏的帮助。

胡次乾，排溪胡氏宗谱谱名胡振亨，乳名学庠，字次乾。他是胡开钜最小的儿子。这位生于一八九八年的胡氏晚辈，终于凭借着自己的聪慧，在他父亲的支持下，攻读完浙江公立法政专门学校法科，取得高等教育文凭。年轻而才气卓越的胡次乾，一手执着大学毕业文凭，另一手执着一纸婚约。他与同是奉邑南部的广渡村周根花结为秦晋之好。这位年长他两岁的妻子，虽不识多少字，但因她出身广渡名门，达理明事成了她最好的美德。胡次乾毕业后开始宦游，在宦游中，他得到来自妻子的温情与支持。胡次乾毕业后，凭借着扎实的法学知识，先是出任直隶东光县承审员，后又调平山县任承审员，一九二四年又调江苏镇江，就职于丹徒地方检察所。他在镇江地方检察所任职时间与前两次相比要长些，这次差不多两年多。

一九二六年后，胡次乾比他的父亲胡开钜更多忙于孤儿院的创办。一九二六年二月二十四日，这天是农历丙寅虎年正月十二日，张泰荣从上海吴淞叔父那取到《征求创办奉化孤儿院发起人启》，十天后的正月二十二日，胡次乾从排溪前往江苏镇江地方检察所工作时，途中居于奉南张泰荣家。两人又谈孤儿院事至深夜，胡次乾看到这份征求发起人的函。

　　窃维育而不教非养民之道，教育兼施乃治国之本。在昔学以化民，礼明教泽，蒙以养正，易著圣功。范文正之义田，吕蓝田之乡约，察其用意，所在无非为贫民教育之计，藉溥里仁为美之风。盖国立于人，人成于学，锻炼人格之始基，即养国本之原素也。吾奉旧有育婴堂，以扶扶赤子而得哺养，嗷嗷孤儿不至失所，意非不美，德非不良，然聘村夫子而无由牧猪奴而共戏，虽有怀灵蕴异，绝俗超凡者，而过学流涕之嗟，读书须福之语，自伤卑贱只益欷歔。稽昔所称，于今同慨。今夫一人向隅，举座因之不乐，一夫不学，教育难称普及，而况世界日进于文明，无学则不能自立，不自立则无恒心，正恐壮者流为盗贼，弱者转于沟壑，于是民生凋敝，伏莽滋多，与其同居斯土者，不惟受家室侵扰之不安，抑亦无以善群治而奠邦基，此孤儿院创办为亟亟也。按檀榆虽美，必经斧削而成材。荆璞虽完须受磨砺而采溢。矧在童年血气未定，为尧舜为盗跖，须观陶铸之功。或圣尧或豪杰，又赖栽培有术。鄙人等生长是土，目击情形，既不忍以天真烂漫之年，任其困苦颠离而失学，又不愿以无知群愚奋斗于竞争角逐之场，故不惜十年而树木，尤须赖众志之成城，诸君子节概峥，中流砥柱，襟怀澄万顷波澜，或廊庙之圭璋，或工商之巨擘，伏念流离失学者皆吾之姊妹兄弟，若任其天演淘汰，将何以慰父老伯叔付托之重。素仰先生关怀桑梓，热心公益，还乞曲为领袖倡导进行教育而不教之弊，发慈悲济世之愿，启诸子以公民之常识，晓然于世界之大势，然后讲道德以治其心，授职业以安其身，庶几教育普及，促进文明，民智增进，蔚成盛治。将来偏僻之地为全国州县之楷模，四明片土作世界文明之标识，此不惟吾奉化人幸，抑亦民国前途之福也。

这份发起人征求函，写得情真意切，荡气回肠，读了让人为之怦然心起。胡次乾在张泰荣家的这一晚，几近失眠，他在半夜星光还亮着时眯了一会儿，黎明还尚未到来时，他就起身去西坞赶乘最早的西坞至宁波濠河头的船，眼下他还是江苏镇江地方检察厅的职员。他悄悄起床，还是惊动了张泰荣。张泰荣起来，做了简餐。他们俩吃得很香。胡次乾对张泰荣说，这份发起人征求函会打动许多奉邑人，相信越来越多的人会奉献慈爱之心。我们现在要努力的是锲而不舍地行动。

张泰荣坚持送胡次乾去西坞码头。轻叩门环，他们走出屋子，向着越走越亮堂的地方去。

胡次乾从西坞乘船到宁波濠河头，然后搭人力车去外滩码头，他买好去上海十六铺码头的轮船票后，去看望在宁波的孙振麒，又详谈孤儿院之事。翌日晨，胡次乾到上海，又去看奉邑在沪经商或从政的友人。几天后，他才到达镇江。十几天的春假即到，这年的春假，胡次乾写信给张泰荣，春假不回奉化了，孤儿院筹备员事暂不用急，孤儿院现紧要事是筹措资金。

过去十七八天后，胡次乾等十人，在张泰荣去曹村与庄崧甫商讨后才被确定为孤儿院筹备员初步名单。这十人即孙振麒、周枕淇、王友祥、汪子祥、宋汉生、胡振亨、葛亦斌、李师唐、庄崧甫、张泰荣。这十人中，庄崧甫、孙振麒、胡振亨即胡次乾，后来都在孤儿院发展史上有着举足轻重的地位。

由于尚有许多检察工作要做，胡次乾告诉张泰荣，他暂缓做筹备员。丙寅虎年三月初五，也即一九二六年四月十六日，二十人在奉化县议会召开了孤儿院筹备会议。到会的除县议员外，还有孙振麒等二十人参加，这次筹备会，推选庄崧甫为主席，筹备员为庄崧甫、孙振麒、邬志豪、宋汉生、汪子祥、冯长德、王任叔（即巴人）、张泰荣等八人。奉化孤儿院院址定在旧校士馆，筹备处设在县议会内。募捐范围，基本金定在四万至五万，常年无定额。孤儿院院生为四十至六十人。

这次筹备会后，筹措孤儿院资金的工作如火如荼地进行。胡开钜与胡次乾再次给予鼎力支持。几天后，胡开钜在排溪同庐又一次接待了张泰荣。张泰荣依旧寻求胡开钜翁的帮助。其实，胡开钜首次捐出一笔巨款后，孤儿院筹措资金的场面才被正式拉开。

这天晚上在同庐，胡开钜与张泰荣又一次讨论起孤儿院募捐之事。张泰荣不知道白溪一带的情况，他有点忐忑地询问，如来白溪一带募捐，不知道成效几何。胡开钜略加思忖后告诉张泰荣，白溪方面包括排溪、蓬岛、龚原、西岙，甚至王家岭、鸣雁一带，没有多大问题。

一天后，张泰荣就写信寄给远在江苏镇江的胡次乾。张泰荣将孤儿院筹备会的详细情况以及他在排溪同庐得到胡开钜翁的募捐支持，都告诉了胡次乾。

不久，为了更快更好地募捐到丰足的资金，筹备会成员再次讨论，庄崧甫和孙振麒他们力主分队募捐，既立足于本邑，也攻上海、镇江等城。奉邑旅居上海的士绅较多，镇江现有胡次乾他们在，大家尽力奔走。

　　一九二六年四月二十九日，农历丙寅虎年三月十八日，一个晴天朗日的日子，张泰荣和孙振麒他们来到上海，在新学会社聚头，商定分二十个分队分头去劝募，每队目标是五百大洋，计划劝募一万元。随即，当天晚上七点，他们又与庄崧甫讨论，庄崧甫翁拟次日与孙振麒等分赴未能出席上海讨论会的诸位处去劝募。张泰荣被派至镇江胡次乾处，并到苏州、龙华等地劝募。

　　五月一日，张泰荣等三人来到上海北站，搭四点的特别快车来到镇江，抵达镇江时已为夜里九点，此时镇江城门已闭，他们投宿于一城外迎宾客栈。次日一早，胡次乾就在检察大厅候他们。胡次乾与张泰荣等一见，分外开怀。胡次乾带大家遍游大厅一周，之后，胡次乾拿到劝募捐册就开始劝募起来。

　　大约一个月，胡次乾回到排溪，张泰荣奔至排溪同庐，他见到胡次乾就仿佛有了底气。两人又一次详细讨论孤儿院事。胡次乾告诉张泰荣，下半年他将会辞去镇江职事。张泰荣也很欣喜。其实张泰荣早已知道，胡次乾已被庄崧甫他们推举为奉化参事会出纳员。这也就是说，胡次乾将归奉邑工作。张泰荣深知，这样一来，就孤儿院一事，他就能及时与胡次乾相商，得到这位兄长的支持。

　　几天后的一天早上，胡开钜翁把张泰荣叫来同庐，他跟张泰荣说上午九时去排溪邻村王家岭募孤儿院款。在王家岭，胡开钜与张泰荣募到夕阳落山才归，他们募得大洋一百零三元。一周后，胡开钜又领着张泰荣去白溪两旁的村庄募捐，这次他们在葛岙一带。胡开钜翁已六十五岁了，一个有能力颐养天年的人，却领着年方二十四岁的张泰荣行走在白溪村庄的村巷。这天，天气突变，大雨如注，张泰荣备尝艰辛，看着如倾大雨打在胡开钜的斗笠上，张泰荣既愧疚又心头热血汹涌。他暗暗发誓，此生如果有价值，那就是在胡开钜父子，在庄崧甫翁等奉邑乡绅的倾力帮助下，创建起孤儿院，为失去生存依靠的奉邑孤儿撑起一片天。

　　一九二六年的下半年，胡次乾离开镇江检察厅的职位，回到奉化，他从事参事出纳员工作，同时兼担起县育婴堂的责任。他有了更多的心事，放在与庄崧甫翁和张泰荣创办孤儿院的大事上。这年的盛夏，山谷茂密的树林中，蝉噪着，使这个燠热的夏天更觉闷热。但内在的宁静与笃定，的确会减轻身体对外界的适感。一天，胡次乾下午刚迈进县议会，茶还尚没沏上，张泰荣进来了，他告诉胡次乾，他得知箭岭下王宝贤路过大桥回箭岭下，他一早就追过去，希望得到王宝贤的支持。胡次乾说，好。箭岭下宝贤、宝信昆仲，也是年少时吃了不少苦的人，他们必有慈怀之心。泰荣，你眼光敏锐。这样好，争取更多人加入慈善公益事业中来。人多拾柴火焰高。胡次乾用兄长厚爱而又敏智的目光看着张泰荣。

　　不久，胡次乾与张泰荣先来到县实业局，他们主要是了解奉邑实业的状况，同时了解何种实业会更有前景。换句话说，胡次乾他们对未来即将成立的孤儿院，设想除文化课外，还开设什么职业课对孤儿立身于世更有利。这一想法，在胡次乾心中萌芽已久。他们俩从实业局出来，就马不停蹄来到城邑的校士馆，这是旧时奉邑的一科举考场，现在已人去楼空，他们就计划将孤儿院设立在这里。两个人仔仔细细地察看了一下还遗存的建筑，哪些可以保留，哪些要修葺，什么地方还可以加建一些建筑，他们必须做到万无一失。两个人又兴奋地讨论起来，将来如何分配教室、教师工作室和后勤部。

时光行进的步伐，是没有任何人可以阻挡的。民国十六年，即使日子飘飘摇摇，它依然强劲地到来。他们，胡次乾、张泰荣，那颗恒定的心永远不变。一九二七年阳历元旦后，泥水匠就进校士馆，开始泥水工作，整地坪，修砌砖墙。有时，胡次乾和张泰荣就住在正在整修的孤儿院，这样便于及时与各种匠人交流沟通，加快孤儿院的建设进度。

募捐工作依旧进行。

这年五月七日，张泰荣去校士馆转了一圈，回到家中吃过午饭，他见天空又是晴朗，气候呈现着春夏之交的特点，春天的温润还在，爽然的夏天仿佛已至。这样的天气极利于人的行动。张泰荣与内荆打个招呼，就出门朝排溪同庐而来。下午四点，太阳已转过排溪南边的童公岭，张泰荣抵达排溪，他去他任教多年的蓬麓小学，看了看曾经教过的孩子，他越发觉得胡家父子的宽厚与仁怀之心，是他们父子让排溪村孩子有着幸福记忆的童年。现在，他要步其后尘，创立孤儿院。从学校走出，张泰荣到同庐。胡开钜正在堂屋等着他。这天晚饭，张泰荣在同庐吃。他们俩在饭桌上商定，翌日去白溪一带募捐并催款。

第二天，胡开钜同张泰荣来到同宗的蓬岛村募捐，胡开钜对张泰荣说，蓬岛是他们奉化始迁祖胡进思最先落地开花之所，同是胡氏子孙，他们一如他们的先祖，都是博爱之人。张泰荣在这个立夏之时，觉得了内心的一丝清凉。他们在蓬岛村得到不错的收效后，又往沙栋头。午饭后，胡开钜又领着张泰荣往孙家塔村募捐。之后，他们又前往王家岭催收认募款。胡开钜的人缘，让跟着的张泰荣很钦佩，原本他担心吃闭门羹的事，一桩也没有，胡翁的脸就仿佛一张名片，走到哪儿，哪儿的门一下洞开。

傍晚，夕晖都已被西边的远山收尽最后一点时，胡开钜他们回到排溪同庐。吃过晚饭后，两个像父子般情谊的人，为孤儿院筹款的事，谈至深夜。

熹微刚露，胡开钜起来就站在同庐的天井中央洗漱，他看天色不是很好，阴沉，天空有点像倒扣的锅。他去叫醒张泰荣。两个人匆匆地就着一口腌菜、萝卜干和一碟腐豆乳，扒了两碗粥，就又上路了。他们来到邻村龚原。胡开钜对张泰荣说，天气不太好，今天就近去龚原。他们来到龚原收捐，胡开钜带着张泰荣来到先前曾认募过的人的家里，一一收取各自认购的募捐款。

天空的乌云越压越低了，一场雨即将落下。胡开钜他们赶紧离开村庄往排溪同庐赶。

要下雨了，但我们走到同庐前不会落下。胡开钜以自己几十年的生活经验告诉张泰荣。他往回走时，发觉张泰荣有点失落的样子。

开翁辛苦了。

不辛苦。我们老了，以后许多事要靠你和次乾这些年轻人去做。

这时，胡开钜已六十五周岁，但他依然腿脚利索，有时连张泰荣这个年仅二十五岁的年轻人都赶不上。张泰荣听到胡开钜这么一说，神情大振。

下雨的话，开翁就好好休息。真的太辛苦了，吃力，又是讨面子的事。

哎……泰荣贤侄，孤儿院办起来了，奉邑无着无落的孤儿有个教养的去处，我胡开钜卖点面孔，值啊。

十二点半回到排溪同庐，家佣早早烧好了饭，胡开钜的妻子依在门框张望着。

我内荆在等我们吃饭。

午饭时，夏雨如注。但夏天的雨，已完全不是春雨也不是秋雨，它下一会儿就停了。望着已敞亮了一些的天空，胡开钜打着赤足和张泰荣来葛岙。雨水积在沙土路上，坑洼处雨水积成小潭，胡开钜他们赤脚走，张泰荣时不时要提起长衫衣角。

葛岙回来，胡开钜草草吃了饭，就倒头睡了。

他累了。

孤儿院成立的事已近紧锣密鼓了，各方面工作在齐头并进：匠人们在加紧建设，资金仍在筹措，庆典日也在择定。

一九二七年入夏后，发生了几件事。一是张泰荣和胡次乾他们到处募捐。五月十四日，他们到校士馆指点木匠干活后，就奔赴村庄去募捐，这次募到大洋一百三十元。一个月后，张泰荣他们从宁波抵沪，再次动员奉邑在申士绅商贾支持孤儿院。六月十五日，张泰荣他们搭上午八点十五的沪杭车前往杭州，与在省政府工作的奉邑人士取得联系，面晤庄崧甫、胡行之等，这次他们再次彻谈奉化现状、孤儿院日后用人和募捐工作，还详细谈了孤儿院章程等。在杭州、上海两地，盘桓十日，从上海十六铺码头乘沪甬轮，于六月二十四日早晨六点半抵达宁波，午后，搭船到奉邑南渡码头登陆，步行至城。这次入沪募捐后差不多四个月，十月二十二日，张泰荣再次从宁波抵达上海，这是他们在孤儿院成立前最后一次入沪募捐。这天一早，张泰荣他们访奉邑王溆浦在沪的巨商王才运。王才运是位极富家国情怀，又满心慈爱的商人，他是奉化红帮裁缝三大派的一派领袖之人，为孙中山及许多在沪甚至民国政要人物丈度身材并亲自执手做过衣服的巨贾。这次，孤儿院的募捐就得到王才运的热忱帮助与巨大支持。张泰荣找到他，他即爽脆并热心地允诺，这天晚上六点到同兴楼开奉化在沪同乡会。是日晚上六点，王才运、邬志豪等准时到同兴楼，讨论结果是再分捐册二本，请大家寻求在沪的奉邑爱心人士认捐。王才运又一次允诺，待他取到认捐册本后，他将依户催收募捐款。一天后，王才运与张泰荣他们匆匆吃过早饭，就雇车到认募的各位奉邑人士那去催收款，这次他们专访了汪宝棠、何绍裕、张云江、俞东照、王廉方、邬志豪、邬志坚、朱守梅等，一下收到大洋两千余元。同时，王才运与张泰荣他们在沪的到处奔走，使募捐不仅仅是募捐，还是一次关于奉邑孤儿院的全面宣传，使孤儿院的大善大美，尽奉邑士绅商贾而皆知。张泰荣他们离开上海返回奉化前，王才运斩钉截铁地说：余生，愿致力于孤儿院，共负任肩。

　　第二件事。这年盛夏，胡次乾和张泰荣按首次接纳孤儿的数量，两人计算好帐子和被子的布料，他们前去采购，然后又送去裁缝坊做，还不时去监看一下。他们择定的下半年十一月二十四开院的日子，越来越迫在眉睫。

九月十七日，胡次乾得到省里通知，他被任命为余姚县县长。在这之前，浙江省在全省给有为人士发出竞选县长的通知，在各方人士的力劝下，年轻而又具有高学历的胡次乾参加了省里的竞选。胡次乾接到省里发的余姚县县长的任命书时，他还奔走在育婴堂和创立孤儿院的路上。胡次乾这年二十九岁，他在县议会仔细端详着任命书，心里涌起一股使命感，他一如历朝历代那些信仰儒家哲学的县丞，修身、齐家、治国、平天下的豪情，刹那间就从心泉里汩汩而出，他收拾着桌上的什物，捆包，扛在肩上，仿佛一个即将上场的侠士，他原本就冷峻的面容，这时越发冷峻，他把一切扛在自己的肩上。为官一任，造福乡梓。此时，这似乎成了胡次乾内心的呐喊。

这年十月，胡次乾走马上任。这位七品芝麻官带着责任与使命上任，他翻看了有关余姚的全部材料，走访了官吏，也踏访民间，他的双耳竖立起来，听不同方向鼓进他两耳的风。他也像尧舜那样，竖谏之鼓，立诽谤木。尧鼓舜木后，胡次乾大刀阔斧地进行改革，他先是进行吏治整顿。他认为没有一支好的小吏队伍，民生将没有好的环境，一个小吏如果将手中所握的哪怕是一点小权，不受约束地膨胀、腐败，也会弄得鸡犬不宁、民不聊生。胡次乾走马上任，只烧了一把火，这把火就是改革旧的官吏选、任与官吏考察制度。但这就仿佛捅了马蜂窝，原本大家像是相安无事，你做你的县太爷，我当我的县衙小吏，然而，胡次乾一改革，就捅破了那个局面，官吏蜂拥而起，纠集一团，共同对付这个奉邑来姚的孤单县丞。他坐在县府太师椅上，仅一个月多点时间，就被省里一纸免职书免去了他的职务，免职书还见诸报端。

　　胡次乾自己也明白被免职的个中缘由，这是一些官吏私通上面，将影响他们权力的胡县长赶走。

　　胡次乾立在办公室，推开窗，远方就是远山舜水，这方出过帝舜、有过王阳明的舜地，依旧是浊浪滔天的，只可惜了姚地百姓。此时，被窗外吹进的秋风吹得有些冷彻的胡次乾，仿佛瞬间就懂了那个仰天而去的李太白。胡次乾年轻而又充满着凛然傲气，也在心里长啸一声：仰天大笑出门去，我辈岂是蓬蒿人。

　　十月上任，十一月十七日，张泰荣和宋汉生等人就从西坞乘船至宁波，再从宁波乘甬曹火车抵余姚接胡次乾。胡次乾交卸后，于当晚六点搭火车返回宁波，他们在宁波华安旅馆十号住了一宿，次日回抵奉邑。

　　这天，距孤儿院开院仅一周时间了。胡次乾的归邑，张泰荣是喜忧参半，忧，是为刚正的胡次乾兄抱不平；喜，是创立孤儿院之途上，他又有了时时可依恃的主心骨。

　　一九二七年十一月二十四日，农历丁卯兔年十一月初一，天空大晴，秋天的天空高远而蔚蓝。奉化校士馆，名绅共聚，这里正举行奉化孤儿院开院盛典。孤儿院正门外，穹隆三门柏彩牌楼，大礼堂灯彩纷呈，大院壁间两廊，被贺联、贺屏悬满。上午十时，奉化各学校、各机关来参加开院仪式的共一千余人，鸣礼炮后，仪式开始。来宾们依次致辞。下午，助演节目。这天，张泰荣接待来宾，忙得不亦乐乎。首届几十个孤儿，次日即在孤儿院接受教养。

孤儿院的开院，胡开钜、胡次乾父子像是放下一桩心事。六十五岁的胡开钜看着儿子胡次乾为工作到处奔波，看到他与张泰荣他们为孤儿院到处奔走，一是心暖一是心疼。胡开钜觉得次乾儿将来必成大器，必造福百姓。

其实，孤儿院成立后，年关的脚步嗒嗒走来。胡开钜深知，对于穷苦人来说，年关委实就是一道难以跨过的高坎，很多人自己都衣不蔽体、食不充饥，更谈不上有什么钱给孩子配置新衣裳。

距离除夕不远的一天，下雪了。雪，覆盖了原本看见的山和远处的房舍。早饭时的正堂内，被天井里的雪反映得亮堂堂的。胡开钜一边与胡次乾吃着饭，一边紧蹙眉头。

爹，您有什么心事吗？

年关快到了，有好些人要发愁了。

是的，爹。每到快过年时，奉化也常看到沿村乞讨的人，一个个破衣烂衫。

是啊。家里哪怕有一点钱，也不会出来讨啊。谁不要脸面。

胡开钜望着天井地上的一层积雪，雪虽薄，但还是把天井弄得白皑皑的。他将筷子搁在桌上，一只手按在一粒不剩的空碗上。他眉头又紧了一下。

爹，您有什么想法呢？

次乾，你热心的孤儿院现今也开院了。爹在想，今年腊月二十七开始，我们开仓放粮吧，就选在腊月二十七日，连续放粮三天，二十九日结束。三十就是除夕夜，让人家也过个年。尤其是排溪几个邻村，更要注意。

好的，爹。我们仓库里的米应该可以放，也足够放。

次乾，我们排溪，还有蓬岛、龚原，这几个村庄，你上心点。

好。我派人去村里调查一下，谁家有人生病的特困户，对这些家庭，我们争取做到一个不漏。没有米，他们真的度不过这个年关。

好。

腊月二十七，仿佛是眨眼之间就到了跟前。这是一九二八年一月十九日，天晴，但寒气袭人，山区的排溪最高气温仅有三四摄氏度。天蒙蒙亮，胡开钜和胡次乾以及家佣，就在村南的灵昌庙忙碌开了。他们在灵昌庙大门前摆好了一箩筐一箩筐的米，在庙的仪门内齐齐整整地码放好了布，这些布都是自家染坊的棉布，耐用。

冬天的太阳从东边升起来，阳光打在他们的脸上。灵昌庙前的排溪古街虽不似从前热闹繁华，但依旧是一条东来西往的必经路。

早饭后，一些乞讨者见灵昌庙胡家开仓放粮，双手合十，虔诚拜着灵昌庙内那尊奉化胡氏开基祖胡进思的塑像，口里喃喃自语：这是活菩萨显灵了。乞讨者来一个，胡开钜和儿子胡次乾他们发一个，他们给每人一斗米，这斗米有十四斤重。胡开钜叫帮工们给每位乞讨者量身给布，让每位可以制一套冬衣，不论男女，也无论老幼。乞讨者越聚越多后，胡开钜他们就引导乞讨者排队领粮领布。

排溪灵昌庙前街道上，胡家胡开钜父子开仓放粮的消息不胫而走，一下子风传到余姚、新昌、宁海、鄞县、嵊县等地，第二天，即腊月二十八，天麻麻亮，队伍就排成黑蒙蒙一条长龙，待胡开钜他们来到灵昌庙前时，队伍已排到距离排溪快两里路远的排溪八角凉亭。他们还是给每人一斗十四斤重的米，还是为每一个人量身给布，这天，天黑尽了，他们在门楣边支起灯，坚持给排队的人放粮食，又量身给布。

第三天，即距除夕仅一天了，气温倒是回升到十二摄氏度了，但雨又袭来。胡开钜他们知道这些从嵊县、新昌、宁海、余姚、鄞县来的人不容易，他们冒雨放粮、施布。胡次乾又让人将米和做冬衣的布，送去给邻村早已调查好了的极困户。

胡氏父子的善名，在这个阴历年，在奉邑及邻县到处传诵着。大家都说排溪出了大善人。

孤儿院正式开院了。然而，几十号人的日常开销，对胡次乾和张泰荣他们来说，依然是沉甸甸的担子。他们唯有继续募捐，才能保证几十个孤儿正常上课，教与养才能正常进行。

一九二八年二月七日，即农历戊辰龙年正月十六日。这是戊辰龙年元宵刚过的日子，胡次乾和张泰荣就马不停蹄忙开了。这天，胡次乾邀张泰荣来排溪同庐，午饭后，他们俩告别胡开钜，就步行往曹村去，他们计划在曹村见庄崧甫翁，商量孤儿院发展的各项事。这天，两个人步行约六个小时，一路上纵论世事，又谈奉邑现状与未来发展，两个人还是满腔热血。到冷西村时，黄昏已至，黑暗疾速拢上，一下子，一张黑得沉沉的天幕就笼罩下来。他们借宿在冷西友人家。次日，吃过早饭步行十五里来到舍辋，在胡次乾友人、至交周科丙家午膳，膳后即步行，抵达曹村时，又是黄昏漫上。然而，比黄昏拢来更让他们闷闷不乐的是曹村庄崧甫去沪，使他们曹村之行扑了一个空。

时间的行进，容不得他们歇息。他们不知气馁地瞅准一切机会，能募多少是多少。二十多天后，庄崧甫回到曹村。三个人得知孙振麒在萧王庙，又相约共赴萧王庙，四个人在萧王庙募捐。

孤儿院在奉邑各方富有仁善之士绅和普通百姓的资助下，一切正常地运转。两年后的一九三〇年三月一日，农历庚午马年二月初二，孤儿院召开董事会，这次会议郑重决定：添收院生至一百人，继续募捐。要依靠奉邑全域力量，把孤儿院办好。

孤儿院刚建起时，没有专门浴池，几十个孩子很长时间都是拎点热水洗，条件简陋，到冬天，有时孩子会冻得哇哇直哭。两年多后的夏天，孤儿院利用这个较好的时间节点砌一座浴池。但浴池的材料和泥匠的工时费，需要一百二十元大洋。张泰荣犯愁了，账目仅有的一些钱很难拿出这么多来砌浴池。他向胡次乾汇报。胡次乾忖思了一会儿，对张泰荣说，倡议临时专项募捐。张泰荣眼睛一亮，觉得这个办法好，他作为孤儿院的经济部主任，压根儿就没有想到这办法。"次乾兄，这个好，我咋根本没有忖到？"张泰荣一拍脑门，双眼闪亮。"泰荣，以后孤儿院的各项临时建设，我们都可以专项募捐。这次专项募捐效果很好，浴池得以顺利砌建。"

一九三〇年下半年，孤儿院添收孤儿到一百名。米，又成了孤儿院的沉重负担。孤儿院有了建浴池专项募捐的先例，胡次乾再次倡议募米，他让张泰荣组织好大米募捐队去各村庄募米。孤儿院的教职员工讨论，觉得这办法可行。不久，募米队去奉邑村庄募米。

同时，这年下半年一开学，孤儿院出于对孤儿将来踏入社会能自立考虑，经充分酝酿、讨论，决定首先开缝纫工场。庄崧甫、孙振麒、胡次乾、张泰荣几个人讨论，认为一是奉邑有大批裁缝宿将，这些裁缝大师即使在上海滩都有重要地位，这就便于今后孤儿院缝纫工场的产品销售，二是孤儿离开孤儿院，离开工场，他们也有立足于社会的一技之长。

他们得知王才运从上海回到奉化老家王溆浦，赶忙去信，请他来孤儿院一趟，共襄大事。王才运托人捎话，说在家处理一些事，脱不开身。

王才运从上海回来的机会不多，胡次乾觉得不能错过这个面晤的机会，否则要辗转去上海面晤，既费时费力还费钱。他和张泰荣当机立断雇车前往王溆浦。

他们赶到王溆浦时，夕晖已洒在奉化江上，推开王才运家门时，余晖已收尽。王才运连连抱拳作揖，表示很抱歉，让他们接到捎过去的话后就风尘仆仆赶到王溆浦来，很是过意不去。王才运赶紧把胡次乾和张泰荣迎进大堂，并把他们介绍给家人，吩咐家人做点饭菜。

吃过晚饭，王才运让家人收拾碗筷，沏上茶。

青灯一盏，人影三个。

这天晚上，三人详尽地讨论孤儿院缝纫工场。王才运说，孤儿院开设缝纫工坊，符合教养孤儿实际，缝纫产品的销路不会有什么问题，可以搭乘在上海的奉帮裁缝们的销售渠道。他说，对于销售他们可以全力帮助，这样省去一些费用。如果孤儿院开设其他工场，产品的销售就没有像缝纫品这样有现成铺好的渠道。

晚上九点，胡次乾与张泰荣就宿在王才运家。次日，胡次乾对张泰荣说，睡了一个好觉。

是啊，才运翁让我们踏实了。

半个月后，排溪发生了一件大事：立庙近千年的灵昌庙，被匪徒焚烧。这不是一座普通的寺院，它是蓬岛、排溪胡氏族的精神殿堂，许多闪耀着胡氏先祖光芒的物件也被焚烧殆尽，那些记载着胡氏奉化肇基始祖至今的绵长历史记忆的承载物也被毁于这场大火。

面对着被烧成黑炭般的废墟，有几日，胡氏族人都是双眼含泪，仰天长叹。

一座精神殿堂坍塌了，胡氏人需要其他的支柱立起来，以便横扫盘桓在胡氏族人心头的阴霾。

很快，这一支柱将胡氏家族的精神竖了起来。十一天后，胡次乾去南京任导淮委员会第二科科长。胡次乾在三年多前就出任过余姚县县长，他被胡氏族人看成是能传承胡氏先祖精神与品德的晚生，虽然上苍并没有过多赐予他恩宠，但大家都明白，即使身在浅滩，他也会是一条蛟龙。

一九三一年二月二十五日，这才是辛未羊年正月初九，奉邑还留着浓浓的年味，胡次乾去南京走马上任，他们的上司即导淮委员会副主任庄崧甫。这是天赐良机，他得以与奉邑德高望重的庄翁共事，他可以在庄翁这儿像汲水般汲取这位长者的社会经验以及处事智慧，感受这位长者的人格魅力。

他到南京差不多才一个月，张泰荣就希望去南京能得到他和庄崧甫翁的支持，能在南京进行一次募捐。胡次乾在南京一个来月，已熟悉了许多新的面孔，他觉得有那么多新老面孔，募捐有望。他在接到张泰荣从上海打来的电话准备来南京时，就应允了。

三月二十四日，张泰荣抵达上海，吃过午饭，回到新学会社，同孙振麒一道至上海北站乘火车前往南京。火车抵达下关站时，已是夜里十点二十分。胡次乾和孙礼桐等备好汽车在下关火车站出站口等。几人相见后，胡次乾他们即将张泰荣和孙振麒送到东方饭店投宿。

因为张泰荣和孙振麒他们先是在上海，紧接着又辗转到深夜才到达南京，胡次乾让他们先歇息一下。

张泰荣他们抵达南京后的第三日，九时许，胡次乾和孙礼桐邀张泰荣他们去游览玄武湖，午后又去莫愁湖。在泛游时，他们一边赏景，一边谈孤儿院事。晚上，由孤儿院方设宴，出席宴请的除胡次乾、孙礼桐外，还有朱守梅等。席间，孙振麒先说话，他举杯对大家的到来表示谢意，他说，这次来南京，仰仗大家再次支持孤儿院，在座的都是奉邑名绅，现在又是政府各机关的人，人脉甚广，在这里，我孙振麒代表孤儿院恳请大家鼎力支持孤儿院，使孤儿院能长久地正常地发展下去，我们奉邑这块土地就能和谐，万民同乐。朱守梅听了孙振麒来南京的初衷后，对孙振麒说：表卿兄，我谈谈自己的看法。孤儿院同人和奉邑名绅、众乡亲，都在努力，这次到南京来，我以为像以往那样接二连三地在外募捐，恐非最佳的办法。我想，我们确定一个预算，然后一次募足，省得大家奔走于奉化与南京之间，费时费力。我们去募捐的征募队分为十队或十五队，每队募额三千元，一次募足。

席间，大家面面相觑，神情振奋。胡次乾说，守梅兄这个办法不错，放在南京，这个方法可行。在奉化，孤儿院的发展中会突然冒出一些特别的事，还是需要一些临时的、专项的募捐。

这次北上南京的募捐，收获不错，奉籍人士纷纷认捐。

不久，孤儿院在缝纫工场外，又开了藤工和竹工两个工场。

一九三一年，国事堪忧，外族侵凌，其势嚣张。下半年，长江以南的重镇上海，也是风云突变，一下子让人顿觉风声鹤唳，即使身在奉邑也让人惶恐不安。

但无论如何，奉邑名绅们还是把办好孤儿院的责任扛在了自己的肩上，无论是庄崧甫、孙振麒，还是胡次乾与张泰荣。

十月后，张泰荣又上南京，次日午后，胡次乾就与张泰荣乘车离开南京直驱上海。在南京，他们再次为募捐之事，这次他们去收募捐款。两个本来有愁容的人，因为募捐的顺利，而愁云渐化。然而，他们乘坐的火车路过镇江，见铁路两旁一片汪洋，洪水吞没田畴与房舍，一幢幢房子淹没在汪洋的洪水中，这些惨不忍睹的景象，让他俩又愁容涌起。他们沉默地望着车窗外，已没有说话的兴致，悲伤的情绪充塞了他们。

抵达上海时，已是深夜十二点半。

国事已沧，家事亦觞。孤儿院事业的一根支柱轰然崩塌，奉邑在沪的一代红帮宗师王才运因疾病突袭而遽然辞世。胡次乾闻讯，黯然神伤，偷偷抹泪。这年十二月六日，王才运灵柩在王溆浦出葬，张泰荣代表庄崧甫、胡次乾，参加公祭并执绋，几百米长的绋巾，白惨惨的，悠长悠长，仿佛伤痛无尽头。张泰荣手执绋巾，见才运翁像亭路过村庄巷口，王溆浦百姓皆挤在那，凝神注目，啧啧悼痛，都泪珠夺眶而出，大家都为这位豪情又仁善的王溆浦名士痛心，才五十多岁就别家乡而去。张泰荣手执绋巾，步履沉沉，数十次仰天大哭，凄然欲绝。

孤儿院几十个院生也痛哭送柩。

张泰荣神情有好些日子萎靡。胡次乾送他一枚铜印，印上仅两个篆文字"烈子"。"烈子"是张泰荣的字，胡次乾以"字"送他，此时此刻有一种别样的意味，胡次乾希望他能做个"烈子"，刚直而坚毅。事实上，张泰荣后来写日记将做一位"烈子"的情怀抒写出来。

又是一年的年关刚过不久，胡开钜迎来他的人生七十寿辰。这是一个让孤儿院同仁提神的契机。公允地说，奉邑孤儿院开院已近四年半了，这所后来闻名遐迩的孤儿院之所以能够创立，与胡开钜、胡次乾父子仁善、慈怀分不开。是胡开钜最先给了道义上的支持，他曾奔走呼吁，同时吁请长长的东江两岸村庄的名士给予物质上的支持。在孤儿院首倡募集基金会阶段，那一阶段大家还沉默不语，或还只是零星募资时，胡开钜在胡次乾等的支持下，一掷千金。这"咚"的一掷，让稍显平静的湖面，刹那间飞溅起千层巨浪。

胡开钜是孤儿院许多同仁的精神支柱。

一九三二年三月十二日，大家纷抵排溪同庐，庆贺胡开钜七十寿诞。这一天，大家诵读了奉邑名绅孙振麒（即孙表卿）撰的庆叙，这篇庆叙就高度称颂了胡开钜的崇高品德。孙振麒《胡开钜先生七十暨德配张太夫人七十晋二双庆叙》道：

友人胡君次乾，供职于导淮委员会，以书来称，尊翁开钜先生于今年三月十二日为七十寿辰，十月二十四日为母张太夫人七十晋二诞辰，叙述懿行，嘱为文以志庆。先是奉化孤儿院同事友人张君泰荣、宋君汉生，常以为言而虑余之病弱不克应命也。余与次乾以筹设奉化孤儿院及其他公事相处日久，契好已深。又夙知开钜先生于奉化孤儿院酿金首倡，及其他艰苦卓绝之行谊，足以风世煮后。则叙文致敬。为老人祝嘏，礼也，亦谊也，其何敢辞。盖开钜先生，幼勤敏，以贫故辍学，佐理村肆。而体弱多病术者推算，恒谓格奇少寿洎年三十。体渐强而家亦渐起。爱惜物力，寸草谷粒，不忍暴珍，常以杵击稻稿，颠余粒拾藏之，而散给贫乏。岁指囷以为常，所居排溪村村户不盈百，儿童少长跋涉寄学于邻村。先生倡议兴学，乃率先折赀度地庀材黉舍既成。就学有舍，于是张君泰荣受聘为教师。恒与先生言奉化贫苦多孤儿乏教养。而外国及中国十大都会往往设院救济，其利益人群。尤卓越宏远。先生遂捐千金为倡，其后云合响应，魁艾硕彦义士名媛输深解囊。又得庄君崧甫主持于上，张君泰荣宋君汉生擘划其间，而次乾与余供奔走之役。自（民国）十六年开始迄今，已收孤儿一百数十人，衣食教诲费费万元，规模初具。虽未敢谓已踦于完成，抑先生创始之功实不可没矣……先生富而好施，仁慈爱人。十五年间，两遭匪劫，既困其躯，复毁其室，遭时不造乃使

之然。而要其不震不惊，履险为夷，则岂非积善之报有不爽者
欤。今当七十杖朝之年，精神矍铄，步履康强。为一乡之人扶危
解纷，群众景仰。德配张太夫人持家有法，门庭雍肃，持斋诵
佛，虽罹目疾，而神志愉如，适诸孙玉立，彬彬而学，兰茁其芽
福。次乾凤擅法律，今又从崧甫先生计划导淮事，为淮滨之民造
福，试以先生前所为者，征获报之非诬，更愿推先生慈善之所怀
以消弭灾患者，积极行之，俾福禄绵绵长无极也。先生闻之，其
当为欣然，更进一觞耶。

孤儿院同仁借庆贺胡开钜七十寿辰之机，相聚同庐，他们的
精神仿佛又一次被振作。在这个老翁面前，张泰荣他们哪敢
言颓。

几天后，庄崧甫与胡次乾商榷，孤儿院采取两步走的方式，
以尽最大能力解决奉邑社会之需，一是让在院里已四年多的年龄
已稍大且已有一技之长的院生，可以适时出院，走入社会，或转
而去武岭学校学农；二是适当再增添名额。此外，胡次乾他们还
去走访一些奉邑人士办的实业，千方百计解决院生前途出路。后
来，他们将院生吴育粹、吴慧民、任庆芳、董炎林派往热水瓶厂
去做学徒，又送王梦麟、胡仁夫、皇甫良富、傅壬庚去铅笔厂做
学徒。

一九三二年夏天，庄崧甫因导淮工程遇掣肘，工程进行总是
棘手，他辞去职位。几个月后，同在导淮委员会工作的胡次乾也
离开，去南京警察厅任司法科第一股股长，又开始了他擅长的法
律工作。一九三三年，农历癸酉鸡年二月初四，胡次乾走马上任
新的职位。

但胡次乾有时间，还是将目光抚拂在奉邑这片土地。

不久，另一件事被胡次乾摆上他力主去做的日程：修一条从奉化城区到排溪甚至到排溪再往南的龚原的路，即白溪路。多年来，因为没有一条像样的路，白溪一带百姓去趟奉化城是艰难的，运送一些重的物件，更是举步维艰。

年轻的胡次乾，感同身受后，曾下决心改变这一现状。但因诸事缠身，后来又是大如天的创立孤儿院事扛上了肩，他现在可以腾出手来做这件事了。

一九三三年十月八日，胡次乾决定去找张泰荣。在事情尚在萌芽状态时，他喜欢与张泰荣商量。他们相识已十一二年了，二十多岁时，两个人就常在一起纵论天下，有挥斥方遒般的方刚血气。这些日子包括后来的几天，其实都阴霾密布，憋得人喘不过气来。但他一想起修一条白溪路，以方便沿溪十几二十个村庄，他的心里就一扫天气带给他的压抑与沉云。胡次乾来到孤儿院，张泰荣刚放下手上一本书。胡次乾说，泰荣，我一直想修一条从排溪通往城区的路，现在根本没有一条能两部车交会可行的路，大家进个城太难。张泰荣觉得修白溪路是迫切的。他想起当年他从家里雇挑夫去蓬麓小学教书的情景，至今感慨，两个人都要侧身相让。张泰荣问胡次乾，次乾兄，修一条路，就是沙石路也需要不少钱，一是材料费，另一个是工人的工时费。胡次乾说，这个我也早想过，费用我来出一点，其次筹一点，专项募一点。两个人谈了很长时间，打算先请专业人士来走一下线路，预算土方，怎样备料，去哪儿请劳力。

几天后，他们请来勘测员来定白溪路的走向，确定好线路后，就叫人填路基了。同时，他们又找各位好友与乡绅捐款。到一九三四年三月下旬，白溪路已成大半。

这年七月九日，盛夏。孤儿院同仁都该记住的日子，这天，校士馆内的孤儿院举行了第一届毕业典礼。典礼仪式简洁，他们没有奢华的渲染。看到毕业的院生远去的背影，看到院生背上的行囊，同仁们都兴奋地抹去流在眼角的泪，那似乎不是院生，而是他们播种后结下的果，是夏天里盛开的花。他们落泪，是因为其间的辛劳只有他们自己知道，是因为其间所感受到的甜，只有他们自己清楚。他们希望那一身行囊中，装上了他们的殷殷嘱托与院生们自己的人生理想。

时间像趟破败的列车咣当咣当行进中，将大难一个又一个甩在了胡次乾他们面前。它驶进一九三七年，民族大难已轰然而至。他们想尽一切办法将毕业院生送往院生理想之所，不管丢下多少面孔。好在，在这种历史与现实都充满沧桑的大环境下，许多人都更具一种慈怀之心。盛夏的一天，孤儿院张泰荣他们叫来他们的老友竺通甫和畜殖场场主黄岳渊，还请来园圃场主镇海人李善祥，请他们仨来院，选即将毕业的院生。黄岳渊选了董信益、康耕莘、张信元三个为其场的练习生。竺通甫选了天资聪颖、体格强健的两名院生，送两院生深造，院生所需一切费用皆由他来承担。李善祥也选了院生将来去他的园圃。

这天晚上，天下大雨，大雨如砾击打着头上的瓦楞。胡次乾和张泰荣在育婴所请他们几个用简餐。一烛光影，人影绰约。席间，五人全没了心情吃饭，他们仿佛是一群无国可依、无家可归之人，神情黯然地谈论国家大事。其时，东三省早已沦陷于日寇之手，"七七事变"又生。李善祥声音已哽咽起来，他说，东北三省是国家东北门户，门闩已开，灾殃已到，现山东又岌岌可危，河北又生事变，日寇灭我民族的狼子野心已昭然若揭，国破家散，大小踽踽而行于逃亡路上，这是何等的亡国之痛？这样的哀伤悲痛，又何时可止？李善祥声泪俱下，趴在桌上哽哽咽咽，最后号啕大哭。

一九三七年七月二十七日，是胡次乾三十九岁生日，原本孤儿院同仁尤其是张泰荣想给这位世兄庆四十初度。无奈的是，国已破，寇已侵，大家无心，甚至不忍看岁月。八月十三日，上海战火燃起。次日夜，十余架敌机轰然飞过奉邑天空，轰鸣声搅乱了奉化全域的百姓，人们惶然不安，至深夜都无人敢眠。在沉沉黑暗中不安地等了一个夜晚的人们，本想在天亮时睬上一眼，岂料，一早又有十余架敌机盘桓奉化上空，城区居民纷纷迁避。

苦难与哀痛邃然而至，孤儿院艰难时日被疯狂拽至。为避免孤儿院遭受无法挽回的损失，他们开始想办法。这天，胡次乾跟妻子周根花商量，要将孤儿院的重要文件移到广渡兰房存放。广渡距奉化城区毕竟有十多二十里路，且又是山区的边缘地带，兰房屋子的后面就是一座一两百米高的山，宜进宜退。胡次乾之所以与妻子商量，也是担心万一妻子娘家不允，该做另外打算。周根花是广渡大户人家兰房的大闺秀，她深明大义，更何况丈夫胡次乾与张泰荣他们做的事，她也听说一二，并明白一二，她相信眼前这个四十初度的不惑男人。她说，没问题，我去广渡说一声。周根花即到广渡与娘家说了这件事。

奉化城中居民张皇失措，纷纷搬家离城，有的拖大带小，匍匐前行在往乡间的小道上。孤儿院院生的家属也陆陆续续来院领回院生。八月十六日，张泰荣指挥孤儿院同仁将孤儿院重要文件和会计账簿全部移藏广渡兰房。

连日来，日军飞机或晚间或清晨盘绕奉化上空。人们整天惶恐不安。不久，距离奉化不远的栎社遭受日机大肆轰炸，百姓度日如年。十月二十五日，日机五次盘绕在奉化上空，警报在人们眼皮欲打瞌睡时拉响，百姓苦不欲生。次日，敌机又六次飞过奉化上空。人们在惶悚中担心的事，还是在大家的担惊受怕中发生了，十一月十二日，下午两时，日机轰炸宁波江北岸桃渡路、玛瑙路、宝记弄等地，屋子被炸毁一百多间，人民死伤近三百人。这是自一九三七年"七七事变"来，日军对宁波人民最疯狂的屠杀。这场杀戮更让奉化城区居民惶惧，那些原本还没有可迁居地的居民，纷纷离城，他们不知所往地踽踽而行在各条小道上。

孤儿院在城区已越来越危险，胡次乾他们计划一步一步将孤儿院搬离。先是决定将孤儿院的农场搬迁到奉邑南部的项岙山地去。他们计划兴修一条从广渡到楼岩的路，今后把项岙与楼岩、广渡三个地方连起来。一九三八年，农历戊寅虎年正月刚过，胡次乾、张泰荣等七个人就来到楼岩，察看楼岩到广渡段的道路，并做好标段，争取不日动工。项岙农场的房子建设也将尽快动工。

日子已越来越让人惊悚。

　　这年的八月十五日，又一届院生毕业。这一届毕业院生共十名，三名派往农场，其余七名回原地。应社会之需，在艰难与危机的双重压力下，孤儿院还是坚持新收院生十三名。

　　两个月后，项岙农场的房子已基本建好，院生牵牛牧羊在田野嬉戏。他们的天真与纯粹的情绪，也让胡次乾、张泰荣受到感染。

　　胡次乾与张泰荣的肩上又压了担子，他们都要兼抗日后援会工作。要做的急事，一桩一桩摆在他们的面前：妥善处理好孤儿院的事，广渡到楼岩的路要马上动工，同时专项募集广楼路的资金。另外，还将要募集广楼线延长到印家坑的资金。孤儿院后院东首一块园地计划辟为体育场，解决院生没有强健体魄的场所问题，在厨房边凿井一口，井与厨相连，免遭远途取水被敌机炸伤之忧。

　　然而，在乱世下的突变让人不可置信。孤儿院水井和新的体育场都建好后，时局更紧。一九三九年五月一日，日军轰炸机对宁波市区又一次狂轰滥炸，宁波市民生命与财产遭受重大损失。在这种情况下，孤儿院决定新的安置办法。就在要进行栖移时的次日上午九时许，宁波市区又遭到日军轰炸机轰炸。孤儿院的妥善处置已迫在眉睫。张泰荣匆匆赶去见胡次乾，他请胡次乾确定疏散孤儿院的方案。胡次乾思忖了一下，其实关于这一问题，他早就思忖过。这时，胡次乾果决地对张泰荣说，孤儿院的疏散，一部分搬迁至项岙，一部分搬天王寺，少部分留院。

　　几天后，他们往天王寺，察看临时给院生的授课与居住场所。院生中的二十七人搬迁至项岙农场，同时再扩建三间房屋，以便完全接纳院生。

一九三九年七月五日，是奉邑铭刻于心的黑色日子。这一天，日军飞机飞抵奉化城区上空，投炸弹六枚，奉化南门三埭、楼屋北门、运动场、中山公园、资福庙后等六处死伤数十人，南门死伤最多。奉化城区暗无天日的日子就此开始。第二天，晨光还未见时，居民就出奔狂逃，路上逃难者如决了堤坝的水。张泰荣逃奔至楼岩，一家人抱头痛哭，张泰荣悲戚垂泪。

胡次乾与张泰荣又赶到广渡兰房。山河破碎的面目，使他们哀伤，但一想到近百名孤儿，他们又振作起来。这时，因日军逐步占据奉化，孤儿院的粮食已成了他们头疼的头等大事，缺点衣服或破衣烂衫还可使肉身度过艰难时日，但没有米，孩子们就要被活活饿死。这种人世间悲伤的场景，绝不能在他们活着时上演。

其时，民国浙江省政府已迁徙到金华永康方岩。省里通知将拨一批粮食和救济金给奉化孤儿院。一切手续要派人前往永康去办妥。此外，孤儿院决定办一布厂，而布厂所需两万经费，购买织机及零部件，这一切，在这个特别的艰难时期，都需要前往永康去办理。

胡次乾是冒着生命危险前往永康的。但明知危险，也只能由他去闯。一是永康那儿指定要他前往，二是他不能推卸这本来就扛在肩上的责任。不过，这次他内心还是有相当的喜悦，他的儿子胡声宇的婚姻大事托张泰荣做媒了，他相中箭岭下王宝贤家的二闺女王芳霞，他虽只略见过王宝贤家这个二闺女，但凭他已是四十出头的眼力，不会看错，这孩子具大家闺秀风度又是知情识理的人，他请张泰荣赶紧去向王宝贤抢这个宝贝儿媳。在这个多灾多难的世道，这是胡次乾唯一可以独自一笑的事，他突然意识到他已是到了做爷爷的年岁了。张泰荣的奔波，果然给他带来好的消息，王宝贤兄盛赞胡家与王家成为姻亲。张泰荣虽然在末了告诉他，王芳霞没有最后答应，说她要仔仔细细了解胡家往事再定，要看看胡家是不是真如乡里人所传颂的良善人家。胡次乾听了，英俊而肃穆、儒雅的脸上露出旁人不易察觉的隐隐一笑：这个孩子真该是胡家媳妇，她不急，对父母的话不是一味地言听计从，她要自己去判断，这是一个聪慧的孩子。胡次乾知道，儿子的事已是板上钉钉。

胡次乾带着满腹心事往永康去。他先是乘车出奉化境，一路上战战兢兢地抵达新昌，简单用过午饭后又乘车往嵊县，沿着山谷盘来弯去才到达嵊县长乐。长乐是嵊县距东阳最近的小集镇，它的南面，远远的是群山苍苍茫茫，西边是缓缓向上然后突兀般耸起的山峰，北边倒是一马平川。胡次乾在这个集镇等候了一个来小时，下午四时乘上汽车前往东阳。六点到达东阳，秋天的夕阳已悬在远处的树丛上，天咚的一声就黑尽了。他找了一家简陋住店住下，容不得他讲究什么条件，这岁月人们能平安活着就已是万幸。第二天一早，胡次乾就来到东阳车站，车站不大，来来往往的人使车站拥挤不堪，他好不容易才买到从东阳前往永康的车票。九点多乘上车子，路上一路颠簸，又担惊受怕，午后时分才到达永康。胡次乾在永康时有些犹豫了，他想继续前往方岩，但他又担心即使赶到方岩五峰书院省政府所在地，人家也下班了，再说方岩五峰书院毕竟只是省政府临时驻地，借宿条件肯定不如永康。胡次乾在永康车站徘徊了一会儿，决定在永康借宿，次日一早赶往方岩五峰书院。

胡次乾在永康找了一家店住下，第二天去车站找去方岩的车。原本永康到方岩的车不多，但从省政府迁到方岩五峰书院后，永康车站增加了开往方岩的车。胡次乾乘上车，一个小时抵达方岩。下车后，胡次乾绕了一条弯道到五峰书院。五峰书院是所有着近千年历史的书院，它为南宋状元陈亮凿岩壁而建的书院，陈亮的哲学是事功哲学，与南宋理学大儒朱熹的哲学完全不一致，陈、朱两位哲圣曾针锋相对争论了十几年。胡次乾站在五峰书院进院的小道门口，望着远处茂密的森林，望着被郁郁苍苍树木遮掩的道路。此时，出于民族利益的现实角度考虑，他更倾向于陈亮的哲学，他觉得我们这个国家，在虎狼侵凌时，需要更多为民族利益敢于抛头颅洒热血的人。胡次乾沿着被树木遮掩的路走了进去，他找到办事人员，将事情办好后就返回永康，又在永康住了一晚。

胡次乾在原路返回奉化的路上，又辗转、颠簸了两天两夜。返回奉化时，正是中秋之日。

张泰荣知他回奉化，匆匆赶去见他。张泰荣在前些日子也往永康去过，知道甘苦。永康拨下的粮食可以解孤儿院一时之忧，布厂机器与零部件一旦到，他们可以开起布厂。

张泰荣有些激动地告诉胡次乾，万竹箭岭下王芳霞跟她父母说，她答应这门婚事了。

胡次乾望着暗漆漆的天空，尽管是阴天，但胡次乾似觉有一轮皓月当空。

第五章　他们的祖父辈·王

　　王芳霞从父亲的口中知道了他们王家的简单史，她在箭岭下生活了十几年，已经熟悉了自己父亲与叔叔们的生命气息。在一段时间里，尤其是这个叫张泰荣的叔叔，将排溪胡氏推到她的面前时，她在几个远天只闪烁着星星的夜里，独自立在窗前，任思绪在王氏家族的历史册页上抚来抚去。王氏早期的历史，与排溪胡氏的历史，似乎有着同样的模样，然而从她父叔辈开始，模样不一样了，他们离开了田畴，闯荡上海滩，进入了工商业，进入民族资本阵营。但父亲与叔叔们的精神内核，与排溪胡开钜、胡次乾，殊途同归。父辈是奋斗、吃苦、抗击命运的，同时，又一样具仁爱之心。

　　王芳霞内心涌起暖流，这暖流流遍了她的全身，让她兴奋与舒心。她甚至有些自豪，箭岭下的王氏族与排溪胡氏族，放在漫长的历史时空中，呈珠璧之美。

　　瞥一眼，都让王芳霞欣慰。

　　立于窗前，任仲秋之夜从山垭口吹过来的风，轻拂着她的脸。她长久地咀嚼着祖父辈的生命轨迹。

王芳霞的祖父是王启琔。琔是玉的颜色。或许王家在他的身上寄寓着美的愿望，希望从他开始，开启王氏族如玉般润泽的历史。从王启琔上溯三代，历史的肌理就清清楚楚，他是那个被乡邻称道的发财太公的曾孙。

箭岭下王氏族谱以几十个字的篇幅，勾勒了箭岭下王氏的简史。王氏望族始祖石柱贩太公，为避战乱，迁箭岭下。嗣后有仁义礼智信五房太公，传十余世至发财太公名下，有芝、兰两房。芝、兰两房都五叶衍祥，人丁昌炽。芝房俗称上份，有正、修、齐、治、平五房；兰房有倪、俨、侃、俤、僖五房。俨房又是五叶盛放，它名下有公、侯、伯、子、男五房。而子房即是王启琔，他有三子，即孟房王宝贤，仲房王宝信，季房王宝珍。王启琔即王芳霞祖父，王宝贤就是王芳霞父亲。

箭岭下王氏宗祠树本堂的族谱，隐约地让我们了解王氏家族的一些历史与文化的密码。自兰房太公开始，各辈取字为：昌、宗、启、宇、光、振、文、明。王宝贤、王宝信、王宝珍，在王氏族谱中他们又分别叫王宇澎、王宇湧、王宇溢。王氏，对这三个王氏晚生是何等厚望啊。

王发财太公又称"老毛太公"。他原是一个普通农民，后来利用山区盛产竹笋的优势，逐步做起笋干生意。苦心经营多年后，他成了奉化里山的首富。

生于十八世纪末的王发财，在其晚年的时候，热心公益事业。为"兴学""保赤"两项善举，他捐献了十分之一的财产。

"兴学"是为箭岭下办义学堂和设立了奖励文武人才的"斌资众";后者是为奉化县育婴堂收养弃婴的资金。宁波奉化毗邻地区,凡有造桥、义渡、修路、建凉亭等等,他无不慷慨解囊。在奉化宁波一带,人们每讲到做好事,他就获"慈溪才招,里山老毛"的美誉。

曾孙王啟琁上承曾祖之美德。

王芳霞祖父王啟琁,生于一八六三年,与排溪胡开钜属同一时代生人,他仅小胡开钜一岁。不过,他较之于胡开钜不同的是,他在箭岭下倒是真正地将耕与读集于一身,虽然守着祖上留下的一些山林与田畦,但更多的倒是在自家开设的私塾里启蒙王氏家族的后生晚辈。

王啟琁,字水淋,号湘溪,晚年又号定三,自号两个,可见他执念于传统文化,骨子里浸染着儒生气质。据族谱给他的二三十个字的介绍,他早年勤奋好学,刻苦自励。由于生性刚直,不善迎合时尚,故虽累试乡试而未中秀才。自弃科举考试时已过而立之年。他开始在村里办了一所私塾,执教谨严。

王啟琁到底是个儒生,他对自己未来还是清醒得多。所以在他一面考科举,一边延请名医医治第二任妻子唐氏时,便从事济世苍生的中医药事业,他钻研中药。入世为良相,出世便良医,这一理想,他暗暗地压进心底里那层泥土。科举未中后,他就开设中药铺子。左手指杏林,右手执教鞭。王啟琁就这样开始了他而立之后的人生。

他一生先后娶妻三人。原配毛氏,为奉化赋竹林名门之女,赋竹林又常被称作赋竹岭,宅第是为书香门第,毛氏知书达理,又娴女红。赋竹林与箭岭下同为奉邑南部里山，它们都隐于崇山峻岭中，两村相距七八里。赋竹林毛氏嫁入箭岭下王启琁，养育了王宝贤（王宇澎）、王宝信（王宇涌）两男。毛氏一面养育两子、忙于一般农家事务，一面要轮流值侍公婆，因操劳过度而致英年早逝。

不久，王启琁继娶唐氏。唐氏为新昌上蔡岙人，由赋竹林毛氏之母介绍。毛氏去世后，毛氏两子即王宝贤（王宇澎）、王宝信（王宇涌）都寄养在他们的赋竹林外婆家。赋竹林毛氏之母本意是以冲喜来为王启琁消灾纳福。但唐氏过门不及两年，病逝。王启琁为挽救唐氏，请名医诊治，自己又全力攻研医药。最后未能救唐氏，自己却成了十里八乡一懂医晓药之人。

为缓解家务业务冗繁，又续娶新昌县下蔡岙胡氏。胡氏抵王家，王家家业振兴。胡氏生子王宝珍（王宇溢）。胡氏再嫁王启琁之前，嫁于奉化董家一做官人家远房后代当媳妇，并育有两女。不幸的是，她的丈夫很早就去世。胡氏孤孤单单地带着两女，生活非常艰难。不久，草草将其长女董姣女嫁宁海县大蔡胡贤明。次女董花女生于一八九七年，两岁时给邻村的奉化李家李宝月当童养媳。胡氏一人孤苦度日已是十分艰难，还要遭到族人讥讽。由其兄弟做主，力劝胡氏给王启琁做了继室。

箭岭下王氏家业的转机就是从这里开始的。董姣女其实已是箭岭下王氏比如王宝贤、王宝信的姐姐了，而其丈夫即宁海大蔡胡贤明就是王氏兄弟的姐夫了。在王宝贤、王宝信他们兄弟俩还懵里懵懂时，宁海大蔡胡贤明已在上海一家铜匠铺学外国铜艺，技艺娴熟，并且后来在民族资本聚合地上海开了自己的店铺，业务发达。一九一一年，这对中华民族来说无疑是极为重要的一年，这一年，几千年的封建帝制被彻底推翻了，走向了一个新的政体。而这一年，对箭岭下王氏家族同样极为重要，十五岁的王宝信就是在宁海大蔡胡贤明姐夫的介绍下，进入上海学习外国铜匠手艺。就是这一门手艺，将箭岭下王氏家族带入了一个全新的领域，并且使箭岭下王氏进入民族资本行列，使箭岭下王氏家族起码已不再是纯粹的脸朝黄土背朝天的传统农民了。

王启琔四十八岁时，他的二儿子王宝信进入上海。几年后，五十七岁的王启琔资助他的儿子王宝信创设上海益泰电镀抛光厂，并且他还来到上海帮助这个年仅二十三岁的儿子。

王启琔深知自己是箭岭下王氏家族的一个过渡性人物，他依然会在农民与工商业主的双重角色中摆渡着。箭岭下有他认为赖以为生的土地，那土地对他来说，依然是命根子般；但另一方面，他又得拼尽全力，将宝信儿推入上海滩，日后能立稳在波涛汹涌的上海黄浦江边。当他自觉任务已基本完成时，他返回了箭岭下，仍旧是一个老农的本色，在禾场上收晒谷子或大豆，捡储种子。

一九二二年，王启琔六十岁的这年，一个花甲之年险些让他辞世——他也遭到土匪的绑架。虽然后来脱离风险，但这场惊吓使他的健康状况急转直下。两年多后，一九二五年，王启琔的生命，仿佛一盏灯油耗尽的灯，摇摇晃晃，熄灭了。

临终时，他的夫人胡氏率大儿媳毛氏、三儿媳竺氏以及孙儿女王再富、王雪霞、王永富、王善富、王芳霞共大小八人跪叩床前，其中最小的孙女王芳霞年仅两岁。王启琔临终时，大儿王宝

贤（王宇澎）与二儿王宝信（王宇湧）都在上海忙事业，且
"益泰电镀抛光厂"已转产钢精器皿。王启琁离世后，王宝贤与
王宝信从上海匆匆赶回箭岭下，晚辈为王启琁隆重地操办了丧
事，进行了"点主"礼典，唁诔、挽轴多达百余幅。吊奠、路祭
绵绵不绝。送葬人绵延长达几里，备享哀荣。其魂葬处为苦竹畈
后门的右侧山上，当地人称"川底湾"，地势高朗且丛山环抱，
山下有一如衣带般的清澈溪水。

作为一个过渡性人物，王启琁成功地将王氏家族推向了另一
端，他的晚辈们彻底由农业转向了工商业，由乡村转向了都市。
如果从这个角度出发，接下来的叙述笔端要落在王氏家族里的王
宝信人生轨迹上，即使是王芳霞的父亲王宝贤，也依然要统纳于
这一叙事里。

王宝信，生于一八九六年，小他的兄长王宝贤六岁。他的学
名为王宇湧。童年丧母，与哥王宝贤寄养在赋竹林外婆家。一九
一一年，他十五岁时去上海，经宁海大蔡姐夫胡贤明介绍，学习
外国铜匠的手艺，学徒整整三年。满师后精通车、钳、刨手艺，
后受雇于上海美商食品公司制罐部任机修工，因精谙冲制机械修
造和模具制作技术，在行业中享有盛誉。在这一行业，王宝信跌
打滚爬四五年后，一九一九年秋，他在父亲王启琁的支持下，筹
资一千五百银圆，在上海创办益泰电镀抛光厂，自任厂长。王氏
家族的转折点，于此开始。

二十三岁即撑起一片天的王宝信，此时，在上海滩这个民族
资本与枭雄们交集于一地的地方，他还是需要血亲的支持。他的
兄长王宝贤成了他首先必须依靠的力量。

一九一九年秋，快三十岁的王宝贤已是四个孩子的父亲。他的大儿子王再富，这时已十岁了，大女儿王雪霞八岁，二儿子王光富六岁，小儿子王善富也已三岁。他和界岭毛氏商量。这个迈着三寸金莲的女子，虽然走不了多远，但她的眼光能看到的是她三寸金莲所不能至的，她同意她的丈夫应该在这个家族极好的机会下，走出大山，走出箭岭下，走向上海这个让许多人憧憬与无比向往的大都市，也许，箭岭下王氏家族的命运从此会发生颠覆性转变。

步入上海与弟王宝信共创大业前，他大都在箭岭下。童年丧母，他与王宝信在赋竹林外祖母家，他在赋竹林外祖母家读私塾数年。随后返回箭岭从事农业，其间跟族人学厨师，能宰猪杀羊，能办一般筵席，还从事过一段时期运销粮食猪仔等。在箭岭下山地不多的地方，他凭着几分吃苦耐劳的精神，去挣每一分可能挣到的钱。

二十九岁，他背上行囊，登上从宁波外滩码头开往上海十六铺码头的轮船。他来到上海。其时，他的兄弟王宝信与他的父亲王启琔都在。虽为兄长，但他明白自己在上海要多听弟弟王宝信安排，他是来协助弟弟工作的。起初，王宝贤协助弟弟，发挥在老家的特长，帮弟弟办好益泰电镀抛光厂伙食之余帮助送货，还兼收账款。王宝贤也想学一门技术，他觉得，学艺何时都不晚。他就坚持学做冲床工。

现在，时间成了认识这件事的主角。

王宝信创办上海盖泰电镀抛光厂后，业务看好，厂子发展得顺风顺水。三年后，即一九二二年，又在闸北虹江路陆续购地建造厂房，为改革铝片制造工艺，王宝信从日本购进三台轧机联动轧辊图纸，及轧制铝片全套设备，一九二六年，增添搪瓷生产线，改厂名为益泰铝器厂，只是令人痛心的是，益泰铝器厂在抗战中，整个工厂毁于日军炮火。一九三二年一月二十八日，"一·二八"淞沪抗战开始，在这一中日战事中，王宝信的工厂被日本人焚毁。很长时间里，这事像梦魇般压在他的心头，压在王氏兄弟心头。像是从废墟上重新立了起来，王宝信竭尽全力重建。

或许像大多数民族资本家的命运，王宝信在战时的上海，同样是命运多舛。一九三七年八月十三日，"八一三"淞沪会战爆发，他们辛苦再创立起来的工厂，被日本人抢劫一空。

如果不是历史给王氏兄弟重重一击，上海益泰铝器厂应该可以更多地造福人民。此时，王氏三兄弟齐集上海滩，他们兄弟勠力同心。王宝信掌管益泰厂的全面发展，王宝贤在上海爱多亚路带钩桥转角即今延安东路山东路口开设的益泰厂门市部批发所主持工作，而且王宝贤主持这一工作一干就是十多年，直至一九三七年"八一三"淞沪会战爆发。他们的小弟，即同父异母兄弟王宝珍也已是技术娴熟的车床技工，且技艺超群。

其实，不仅仅是兄弟集于王宝信麾下，就是他的一些子侄后来也集拢在益泰铝器厂，都在王宝信麾下。他的大儿子王光封从小就跟着他学艺。他兄长王宝贤的二儿子，即他的二侄子王永富也是打小就跟着他。然而，这个侄子学徒出来不久就因病过早离世，像片嫩叶般，王永富尚没有在这个世界停留太久，他就掉下来了。这件事成了箭岭下毛氏及王家永远的痛。毛氏万不得已述及这件事时，都是泣不成声，两目无神。

王永富十三岁，即一九二五年时，就跟着父亲去上海益泰铝器厂，他跟着叔叔王宝信，拜叔叔为师。王宝信已闯荡上海十四五年了，他创立益泰厂也已五六年了。益泰的产品因为价廉物美，已在相当程度上抵制了国外质同而价格奇高的商品。王宝信需要有更多的优秀技艺师，扩大生产，以满足市场更大的需求。

当大家要将侄子王永富给他当学徒时，王宝信同意了。在回箭岭下时，他见过这个侄子，他觉得侄子面目清秀，有几分聪慧的神态。他对兄长王宝贤和胡氏后妈说，永富看样子聪明、可教。

胡氏以长辈的身份对王宝贤和毛氏说，即使是自家子侄，拜师仪式还是得举行，不得减去这一项。

王氏兄弟都尊重这位王氏家族的长辈，可以说如果没有宁海大蔡胡贤明对王宝信的引导，就没有王宝信后来在上海滩民族资本之林的崛起，没有箭岭下王氏家族由农耕转向城市工商业。后来，确实也记着这份恩德，王宝信在箭岭下建一风格迥异的别墅就是专供胡氏长辈居养的。

拜师仪式在王宝信家举行。在正堂的案几上点了两支蜡烛，二十九岁的王宝信坐在正堂上，他正襟危坐，一副严谨而肃穆的神态。十三岁的侄子王永富，虽稚气未脱却是一脸虔诚地跪拜着叔叔。小永富知道，他这一拜就将成为叔叔王宝信的高徒，也将永远踏入产业工人之列。

但王永富这次拜师礼仪颇为诡异的是，两支燃着的烛，却有一支莫名其妙地先灭了。

底下的人都倒吸一口冷气，大气不敢出。

王宝信看着一支正熄灭的蜡烛，他的脸色不悦起来，他也吃了一惊，他带了不少徒弟，却是头一次遇到这种情况。

永富，我们俩总有一个不好，要么我不好，要么你不好。

虽然大家只重仪礼不重迷信，但拜师礼上两支烛没有同时燃尽，这桩事仿佛一种不祥之兆，重重地压在大家心头。

王宝信依然严谨、不露声色地将技艺传授给自家这个小侄子，他见侄子这么小，甚至比他闯滩上海时还小，心里也是酸疼。王永富也是一门心思地学。他除了学徒的正常事外，还特勤快，干许多打杂的活，哪块场地脏了，小永富赶紧去打扫，哪儿要生炉子，他便奔去生炉子。要是夏天，叔叔王宝信的小孩来厂里玩，他便抱着小弟弟睡在车间地上，他宁愿伤害自己的身体，也不让小弟弟着凉。王宝信夫人也特别疼爱这个小侄子，有时，亲自送来一些自己做的好菜给他。小永富谢谢婶子，说，厂里的菜饭就很好，他退回婶婶送来的菜。

王永富的全部心思都用在了学技艺上，他钻研起技术来，连他的父亲王宝贤都暗暗吃惊。让全厂对王永富刮目相看的是，有一次，生产一个产品，车间工人无论如何都弄不好，年仅十四五岁的王永富在打扫厂子场地时走过去，告诉车间工人师傅应该怎样做才能生产这个产品。车间工人面面相觑，按小王永富的方法做，果然可以了。

然，天不假年，这个聪颖而勤劳的孩子，却生病了。仿佛拜师仪式上那支先燃尽烛油的烛，要先熄灭了。

王永富时不时肚子疼，有时疼得在厂子车间地上打滚，汗珠子啪嗒啪嗒直往地上滚。人们不知道他患了什么病。有时，他捂捂肚子，病情又稍有好转。

最后一次肚子痛，在他被送进医院后，他就再也没有走出来。他患的是急性阑尾炎，而且已到了穿孔的严重地步。

他的母亲毛球英在奉化箭岭下知道他已被送进医院且病情极严重时，她已经有不祥的预感。这年，毛球英才不到四十岁，她坚持无论如何要去一趟上海。这个迈着三寸金莲的小脚女人，她听丈夫王宝贤无数次地跟她讲述过上海的繁华、热闹，讲述过南京路上彻夜不眠的灯火，讲述过宽阔的黄浦江江面，丈夫与她讲述这些，原本是希望他们能一起去欣赏这些场景。

毛球英安顿好家里，她最小的女儿王芳霞才六岁，正准备去村私塾启蒙。她安妥好家里的事后，先是坐了一乘轿子来到奉化，再乘坐乌篷船去宁波，连夜乘宁波至上海十六铺码头的轮船去上海。一到上海，毛球英赶紧下船，直奔医院。

见到已是气息奄奄的儿子，毛球英顿时泪如雨下。

王永富挣扎着对母亲说，我记下了所有来医院看我的人，你要一一去向人家还礼。

毛球英再也控制不了自己，她一把将这个才十六岁的儿子紧紧地搂抱在怀里，失声痛哭。哭声震彻天宇。

她要求医院给她的儿子打强心针。

然而，无论使出什么招数，她苦命的才十六岁的儿子，还是让她锥心地别她而去。

毛球英万万没有想到，她竟是如此不堪地与这个大上海见面。她来到曾多次被丈夫提起过的黄浦江，黄浦江上依旧船桅林立，一切还是显示出繁华景象，上海滩还是热闹非凡。但现在在毛球英眼里，这一切似乎与她全然无关，这个上海滩带给她的是无言的伤痛。看着滔滔不绝的黄浦江江水，她突然闪过一个可怕的念头，她想一死了之，跟随她苦命的儿去。

毛球英站在江边，正欲跳入黄浦江时，一个激灵，她被另一个声音吆喝住了：你还有更小的儿和最小的女儿在家，在那个山区的箭岭下等着你。

毛球英凝住了，仿佛一根木桩般立在外滩的江边。许久，她抽回了要迈出去的脚，缓缓地双眼无神地转过了身子，重新打量着南京路。

毛球英回到了箭岭下，她抱着才十三岁的儿子王善富和仅六岁的女儿王芳霞痛哭。毛球英后来再也没有踏上过上海这个伤心地。

一九三三年，箭岭下王氏发生了一件大事，这年，王氏三兄弟分家了，上海益泰铝器厂和箭岭下的财产，按个人贡献大小分了。到这年止，王宝信可以说在上海滩足足闯荡了二十二三年，王宝贤从一九一九年开始，也闯荡了十四年，他统领批发所也达八九年。他们的小弟王宝珍也有不少年头。

分家后，王宝珍因为身体健康状况不佳，选择了回箭岭下休养。王宝贤也回到了箭岭下，他倒没有完全离开上海，他的兄弟王宝信还需要他。他回到箭岭下开始做另一件事，他要用手上已有的充裕的资金，给妻子和儿女们造一幢像样的栖身之所。王宝贤这一造就断断续续造了六年，到一九三八年底，一幢五间二弄的二层别墅在箭岭下的穿岭下的溪坑边拔地而起。

王宝贤与弟弟王宝珍不一样的是，他一边在箭岭下造房，一边还坚守在上海，仍然主持益泰厂门市批发所工作，这一工作直至一九三七年八月十三日"八一三"淞沪会战爆发。

战争使得王氏兄弟聚少离多。

王宝贤回到箭岭下后，一方面从事农林副业，一方面将手上的资本投资，他在奉化乃至宁波，与人合股开设了鸿源泰、鸿生糖行、大东阳南货店、新源记广货号、甬康钱庄等多家店铺。后因糖行受日元汇率暴涨风潮，造成巨大亏损（当时，糖行均向台湾订货，以日元计价之故），王宝贤所投入各店铺股金，后几乎全抽出以抵偿债务。这是他经营上的一个巨大教训。

然而，不管世事如何沧桑，或许是因为他们兄弟从小就吃过苦，或许是因为他们王氏家族的怜悯与仁爱情怀的基因，他们都是向善的，他们都鼎力支持奉邑一切公益事业，支持奉化孤儿院。

王芳霞在历史的时序中，认识了箭岭下王氏家族。

她终于长舒一口气，让她觉得自豪的是，他们箭岭下王家与排溪胡家，是奉邑南部山区两座并峙而耸的山峰。

王芳霞每瞥一眼这两座山峰，心头便似觉有了无限的底气与生命力量！

第六章　结婚

不管在什么时候，婚姻对一个女性来说都是天大的事，王芳霞也概莫能外。她觉得未来的人生，没有什么比这更重要，想想未来的几十年，在那样漫长的时光里，她的气息都会和另一个人的气息缠绕在一起，如果不是心气相契，这是多让人恐惧的事。所幸的是，张泰荣叔叔将一个她观察、审视后的良善家族推到了她的面前。王芳霞想，在这样的家庭里出来的孩子不会令她失望。

有一种陌生而又令她神往的憧憬在王芳霞心底蔓生。

一九三九年仲秋的一天早上，王芳霞起床后见到客厅里的母亲，她有些羞涩地对她的母亲说：

妈，那事就依你们吧。

王芳霞的知识与见识，已让她出入一个乡村小庄有些鹤立鸡群的意味了，她的心智的成熟也让许多同龄人望尘莫及。她是一个聪慧的人，对未来，对那个叫胡声宇的人，已有相当的把握，所以她这样对她的母亲说，既在母亲看来她顺从了母亲的心意，让母亲开心，同时她也顺从了自己的意志。

王芳霞母亲的目光中闪着欣喜与激动，母亲仿佛觉得一座高山上的据点终于被攻克了般。她的母亲等待她这一句话，足足等了一个月。

从这一天开始，结婚这件事成了奉邑东江排溪胡氏族和县江箭岭下王氏族两个家族的重大事情。原本没有多少交集的两大家族，于此有了交集。

胡声宇的父亲胡次乾听到箭岭下带给张泰荣的回话，激动得不知所措。这个在陌生人面前一向以严谨、不苟言笑行世的汉子，拽着他那身长及踝骨的长衫，在自家栽满梅树、竹子、芭蕉的院子里，激动得踱来踱去。他想象着儿孙绕膝的四世同堂甚或五世同堂的幸福场景。

次乾兄，我给你们带回了宝贤家王芳霞的生辰八字。

好好好。胡次乾高兴得连声说着好。

排溪胡家拿着王芳霞的生辰八字和胡声宇的生辰八字去请教，人家欣喜地告诉胡家，胡声宇与王芳霞的生辰八字正相配，没有克相。

胡次乾叫来张泰荣，对张泰荣说，对这件事，我得拿出我的诚意。第一，要择个吉日，送聘礼过去。第二，我要和我的兄长说建房子的事，建一幢和箭岭下宝贤家一样的房子，让王芳霞有归家之感。她这么一个出落得亭亭玉立的大家闺秀，我胡次乾不能亏待了她。

张泰荣深知老友胡次乾的秉性，说，好，就这么办。

　　胡次乾选了一个吉日，准备放定，他叫来几个人，抬着扎有红绸的聘礼扛箱，去箭岭下王宝贤家。里邑、乡邻，对这种聘礼像司空见惯，他们抬着聘礼路过大堰南溪、小万竹等村庄时，大家并没有多么惊讶。聘礼是按奉邑风俗，一一备齐，满担的聘礼上面放着一只象征荣华富贵的金元宝，下面压着的是用红纸包封起来的银圆，银圆一筒一筒，上面再伏裹着红色的绸缎被面。聘礼担到箭岭下，王芳霞的父亲王宝贤和母亲毛球英也是笑逐颜开，这就意味着他们的宝贝女儿终于有一个好的落脚处了。排溪虽然也算是山里，但它比之箭岭下，进出还是便当些，比之他们的大女儿雪霞远嫁的深山旮旯里的董李村，更是不知方便了多少。当爹妈的，有什么会比女儿有个好的去处更让人心安呢？

　　若干天后，王宝贤遇到张泰荣。张泰荣告诉他，胡次乾他们已经在采购木材，在寻找技术过硬的木匠和砖瓦匠人，他们要为声宇和芳霞侄女结婚造一幢箭岭下她住的一样的房子。

　　王宝贤悬着的心，这回切切实实落下了。他将这一情况告诉了毛球英，毛球英也为女儿王芳霞高兴。睹景思情，毛球英想，芳住那样的房子，也必定会不断思念箭岭下，思念她的父亲和母亲。

　　奉邑东江排溪胡家和县江箭岭下王家，在胡声宇与王芳霞的婚礼进程中，都努力着。

　　胡次乾与他的父亲胡开钜商定，在原来的房子前盖一幢西洋式的建筑，房子坐北朝南，重檐硬山顶式，中间置敞堂，正房东西两侧筑厢楼，屋子设计为宽阔的檐廊，天井开阔、明亮，天井前面筑围墙，大门采用砖石结构，不做雕饰繁复、奢华的门楼。胡次乾在工作之余就常盯着匠人们，嘱咐匠人们上心点。房子的建筑，无论是速度还是质量，都合着胡次乾的眼光与心意走。差不多一年，在一九四〇年的初秋，这幢后被人们称为"同庐"的房子建成了。胡次乾与他的老父胡开钜，立于新建好的砖石大门前，仔细端详着门额上"积善余庆"四个字。这四个字是当时雕匠询问他们时，他们父子俩几乎是同时说出口的。在胡次乾和其父胡开钜心中，积善是他们的道德圭臬。

箭岭下王宝贤家也开始准备了。王芳霞的母亲毛球英在女儿做女红上更是上心，这回她几乎是针对性地教她做，比如纳鞋底，用糨糊糊鞋帮，怎样缝补衣服，如何手织毛线、纱线衣。王芳霞一边学着，一边心里又羞赧又温暖。这年的深冬，箭岭人都能从王宝贤家的后窗看到一丝射向天空的灯光。

胡家与王家，将这个对两个家族来说都很重要的日子择定在一九四一年一月十八日。后来的时光果然兑现了：这是个吉日。

奉邑东江排溪"同庐"里，按箭岭下新建起的两层三开间带厢楼的西式小洋房，静静地矗立在那儿，它将在那个吉日迎来屋子的女主人。

奉邑县江上游的箭岭下，王宝贤让他的妻子毛球英在女儿出嫁这事上多用点心。这是他们最后一次嫁女了。

按风俗，王宝贤他们要给胡声宇回聘礼，回礼中最重要的是要给胡声宇做两套衣服。这时，王宝贤从上海买来上好的布，又运回奉化箭岭下。王芳霞的母亲毛球英也拿到由排溪打过来的衣样和鞋样。她揣着布，乘一顶小轿子来到奉化城里，找到当红的裁缝铺。铺子里的老板说，奉化人不会有一米八几的，一米七八就已经很高了，他说他做了几十年裁缝，还没有剪裁过一米八个头的衣服。王芳霞的母亲拿着一米八二的衣样和大号鞋样犯难了，她不知道是听裁缝铺的好还是照排溪打过来的样好。她有些迟疑不决。裁缝铺的师傅说，听我的好了。王芳霞的母亲最后依了裁缝师傅，将胡声宇的衣服做成一米七八。但事实上，给胡声宇的衣服确实做短了，胡声宇的身高为一米八二，衣服足足短了一截。

王家给王芳霞的嫁妆早早就在准备，那些嫁妆摆起来，就真的是十里红妆。王芳霞的父亲王宝贤为女儿准备这些嫁妆，煞费苦心。他从外地买好名贵木材，又设法从已被日本人控制的上海码头将木材运到奉化，请最好的木匠打制嫁妆。他花了差不多一年的工夫，给宝贝女儿王芳霞打制了四只象牙镶嵌的玻璃橱，每橱配两只偏凳；打制了两张花梨木西式高低床，床的基本色是菊黄色，又镶深咖啡色床边，整张床看上去贵气十足又兼具沉雅，其中一张为客人床，客人床宽约一米五，另一张宽约一米八，其饰物更富贵气与旨趣；还打制了两只花梨木被橱和六只樟木箱。

王芳霞的父亲王宝贤有天来到益泰铝制品厂，他对车间干活的师傅们说，要加厚制造一批钢精锅、盆、壶、桶等，并镀上红、黄色彩，他告诉师傅们，这是为其女儿特制的嫁妆。

一切准备妥当。胡家与王家将胡声宇与王芳霞喜结连理的吉日择定于一九四一年一月十八日。这天是腊月二十一日。

按照奉邑习俗，在婚礼前一周，女方要发嫁妆，要通知男方来抬嫁妆。王芳霞的父母按这一习俗通知排溪，要排溪派二百个人来箭岭下，他们要发嫁妆。排溪胡家胡次乾接到箭岭下发嫁妆的信，又喜又惊，要派二百人去，整个排溪所有壮汉全部去，也不够二百人。胡次乾他们只得去邻村请人。发嫁妆那天，二百人拿着系上红线的扛或扁担，浩浩荡荡朝箭岭下去。二百人一到箭岭下，王芳霞的父母就招待他们吃中饭，又给每个人送七色礼品：大、小毛巾各一条，一块银圆，芝麻圆吉饼，油包，围身布蓝襟等。嫁妆极丰厚，二百人一一数着嫁妆，然后他们分派好人，或抬，或挑，他们视嫁妆品而定。嫁妆中有象牙镶嵌的玻璃橱四只，每只玻璃橱配两条偏凳；用金镶花的花梨木五斗橱两只；梳妆台一只；写字台一只；茶几两对；八仙桌一张；花梨木椅子六张；幢橱两只；樟木箱六只，樟木箱底压着银圆；新花棉被和蚕丝被二十六条；此外，还有王芳霞的父亲王宝贤从上海永安公司买来的几十匹绫罗绸缎、五颜六色的毛线几十斤、高档时尚的各式呢制大衣及漂亮的皮袍子夹袄、高跟皮鞋等。这是一大类。钢精制品是嫁妆中的另一大类，这类有：金黄色盆子，从大到小一套，共十几只，大的盆子可用于洗澡；锡白色壶，各种规格的均有，共十几只；钢精锅二十多只；朱红色铝桶十只。还有一类铜制品：铜镜子一面；痰盂一对；火熜大中小各一只；铜烫壶子两只。锡制品：锡鹤一对；装化妆品的小锡鹤一对；锡烛台一对；大小锡瓶十几只；大小锡饭盂十几只。瓷：一套餐具；粗茶盏和精致茶盏各一套；绘有梅、兰、竹、菊及喜鹊的瓷瓶八只。

二百人的队伍，又一次浩浩荡荡。冷，山里的道路已被冻得踩上去发出嘎吱嘎吱的脆响，通往东坑岭上的一些石块已落上了一层寒冬的霜。山里人大都猫在家里，一切显得寂寥。就在这天，从箭岭下王宝贤家走出的一支二百人的"十里红妆"的队伍，走过万竹，走过南溪，走过西岙，走过龚原，他们打破了东坑岭的寂静，这支喜迎"十里红妆"的队伍，仿佛一根流动的红带，在苍茫而沉寂的大山飘逸，这惹人温暖的红和哒哒哒踩在路上的声音，让山里猫冬取暖的人，获得一种久违的精神上的振奋。

十八岁的王芳霞，望着"十里红妆"蜿蜒逶迤而远去的队伍，心里如潮涌的大海，这一天遽然而至，她慌乱、兴奋、羞涩、期待，各种复杂的情绪冲击着她。

吉日越来越近了，王芳霞能听到自己的心跳，她有时会偷偷去照镜子，她看到镜子中的自己，脸色羞红甚至有几分稚涩。

排溪同庐胡次乾他们早在吉日前两天就张罗起来了，他们准备好了五六十张八仙桌，计划吉日当天在同庐前后两大天井摆席。同庐的石门两侧及墀头上已挂上了红灯笼，吉祥、喜庆的气氛已如冬日里的山岚般渐渐漫了上来。"同庐"，这幢吉祥而又低调、内涵丰饶的宅院里，在十八日将迎来一位新主人。

一月十八日，箭岭下王宝贤家是从后半夜三四点开始的喧闹。五点左右，王芳霞被母亲和姐姐王雪霞领到一室梳妆，她们精心地为王芳霞妆扮着，开脸、打底粉、上妆。王家在这天早上热闹非凡，他们早早吃过早饭，等待着排溪胡家接亲的队伍。

这一天果然是吉祥、瑞气的一天。在奉邑这片茫茫的大山，一年两年甚或三年前，一些人家婚嫁择选的这一天，要么大雪压山，要么是冷雨敲窗，唯王芳霞出嫁的一九四一年一月十八日，冬日暖阳，无风无云，天空湛蓝晴朗。在东边曦光照抚过来时，七点多，胡家迎接王芳霞的队伍来了，浩浩荡荡，共五顶花轿，一顶唤作头彩轿，四顶两人抬的送嫂轿。头彩轿是接王芳霞的。这顶头彩轿是胡家早于半年前在宁波订的，这种顶级的花轿在宁波仅有一顶。华丽堂皇的头彩花轿需十六名轿工抬，前后各八人。当胡家迎亲的队伍浩浩荡荡走进箭岭下时，箭岭下沸腾了，近千人出门观看。

一番礼俗后，戴着墨镜，一袭红色的绸缎绣花衣服，映着王芳霞桃花般的容颜，举手投足间流露出动人的娇媚。按当时的风俗称为文装束的王芳霞被迎入头彩轿。她要与她的母亲告别了，从此，箭岭下就将唤作娘家了，她将是胡王氏人，迈入头彩轿的那一霎时，她回头又看了一眼庇护了她多年少女梦想的房子，依依不舍地轻揭帘子坐进轿子。她的母亲双颊淌着泪水，轻声地怀着无比柔爱地对王芳霞说，宝贝女儿，轿子不管路过哪儿，不管多少人想看你，你不要下地，别人喊你的名字，你笑笑回礼，但不要落地。芳，这样你会得到福报的，你会将福报带去胡家带给公婆家。

王芳霞眼里噙着泪，点点头。在鞭炮声中，王芳霞的头彩轿启程了，她的头彩轿中放了一只精致的小火熜，她的手里还捏着一只从上海带来的小皮包。她的身后紧随着的是四顶由两人抬的送嫂轿，四位送嫂中两位由宁波请来，两位从奉化请来。这四位送嫂在婚礼中将全程服侍新娘。

接亲的队伍长且壮观，一顶高耸而装饰繁复的头彩轿就引来路人驻足观看。轿子从箭岭下走出几公里就到万竹。万竹街巷两旁在他们还未到时，就已挤满了人。头彩轿过万竹，万竹人争先恐后要一睹新娘芳容，人们嬉笑、议论，坐在轿里的王芳霞谨记着母亲的话，任凭人们如何高声嚷着要看新娘，她只是轻捻帘子，朝众人嫣然一笑，那优雅的神情仿佛纤纤玉手轻拈芙蓉。

路过万竹，迎亲队伍走了几里就到南溪，南溪人又是驻足观看。再走一会儿就来到东坑岭口，他们要翻过东坑岭山。在东坑岭口，轿子就开始有些倾斜了，王芳霞晓得要爬岭了。她让抬轿工休息休息，十六个抬轿工缓缓地将轿子不沾地支在轿工们带着的支杠上，将轿停稳。王芳霞跟抬轿工们说，让他们八个人抬就可以，另外八个人可以休息休息，歇歇脚。十六个人起初没同意，他们觉得拿了工钱就是要干活，这是天经地义的事，十六个人一致对轿子里年轻貌美又善良的新娘子表示谢意。王芳霞再三要求轿工们八个人抬即行，翻东坑岭走陡坡路会累的。前后各四个抬轿工才卸下抬杠，他们再次对这个尚不足十八岁的新娘表示谢意。

八个人抬着轿子走在缓缓上升的东坑岭窄道上，冬天依旧苍翠的枝叶扫着他们的裤管，路边的一些茅草或野藤倒是枯黄着，泛出深冬的气息。迎亲的队伍开始爬越来越陡的岭坡，八个抬轿工已开始发出轻微的喘息声。王芳霞轻轻揭开轿的帘子，她一眼就望见岭下的树，她知道轿子已在上坡的半山岭上了。她请轿工们休息一下。轿工们说要赶路，他们告诉她赶到排溪同庐至少还需要两个多小时。王芳霞再次看看帘子外的天空，天空湛蓝，日头已西斜，她临走时，大人们告诉她，轿子必须在下午四点前到达同庐，她看着已西斜的太阳，知道这应该没有问题。她对轿工们说，你们累了，歇歇。八个正抬着轿子的轿工，把轿停下来，后面的四个轿工将轿子支起并升高轿杠，使得轿子不倾斜而是在一个水平面上。另外八个轿工替换了刚才抬轿子的轿工。一眼望不到头的迎亲队伍就仿佛一条长龙匍匐在山岭。休息一会儿后，迎亲队伍继续爬着东坑岭。他们终于翻到东坑岭山顶时，队伍中许多人兴奋地诧叹起来，他们看东南，东边是山麓的蓬岛村和排溪村，甚至看到白溪如练泊于田野。王芳霞在众人的兴奋、激动声中揭帘，东南向的远山、空渺而湛蓝的天、隐在树荫下的村庄、静静的白溪，都已入眼帘，她比别人的心情更复杂的是，她即将成为同庐的新主人，这让她除了激动外，还有令人不易察觉的紧张、羞涩。

他们翻过东坑岭，就逶迤在山麓，沿着山涧，不一会儿就贴着山野小溪朝龚原村走。轿子不沾地支在支杠上，八个手提着轿杠的轿工把轿杠重新装上，又是十六个轿工抬着王芳霞的头彩轿。迎亲队伍的前端已引得龚原村人纷纷走出来，拥上过村道路，村民们驻足村道两侧，观看着深冬里难得一见的盛景。龚原是距离排溪最近的村庄，这两个村甚至有着千丝万缕的关系，所以龚原人比其他村人更想见上新娘王芳霞一面，他们想看看究竟是一朵什么样的鲜花，落入排溪甚至这个方圆几十里都令人称道的人家。头彩轿高耸的攒顶缓缓地仿佛一朵盛开的花儿飘向龚原时，夹村道而驻足的人，发出一阵又一阵诧叫，龚原人喊着"新娘子，新娘子"。坐在头彩轿里的王芳霞轻掀轿帘，又轻捻罩在头上的红绸巾，朝村道两边的人微笑，她的妩媚微笑让龚原人啧啧称赞。

王芳霞在傍晚的斜照中到达排溪同庐。此时，同庐门楼与墙头悬满了点亮的红灯笼，灯光与晚霞浑然难觉。墙根一溜烟的十多只土灶都升腾起淡淡炊烟与袅袅的蒸汽，一字排过去的是十二层高的蒸笼。鞭炮声中，王芳霞的轿子停稳，她就偷偷揭开一缝幽帘，又轻掀面纱，她见到正朝她走来的胡声宇，他是那么高大、俊逸，她心里突地惊叫一声。王芳霞想起母亲给胡声宇的一米七八的衣服，不由得扑哧一声笑了。她赶紧在胡声宇还没察觉时放下帘子与纱巾，仿佛一颗心也放下了。她似乎觉得终于可以笃定地开始她和胡声宇的新生活。

这天的同庐是异常热闹的。悬于同庐的一排望不到头的红灯笼的灯光终于完全点亮了天空时，王芳霞被引到早已搭建好的戏台上，婚礼仪式开始了。两个从奉化请来的送嫂侍立在戏台的两边，两个从宁波请来的送嫂侍立于王芳霞两侧，她们要随时等待王芳霞的召唤。

秉烛映天。一九四一年一月十八日的排溪同庐，高朋满座。胡次乾一干亲朋好友悉数到场祝贺，王芳霞的叔叔王宝信也专程从上海赶来参加她的婚礼。五十多张八仙桌分成五排，八仙桌上座无虚席。婚礼仪式上体现胡氏显赫社会地位的是，奉化县长俞隐民先生也到场，他还是胡声宇、王芳霞的证婚人。县长俞隐民登上戏台，主证婚词，接着张泰荣代表他与董元昌两位介绍人登上戏台致贺词。张泰荣在前一天就到了，他偕小女并与孤儿院近三十名院生一同到达排溪同庐，他从前一天直到王芳霞婚礼的这天，忙忙碌碌，兴奋地代胡次乾招待宾朋。张泰荣颇为激动地介绍了胡声宇与王芳霞，他说他是看着他们长大的，他深知他们俩善良且求智求理的根底，他说这是人性中最美的璞玉，他希望胡声宇和王芳霞在未来的一生中，能怀揣着这么美的人性璞玉，在生命的行程中更加熠熠生辉。张泰荣祝福胡声宇和王芳霞结百年伉俪。随即，张泰荣在俞隐民展开的结婚证书上郑重地盖上自己的篆体私章，而且这枚篆刻私章就是胡次乾作为礼物赠予张泰荣的，私章署张泰荣字"张烈子"。那是一张纸状的结婚证书，彩色底，"结婚证书"四字置于证书的上方，证书下方则是六人贺喜的情景，证书的右上方和左下方，呈对称式地印有两个神态不一的憨态可掬的福娃娃，而左上方与右下方则对称式呈鲜花的图案。证书卷成一轴存于一象征意义极强的圆形筒里。这份结婚证书，后来伴随了王芳霞的一生。

夜晚的排溪还是寒气袭人的，日头当午时，气温也才七八度，夜晚就骤降至零度了。王芳霞穿着大红色绣花棉袄和棉裤，被侍立两侧的送嫂侍奉走上戏台，她向五十多桌宾朋施礼后，又被送嫂扶下戏台，换了衣服后再次被扶上戏台，送嫂向宾朋讲几句吉庆话后，王芳霞又一次鞠躬施礼。这个婚礼仪式上，王芳霞换了十八套衣服，向嘉宾亲朋鞠躬施礼了十八次。

盛宴热闹而充满着喜庆，八点开始，浙东戏班子和奉化孤儿院三十来名孩子献戏，戏剧诙谐、幽默，逸趣横生，给王芳霞与胡声宇庄重的婚礼中添加了几分喜趣。宴后十点，王芳霞被送嫂引到同庐大堂。此时，大堂上左侧端坐着胡次乾，右侧端坐着周根花，大堂两侧坐着的是参加婚宴的重要宾客。一个送嫂牵着王芳霞的衣袖，一个送嫂端着一只盘子，同庐总管领着王芳霞她们来到大堂，总管把王芳霞领到胡次乾跟前，说，这是公公。王芳霞微微弯腰作揖，叫声公公。胡次乾将一个红包放入送嫂的盘中。如此这般，王芳霞一一认识婆婆和端坐大堂两侧的各位长辈，长辈们也都将红纸包好的送茶钿放入盘中。拜见完各位长辈，王芳霞被送嫂引领着，在仪仗队的吹吹打打的一片热闹声中，来到二十来位厨师中间，她给每位厨师送上七色礼品，向他们道谢。厨师们拿到比别的新娘子送得贵重些的毛巾，都说新娘子客气了，这是他们应该的。厨师在其他新娘子那儿，一般会获得三色礼品。

风静，月高，只有红灯笼亮着。

王芳霞被引到新房。不久，她的新郎胡声宇轻手轻脚走了进来。揭纱，吹灯。房内只有两盏红烛微微地暖照着。

第七章　生活中的苦涩与蜜意

　　婚后的日子，是苦涩与蜜意并存的。苦涩来自那个艰难时世，蜜意来自王芳霞与胡声宇的互敬互爱。

　　他们结婚的吉日已是腊月二十一，已临旧历年的除夕了。山里的天气一如往年一样寒冷，尽管白天气温尚有七八摄氏度，但一到夜里，气温骤降到零度，寒冷侵肤袭骨。王芳霞原本就是个怕冷的人，而这年的冷比之往年更甚，王芳霞更是受不了，再加上连绵的阴雨天，天气愈加寒冷。晚上，一家子在一起时还可支只火盆一起烤火取暖，回屋睡觉时，就无法抵御寒气的侵袭。

　　胡声宇对王芳霞说，你先烤着火，我去用铜烫壶子给你暖被子，大约半小时或个把小时，你再来睡。

　　王芳霞一脸羞赧，这层羞赧中含着感激与满足的复杂情感。她对胡声宇说，我回房去纳鞋。

　　一烛照着王芳霞。她纳着手上的鞋底，鞋是永远需要的，而绣花点缀了屋子也就好了，不再需要了。

　　胡声宇一边用铜烫壶子暖着被子，并时不时用手去摸摸被子，一边时不时侧头看看烛光里的妻子王芳霞，他有时觉得自己还嫩，还担不起做丈夫和以后当爹的担子，他有时甚至觉得自己还是一个顽皮的大男孩。他看到烛光里正纳着鞋底的妻子，她更年轻，但她低头沉稳地飞针走线纳着鞋底的样子，却显得异常成熟。胡声宇在暗寂中觉得有一种东西在滋滋地生长。被子暖和了，他叫妻子王芳霞休息。

王芳霞放下正纳着的鞋底，又拾起，将鞋底置于烛光前，针脚平整而密实，她突然感激起母亲来，是母亲让她的女红活干得利索。她移烛放在床头的柜子上，吹灭，钻进被子。胡声宇将身体移入另一边仍冰冷如铁的被上，他将暖烘烘的被子给了王芳霞。

王芳霞不再冷了，她心里也暖烘烘的。此后，她不再惧怕寒冷彻骨的天气了。睡前，胡声宇都会先用铜烫壶子给她暖被子。

几天后，旧历年越来越近了，再贫寒的人家也开始准备过年了。他们挑了一个晴朗的日子，去宁波城里。这天，高高大大的胡声宇推了一辆自行车过来，他一脚跨上自行车，轻轻松松地踮着脚，他让王芳霞坐在自行车后面，又让王芳霞姐姐的女儿坐在前面的横档上。前面是他们七八岁的外甥女李慧娟，后面是王芳霞，他们蹬了几个小时来到宁波东阳饭店吃午饭，之后去外滩，逛宁波江厦街、东门口，又去转了一圈月湖。王芳霞很开心，尽管因为去上海参加堂哥的婚礼她到过外滩，但那毕竟是匆匆一瞥，再说也是孤寂寂的。这次完全不一样，她是在丈夫的呵护下游玩外滩的。他们的外甥女牵着他们的手，好奇地问东问西。江厦街果然不同凡响，即使在艰难时世，依旧是宁波最热闹的地方。而月湖，湖水荡漾，落了叶子的垂柳，依旧让月湖平添几分柔美。他们回到排溪时，黄昏漫上，已近掌灯时分。

夜里，王芳霞不知不觉中，身子更靠近着胡声宇。她越来越觉得有一种爱意从她心底里漫溢。

在胡声宇身上，王芳霞感觉到了婚姻的美。他们两个独处时，王芳霞还是一如在箭岭下，自由自在。在箭岭下，她被父母宠爱着；在这儿，在排溪，她被自己的丈夫宠爱着。

但每当她被一丝晨曦弄醒后，她便知道她毕竟不再是一个只被父母宠爱着的女孩。处于婚姻中的一个女子，她是多角色的，尤其是像她这样的女子。她的公公胡次乾有着两个儿子和五个女儿，而她的丈夫胡声宇是公公胡次乾的长子，换句话说，她王芳霞既是长媳又是长嫂。是长媳，她得遵守家规；是长嫂，她得做榜样，得有个当嫂子的模样。

吃饭是王芳霞颇有些紧张的事。胡次乾虽然是个开明不守传统死规矩的人，但他在子女面前形成的规矩与威严，多少让王芳霞有些怯意。她没料到排溪胡氏声名显赫，其实却是一个非常俭朴的人家，平时端上桌的菜一般都是自制的腌菜，像萝卜干、芥菜、大头菜，都是咸的一类，还有就是自腌的芋艿和咸鳓鱼、咸笋、海蜇头，而且大头菜是上桌最多的，鲜有新鲜的鱼上桌，偶尔有鱼上桌，胡次乾不动筷，无人动筷。而大多时候，是胡次乾回来了，才有鲜鱼上桌。

王芳霞吃不惯，胡声宇早就看在眼里。每逢吃饭，胡次乾招呼王芳霞上桌落座时，胡声宇发现王芳霞迟迟不动筷，即便动了，也是挑些桌上的咸菜吃。有天，胡声宇问王芳霞，干吗只挑咸菜吃，长期那样要弄坏身体的。王芳霞心里暖了一下，她暖是因为丈夫在关注她关心她。王芳霞对胡声宇说，在公公面前，她不像在父母面前一样，再说，底下又有几个弟妹在看着。

胡声宇眼里泛起一丝愧疚。他看在眼里，疼在心里。

旧历年过后，胡声宇离开排溪去杭州上学，他还是一个正在读大学的学生，他在浙江财政学院已经读了两年的会计学了。他走时，对王芳霞说，你要对自己好点，有什么想法也可以向我父亲和母亲提出来。

王芳霞对胡声宇说，你安心去杭州读书，家里的事我自己会注意，不用操心，你读出书来，将来有个好工作，这样才好。王芳霞知道，丈夫胡声宇读书的一切费用由他父亲给，但他身上没有多余的零花钱，在他离开排溪时，王芳霞就将父母给她的嫁妆钱拿出一些给胡声宇。胡声宇开头是拒绝，他觉得用她的钱让他有些丢份。王芳霞让他拿着，身上没有几文零花钱，怎么去外面？有时一文钱能压倒一个英雄汉。胡声宇对王芳霞充满着感激。

胡声宇离开排溪后，公公胡次乾在朋友来家时会宰只鸡，都会叫王芳霞上桌。王芳霞感到了在这个家的温暖。她的五个小姑子，见到她也毕恭毕敬地轻声唤着"嫂子"，在巷子里遇着，她们都会侧身侍立，叫着"嫂子"，让她先过去。

在胡氏这个大家族里，最让王芳霞内心舒坦的是被尊重，她的公公在里邑虽位高权重且素来不苟言笑，但他对她王芳霞是尊重的，摒弃了传统习俗，而她的姑子们都一律尊敬她。这就减弱了她在胡氏大家族的孤独感与陌生感。那之后的日子，日军飞机时不时划过天空，日军也时不时进犯或骚扰奉邑里山一带，惊慌失措常常出现在他们的日子里，而这个家族里的团结、友爱、尊重，让家族里的每个人艰难度过每个惊惶的日子。

新婚之后的日子，因为胡声宇的杭州求学，反让王芳霞有一个盼头，她盼着有一天胡声宇就回到排溪，回到她的身边。有盼头的日子，其实才是有意味的。不久，胡声宇在这年六月下旬果然回到排溪，他的暑期生涯开始了。这一次，胡声宇还带来了他的几个同学，他们热热闹闹，让排溪一下子充满着青春活力。胡声宇的母亲吩咐厨房宰鸡招待。王芳霞更是开心，他们的到来，让王芳霞忆起曾经在武岭学校求学的日子，那是春光烂漫无忧无愁的日子，他们让王芳霞重新咀嚼了曾有的生命之美。王芳霞在胡声宇同学居于排溪同庐的几天里，笑得灿烂，他们还邀她一起去逛街，去爬童公岭，去赏夏花。在只有他们独处一室时，胡声宇问王芳霞：开心吗？王芳霞说开心。从未有过这样开心。胡声宇把王芳霞拥入怀中。久别胜新婚，他们吮吸人生甘露，如胶似漆。王芳霞多了一层生命感悟。

几天后，一场浩劫降临到胡氏族头上。一九四一年七月二日，这天天气晴朗，朗月照着，夜亮如昼。谁也不曾料到，这天天明后，灾祸降临。一群日伪军突扰排溪，他们挨家挨户搜索国民党军队与共产党员，他们力图打击一切有生的抵抗力量。日伪军搜扰了几个小时，毫无结果，这些丧尽天良的禽兽不如的人，抢劫一切有用的物品。胡家同茂百货店囤聚的食用盐被日军抢劫一空，损失惨重。许多个日子，连一向遇事不惊的胡次乾都愁眉紧锁，抑郁戚戚。

这是王芳霞嫁入排溪胡氏家族遇到的第一次人生灾难，公公胡次乾郁郁不乐的情绪，像风一样在胡家上上下下几十号人中刮着，抑郁、不快，迅疾地传染给了每一个人。

然而，日子终究是要过的。好的日子，是依凭个人或家族的意志力尽快地挤走弥漫在家族里的不快与悲怆的情绪。

胡次乾很快就镇定自若，他依旧在大家面前一脸肃穆，还是一副先前的模样。

王芳霞开始将心安定下来，她见这个家族的主心骨平静下来，她心里好受了许多。

一个多月后，王芳霞呕吐、反胃，脸色苍白。年轻的胡声宇不知所措，他只是跺脚，挠头，他的母亲见状悄然地告诉他，你要当爹了。

胡声宇对躺着的王芳霞说，我要当爹了。他搂着她的臂膀。

王芳霞羞窘了。你怎么知道？

我娘告诉我的。我要当爹了。

是……你要做个好爹。

嗯。

夜重。他们拥得更紧，更柔情蜜意。

白天，光亮将真实的王芳霞展在胡声宇的面前：苍白、消瘦，原本大而炯炯有神的眼因害喜而显得乏神。胡声宇晓得她受苦了，也受委屈了，她已完全不像在箭岭下父母的膝下，可以无忧无虑地撒娇。

胡次乾依旧忙碌于他的那些大事，与张泰荣奔走各地，为孤儿院捐谷捐物，不能丢下一个孤儿。他是张泰荣他们的主心骨，他们是一百多个孤儿的靠山与主心骨。胡次乾有次与张泰荣见面，提起七月二日，食盐被劫一空损失巨大时，又是戚戚无声，神情黯然。张泰荣也无言，只是默然相对。张泰荣知道这位多年的兄长，只能在他面前神情落寞悲伤，一到排溪同庐大院，得忍住悲伤。

时间是一只巨型的推手，它会将一切推到人们的面前。王芳霞的妊娠反应越来越厉害，因为营养的缺乏而更加消瘦，一头乌黑的发也没了先前的光泽。胡声宇决定给王芳霞开小灶。王芳霞不允，说这样怕不好，再说，你现在还在读大学，读书的花费也得靠家里。胡声宇决然对王芳霞说，以前给你开小灶，倒不太好说，找不出什么特别的理由，现在有理由了，这事我会告诉父母，他们会去跟弟妹说理，至于钱，你不用操心。

胡声宇决定将父母给他读大学的钱，挤出一部分来加强王芳霞的营养，他先是托人去海鲜市场买一些新鲜的黄鱼、鲳鱼等，然后嘱托厨房专门做给王芳霞吃。在离开排溪的前几天，胡声宇自己骑着自行车去宁海西店买新鲜海鱼。

园子里的梅子也熟了，胡声宇去打梅子。六月已是仲夏了，天气炎热，胡声宇顾不了这么多，他在炎炎烈日下打梅子，汗水湿透衣衫，他也不管。他打了几箩筐的梅子，然后将梅子去核做成梅子酱给王芳霞吃。王芳霞头次吃到梅子酱，这酱让她很解馋。

王芳霞怀孕的事成了排溪胡氏族与箭岭下王家的大事。就是胡次乾也默然欢喜，他希望他能见到一个健康的孙子，如果王芳霞给他产下一个孙子，那这个孙子是胡氏族的长孙，对他的父亲胡开钜来说，就是一个曾长孙，他八十开外的父亲一定会开心，一定会使老人延年盈神。

对王芳霞这个小女儿，箭岭下王宝贤更是视为珍宝，如今王芳霞怀孕了，即将给胡氏族添丁旺火了，王宝贤高兴坏了。他从上海买好燕窝，自己从上海回来的话就自己带来，自己没空的话，就托人捎来。

王芳霞的日子陡然间掉进了蜜罐，品尝着父亲艰难地从上海弄来的燕窝，嘴里发酸又没有什么胃口时，吮咂着丈夫胡声宇给她制作的梅子酱。爱人与亲眷对她的关心，像一层屏藩，阻挡了岁月的不堪，那些时不时传来的让人惊恐万状的消息，到了她这儿仿佛消失了般，她仿佛一个少女般吮着涌向她的爱。

日子一天天在复杂的情绪中过着，王芳霞的肚子也一天比一天腆了起来。寒假时，丈夫胡声宇又回到排溪，过了一九四二年的旧历年，正月二十几，又离开排溪去杭州了，暑假里他就毕业了。正月二十几离开排溪时，胡声宇依依不舍，王芳霞再过两个月就要分娩了，而分娩时，他却不在她的身边。王芳霞在胡家迅速成长着，她让胡声宇好好读书，家里有好多人会照顾她。

一九四二年四月十四日，农历壬午马年二月二十九日，一个春雨贵如油的春雨淅淅沥沥的日子，王芳霞诞下了一个壮健的男婴。一匹小马驹来到了排溪胡氏家族，他们给这个男婴取名为孟人。胡氏家族希望这个曾长孙或长孙，秉承着儒家的仁智礼信。

胡次乾开心坏了，他一个人立在空旷的天井时，兀自地微笑着，他的这个叫胡孟人的长孙，是他父亲胡开钜的曾长孙啊。他上面两个兄长，膝下还没有男丁。排溪果然迅速地传来消息，他的父亲胡开钜开心得背着双手在同庐的青石上踱来踱去，神清气朗，不像是个已八十岁的老翁。父亲开心的消息迅疾地感染着胡次乾，他明事理得很，没有他的父亲辛劳而聪智的操持，他们排溪胡家不可能有如今这般殷实的家底，同样，如果没有他父亲闻名遐迩的仁善义举，胡氏家族也没有如今的良善声名。

胡次乾心里乐了。他心里默默地感激起他的儿媳王芳霞来。虽身不在排溪，他决定在他暂居的柏坑，备筵贺喜。这天在柏坑，他叫了法院与奉化中学的几个好友，还有从事慈善事业的同仁张泰荣，几个好友聚于一室，大家纷纷祝贺他喜得一文孙，觥筹交错，席后，几个人又施展才艺，管竹丝弦。几个人高兴，又喜中默然落泪。这是奉化城沦陷后，他们第一次遇如此复杂心绪，哭泣中有喜事，人生之喜又暂且阻挡了时光的不堪。

在排溪坐月子的王芳霞，知道远在柏坑的公公为小孟人设筵贺喜，也高兴坏了。她看着怀中粉嘟嘟的儿子，品味出了生命的琼浆味。

孟人出生后不几日，胡声宇也请假，千兜百转地回到排溪。胡声宇将床头的王芳霞和儿子孟人拥进怀里。

一个家在那个风雨飘摇的日子，被拥得严严实实。

一九四二年五月十四日，胡声宇和王芳霞的儿子胡孟人满月，胡次乾给这个长孙做满月酒，他请排溪村全村人来喝喜酒。

王芳霞抱着满月的儿子来到人群中，大家连连道喜。王芳霞觉着了人生的一种从未有过的满足与惬意。

第八章　悲怆

　　王芳霞的儿子胡孟人满月的次日，即一九四二年五月十五日，王芳霞早晨起来梳洗打扮后，被公公胡次乾叫到餐厅一起吃早餐。上午，公公的朋友从外地来到排溪，他让婆婆周根花叫厨房宰只鸡招待友人。午饭时分，一些时蔬摆上桌，这些时蔬都是从自家菜园子采摘来的，最后一盘鸡端上桌，摆在正中央。胡次乾叫王芳霞抱着小孟人一起上桌吃饭。王芳霞婉拒了公公胡次乾的招呼，她觉得不好。其实，王芳霞内心已如蜜糖般甜。胡次乾慈祥地微笑，以后不管有没有客人来，你都上桌吃饭，包括孟人。胡次乾用食指逗了逗这个让他开心的长孙。

　　婆婆周根花在午饭后对王芳霞说，你真是有好命。先前女子很少上桌与老爷一起吃饭。你比我命好。婆婆也对王芳霞笑笑。

　　午饭后，王芳霞发觉公公胡次乾脸色有些凝重，双眉不展，一只手拽着长衫在天井走来走去，像是有什么心事。王芳霞抱着小孟人，即使遇着公公，也不敢靠近问个究竟。她知道公公太忙了，他既然与同仁们办起了孤儿院，就得对那百十来个孩子负责，不管多么艰难，不管时世如何艰难，这副千斤重担他是无论如何也不能撂的。王芳霞常常见到公公与张泰荣等叔叔们，为了孤儿院，冒着生命危险去各地各村募粮，眼下最缺的就是粮食，没有粮食，百十来个孩子几近于等死。这是公公胡次乾不想看到的。

王芳霞见公公胡次乾这样愁容不散、心事重重，就越是想知道个究竟。但她又不敢直愣愣地去询问，她在等待某个恰当的时机。王芳霞抱着小孟人，时不时装着若无其事的样子来到同庐的厅堂、天井走走。她遇到公公胡次乾走近身边时，她发现他眼神闪闪烁烁，像是有意躲避着她。

王芳霞借着怀里小孟人给她的胆，迎了上去，说，孟人爷爷，您好像有什么心事？他爷爷，好像您心里藏的事与我有关，我没有忖错的话。

胡次乾怔住了。随后就赶紧摆摆手说，与你没关系。

一定有。

没有。你带孟人休息去。

他爷爷，有天大的事也要告诉我，免得我胡思乱想。

胡次乾无奈地立在天井中不动。他只得告诉王芳霞，箭岭下可能遭到日军的疯狂扫荡，但消息还不确定。

王芳霞一下子呆住了，随即心里乱了起来。箭岭下可是有她的亲爹亲娘，有她的哥哥、弟弟，有她住了两年多的别墅。她一下子六神无主，不知所措，隔山隔水，她去哪里打听一点儿确切的消息？

之后，公公胡次乾的友人一个又一个来到排溪同庐，他们神情严峻又悲伤苦痛的样子，让王芳霞的心越发空虚起来。王芳霞知道眼下箭岭下的危险处境。

一九四二年一月一日，农历还是辛巳蛇年十一月十五。朗朗的冬日升起山际线，原居于赋竹岭的奉邑官署人员在周祠举行庆祝元旦节日后，就沿着羊肠山道行走，几个小时后，所有人员来到箭岭下。官署在箭岭下安营扎寨。官署几十号人来到这个山村，给这个偏僻的山村带来新的活力，但百姓也深知在奉城沦陷后，官署驻扎地的风险也增加数倍。日军疯狂扫荡，除了剿灭共产党、剿灭政府机构，就是对村庄的灭绝人性的抢掠、烧杀。

王芳霞抱着儿子孟人，噔噔噔地再次来到天井，她发觉公公胡次乾已不在那儿。王芳霞心急如焚，她满同庐找公公胡次乾。她找到公公胡次乾时，公公正准备迈出同庐大门去外面了解情况，因为他已经从传来的消息中得知，箭岭下遭到日军的惨不忍睹的扫荡，已被烧毁房屋一百几十间，死七八人，伤十五六人。他现在想进一步打听的，是他的亲家王宝贤的情况。

后来全部打听到的真相，是一个令王芳霞悲怆的事件：箭岭下她家新造的尚没住四年的别墅被日军烧成废墟。王芳霞一下跌倒在门框边。她晕了过去，小孟人跌落在腿间。她在迷糊中听着这件令她悲伤欲绝的事件发生的始末。

五月十五日，日军飞机像黑压压的鸟群向万竹、箭岭下、赋竹岭扑去。敌机掠过村庄的上空。一早，驻于箭岭下的官署人员就纷纷弃离箭岭下，他们朝更偏僻的赋竹岭去，一个村庄被孤单地抛了在敌机的狂扫中。上午十时左右，行署的人已移走至赋竹岭，箭岭下几乎拱手毫无抵抗地暴露在日军的面前。箭岭下的危险，随着行署人员的弃离，全村人在惊慌失措中知道了，村民纷纷离家逃往山上，几百号人惊悚地往林子高处、深处逃，他们顾不了许多，命比家什更重要。日军飞机低低地压了过来，俯冲向村庄，枪炮声震耳欲聋。

王芳霞的父亲王宝贤和母亲毛球英不舍地离开家，那是他们花费了六七年时光的心血建造起来的窝，他们不知道这幢七间两弄双层的别墅会遭受怎样的厄运。两夫妻几乎是一步一回头地看着屋子，带着他们的儿子们离开，与村民一起逃往山上的竹林。

敌机在箭岭下的上空掠过一遍又一遍后，躲在山上的村民听到了从村庄里传来的密集的枪声，枪声有时嗖嗖地响着，有时哒哒哒地响着，像是狂扫某个目标发出的急遽的声音。

日军在箭岭下扫荡一遍后没有搜到官署人员，他们像一群禽兽般开始烧毁房屋。他们从村口开始烧房，霎时，箭岭下浓烟滚滚，火光冲天。日军来到王芳霞家，他们见到这幢在乡村少见的洋房，将汽油浇上墙，浇上玻璃的窗棂，点着汽油，火光一下子冲上天，木板的哗啵声，玻璃的碎裂声，被躲在山岭上的村民听得真真切切。王芳霞的母亲趴在山上，俯看着村庄里的火光，她看到山脚下自家屋子被烧着了，她陡然倒在地上，在山地上满地打着滚，撕心裂肺般地嚷着：这个家完啦，完啦。她不顾石子的硌，也不顾山地上的荆棘，痛苦地打着滚，身上一件单薄的衣衫都被满地的石子磨烂了。大家都低声劝着她，人在就好，人在就好。王芳霞的父亲王宝贤心痛地看着在地上滚来滚去的妻子，默默地流泪。他走上前，拉住正滚着的妻子，无比伤心地对妻子说：亏得我们两个女儿都嫁出去了。

这是一个男人无比疼痛的哀鸣与心灵的泣声。

王芳霞听完，号啕大哭，她的哭声撕裂了同庐的沉寂。王芳霞晓得那幢被日军烧毁的别墅对她父母的重要性，也清楚那幢屋子对自己的重要性，那屋子里每一扇窗玻璃、每一块地砖，都有着她的记忆，现在，这一切都被日军摧毁了，她少女时的一切生命记忆也就被毁灭了。如今，面对着残烟四起的废墟，她的父亲与母亲，还有她的兄长，一处安身之地也没了。王芳霞想着想着，刚才被公公婆婆劝住了的哭声，又起来了，她又伤心地号啕大哭。王芳霞这回任谁也劝不住，泪水奔涌，她的号啕大哭声在同庐的深宅大院里撞来撞去。

王芳霞知道在山上躲了一天一夜的父亲和母亲下山后，看到一片狼藉的场面，母亲又一次痛哭，最后晕倒在瓦砾上。王芳霞托人去箭岭下。原本她自己想去，但儿子孟人刚满月，公公胡次乾和婆婆周根花劝住了她，说，你身体还虚弱，还无力翻过东坑岭，再说，孟人幼小，受不了长途颠簸，救灾的事大家会想办法。王芳霞还是无法放心正在苦痛中的父母亲和两个哥哥，她让人去箭岭下，转告她的请求，要他们来排溪。

她的父亲王宝贤回绝了她。父亲托人捎信回她说，爹要重建家园。爹对你母亲也是这样说，你母亲这次伤心得要死，她的泪都哭干了。爹对你母亲说要重建。你正生孟人，好好保护好自己。你好好的，爹才心安。

王芳霞又一次泪流满面。

　　箭岭下的房子被日军烧毁，王芳霞的父母和兄弟只得暂时栖身于村庄旁的一座寺院，寺院僧人送些年糕给他吃。他们还是有些惶恐。在寺院住了几天后，他们才好好察看村庄，走到箭岭下的正街下游，王宝贤发现胞弟王宝信的别墅，虽被日军轰得百孔千疮，但这幢风格迥异的别墅还是屹立着，只是玻璃几乎全碎裂了，石岗岩石的墙体上到处可见被枪射击的弹孔，扇形的阶梯被破坏了些。王宝贤推开那扇被破坏的正门进去，一切还完好。王宝贤深知兄弟王宝信在建造这幢别墅时所花费的心血。王宝贤后来与他的继母胡氏共同生活在这幢别墅里，他也只是暂居而已，他是决心重建家园的。

　　王芳霞晓得这些情况后，又一次心痛起来。她一个人回到房间，面对着那些丰盛的嫁妆，王芳霞一想起母亲在山上打滚，衣衫破烂，就心痛不已。她一边默默落泪，一边给母亲整理几件夏季急穿的衣服，又从箱底找出几件秋冬的衣服。她找出一对铜制的高脚痰盂，夜壶一只，夜壶是专给父亲王宝贤的。王芳霞一边找东西，一边忖母亲还需要的物什。她寻出一把剪刀、几盒针线，又寻出一只竹制的八角椭圆形的家箸篮。

　　王芳霞整好送箭岭下的用品后，又吩咐厨房用黑枣炖一盆猪蹄髈，做了些奉化糕点如油包，还准备了米和生的年糕，又准备了大头菜、笋干、咸鳓鱼、海蜇、乌鲞香、咸菜。一切都准备好后，王芳霞叫来长期在胡家同庐做事的胡和庆，让他带上工人，将这些全部挑去箭岭下。她的公公胡次乾在胡和庆动身时，又塞了一沓东西给他。事后，王芳霞才知道，公公给了许多钱让胡和庆带给箭岭下，让王芳霞父母度过危机。

王芳霞抱着尚在襁褓中的儿子来到胡次乾面前，说，谢谢他爷爷给他外公外婆送去钱。胡次乾起初一愣，他没料到这事很快就被知道了。他对王芳霞说，你真是一个好女儿，我胡家有你，是胡家之幸，孟人有你，是孟人之幸。

公公胡次乾对王芳霞说，你安心待在同庐，带好孟人。箭岭下的事，我们会尽心去帮助。过些时候声宇也大学毕业了，该回来了。一切都会好起来，会度过这场危机。

王芳霞很感激地看着公公胡次乾，谢谢他爷爷。王芳霞抱着儿子回到自己的房里。她耳边不断地回响着和庆叔从箭岭下带回的话，她的父母让她无论如何不要去箭岭下，日军说不定随时会扑向箭岭下，目前去箭岭下危险太大。

这就是父母爱她的方式，他们宁愿自己身处厄境，也不愿自己的女儿涉一点点风险。王芳霞只得将牵念父母的心藏了起来，她只是隔个几日让胡和庆送些吃用的东西过去，并传一些话。

不久，胡声宇大学毕业了。他回到排溪，见到自己的儿子，高兴坏了，小孟人已两个多月了，这下房间的烛影里，已是三个人了，三足才鼎立，才是一个稳定的家。

在灯影婆娑中，王芳霞看看儿子，看看丈夫胡声宇，于苦涩中又感觉到了生命的恩惠。

排溪同庐里的所有人按部就班地活着。这幢深宅里的长者胡开钜，每天早早起来，洗漱一番后，在堂屋沏上一壶茶，然后去天井或走出同庐溜溜，待茶壶里的茶凉了些，他缓缓地走回来，坐下，品茶。他已是八十足岁的人了，看惯了世事，他的目光比其他人稳得多。胡次乾依旧忙忙碌碌，他要顾的摊子多，但大多数精力放在了如何让孤儿院度过最苦痛与黑暗时期，这件事，他是不敢有一丝懈怠与马虎的。王芳霞就常见到张泰荣叔叔来排溪同庐，他们密商一些大事。让王芳霞印象深刻的是日军扫荡箭岭下一个多月后的一天，那天大雨，同庐人都被雨困在屋子里，那是一九四二年六月二十九日，农历壬午马年五月十六，雨下得大，前一天，雨就下个不停，沙砾路坑洼泥泞，溪水猛涨。二十九日，困在同庐的王芳霞，看到张泰荣叔叔等六七人来到同庐，他们与公公胡次乾见面后，都发呆似的立在屋子中央，面色凝重，全没有往日的笑颜，这在王芳霞的印象中，是从未有过的。先前，尽管公公胡次乾不苟言笑，但在同仁面前还是幽默与热情的。王芳霞抱着两个半月大的儿子孟人，静立着，她看到公公胡次乾与张泰荣叔叔几个相对而立，真有点楚囚对泣味。事后，王芳霞才知道，四五天前，孤儿院在项呑的农场被抢劫：被帐、布匹、谷子与大米、耕牛等，都被抢劫，损失惨重。一同仁又被掳走，经多方营救才返回农场。王芳霞知道这些物资对孤儿院的生存太重要了，被帐没有，孩子们如何度过蚊虫叮咬之日？布匹没有，新来的院生就没有衣和被，谷与米就更不用说了。耕牛呢，很多时候，耕牛就是种田人的命根子。王芳霞设身处地一想，也心如针刺。王芳霞愈加觉得公公胡次乾和张泰荣叔叔了不起。

日子过得让人忐忑不安，一颗心时时被提到嗓子口。几个月后的一天，箭岭下又一次遭到重创。那一天，敌伪军从小万竹一路扫荡到箭岭下，小万竹王祠被焚，民宅被焚烧几十间，七八个人毙命。箭岭下新旧祠宇悉数被烧毁，村庄环桥以下一片瓦砾，箭岭下的精华屋宇全部被焚，景象惨绝人寰。

王芳霞再次为生养她的故乡心如刀绞。她内心的平复，几乎全仰仗同庐对她的庇护，全仰仗丈夫胡声宇。她的丈夫胡声宇大学毕业后在邻近杭州的桐乡谋到一个会计岗。他时不时利用一切假期辗转回到排溪，来到王芳霞身边。苦痛而悲怆的日子，让他们迅速成长。王芳霞已完全脱离了一个乡村少女的稚气，她从诞下儿子以及历经箭岭下惨无人道的事后，她明白现实是沉重的。这种沉重如铅的日子，即使在她想泄气时，依旧会猛然被自己莫名地击醒。她开始独自冥想，冥想某个最坏的时刻出现，那时她该如何去应对生命中的不堪。她把命运想到最残酷的景象。

这样忖思过后，王芳霞的思绪开始回还，她想着日子里的让她咀嚼着的幸运。她的丈夫胡声宇，常在她和儿子不知不觉中来到身边，王芳霞觉得这就够了，够她去对付生活中那些让她苦楚与悲伤的事。

儿子小孟人一天天大了起来，快一岁时就会走了。他会蹒蹒跚跚地缠绕在王芳霞膝下，仰起小脑袋，眨巴着炯炯有神的大眼，儿子的大眼像母亲王芳霞。王芳霞看着膝下的儿子，心里就舒坦着。同时，她也愈加盼着丈夫胡声宇回家。

胡声宇每次从杭州桐乡返家，总会带些礼物回来。他背过蚕丝被，那被子比之棉花被要好许多，盖在身上轻柔而保温。他带回的礼物多半是实用型的，王芳霞没有嫌丈夫土气，她反而觉得这才是个好丈夫，把日子过得踏实比什么都好。

但生活的苦涩，在奉邑沦陷时，几乎是生活的主色调。

惊惶与悲怆又一次降临到王芳霞的头上。这是一九四三年深秋与初冬交际之时，她的儿子孟人已是一岁半的孩子，个头已几齐她的腰身。这天，排溪村的消息树狂摇起来，村民见状立即准备逃到山上去。奉化沦陷，里山一片也常遭日军侵袭、扫荡，排溪村民形成一个共识，在村庄的一个高地上竖起一棵树，用树被狂摇来传递日军将进犯村庄的消息。村民将守树的人称为消息探子。王芳霞一知道原先静止不动的树在狂摇，她就赶紧去通知婆婆周根花逃走，自己把最值钱的十二枚金戒指绑在腰带上，又将结婚证放入筒子里，然后背上结婚证，抱起儿子孟人，就准备往山上逃跑。

刚跑出同庐，王芳霞就被堵住了，黑压压的人群被十几个日军截着往同庐赶。王芳霞霎时明白了，日军来得太快，这帮鬼子就是直冲排溪来的。

排溪村来不及逃跑的一百多个村民被截赶到同庐大院，大家被堵在院墙根。这是秋冬之际的下午，阳光令人生寒地射在人们惊恐的脸上。十几个日军站在村民面前，两挺机枪架在地上，枪口正冲着黑压压挤作一堆的人们。

王芳霞也害怕起来，在迅速整理要带的东西时，她目光扫了一下房间，毫不犹豫地挑了十二枚金戒指和结婚证，那十二枚金戒指在极度困难时会帮助她渡过难关的，而结婚证就像是她的命，命在，证在。现在夹在人堆里，看着吐着舌头的狼狗，她心里害怕起来，她极恐惧的是，命在，证却被毁。王芳霞不敢往下想，她突然觉得结婚证就是她和胡声宇爱的见证与唯一载体。她越想越害怕了。儿子小孟人依在她身边，不吵不闹，似乎立刻懂事了。她在人群里搜寻声宇爷爷胡开钜的身影，没有，可能已逃上山了。她见到声宇的伯伯胡振教身子正发抖，薄棉裤都抖动着。

日军疯狂地嚷着，长长的佩刀在他们靴子上拍打着，狼狗仍吐着长长的舌头，两挺机枪随时准备射出罪恶的子弹。日军是要村民交出共产党员。

一个中国人充当着翻译。他对日军说：他们都是大大的良民，共产党员的没有。

两个多小时后，日军放走被堵在同庐大院的一百多个村民，人们还是惊魂未定地逃往山里，村民们害怕日军兽性大发。

十几个日军在村里继续搜寻他们要找的人。在没有找到他们要找的人后，日军便大肆地破坏财物，禽兽般的日军在水缸里拉大便，在米缸里拉小便，毁坏村民生存必需的物品。王芳霞出嫁时带来的几十捆毛线，被扯成乱麻丢弃在大院里，她出嫁时穿过的上品绣花衣裤被抢走，甚至胡声宇用来给王芳霞暖被子的铜烫壶子也被日军抢走了。从此，胡声宇就用自己的身体给王芳霞暖被子。

从山上返回村庄的人，看到家中一片狼藉，所用的东西几乎全被破坏，许多人失声痛哭，大家知道今后日子的艰难。

同庐同样遭受厄运。这幢深宅的长者胡开钜见状，一行老泪夺眶而出。他稳了稳，跟同庐几十号人说，人在就好，人在就好。他背着双手，老态地走进屋子。

王芳霞看到被翻乱的衣柜、满地一团的毛线、丢失的有着她温馨与甜蜜记忆的绣花衣裤，她也想哭。

在他们刚平复地过了些日子后，村庄那棵消息树又狂摇了起来。这天已近黄昏之时，昏黄的夜色即将笼罩过来，同庐的深深的屋子里已掌起灯盏了。人们惊慌失措，手忙脚乱。王芳霞扎起一捆衣服，又包了一扎炒干的年糕干片，又将十二枚金戒指绑在腰上。她抱着孟人要找那张装在筒子里的结婚证时，婆婆周根花进来了。婆婆要抢抱这个被视为掌上明珠的长孙。灯光被晃得忽明忽暗。恐惧与慌乱一齐袭来。王芳霞将装结婚证的筒斜背在婆婆身上，她从婆婆怀里抢抱过儿子孟人。她们一前一后迈出房间，走在天井，王芳霞又赶上婆婆，把婆婆身上的筒拿过来，她把它紧紧地斜勒在自己身上。王芳霞可以放弃其他东西，但结婚证无论天崩地裂，她也要背上，这是她的命。

她们走出同庐，黑暗吞噬了她们。

面前的路已看不清了。王芳霞和婆婆顺着前面细小而惊惶的声音往前走。婆婆几次跌倒在田埂上，王芳霞赶紧去搀扶起婆婆。两岁的小孟人乖巧多了，不哭不闹，他似乎知道些什么。她们的手被荆棘划破，血流不止。村庄的人都逃到北面的山里。这一次，王芳霞躲了三天三夜，他们就靠王芳霞背去的一扎年糕干片充饥，小孟人的嘴唇干裂，小小的孩子，头上生起虱子。王芳霞把儿子搂在怀里，扒开他的头发，每捉一只虱子，她的泪就落下一滴。

三天后，王芳霞他们回到同庐。她赶紧吩咐厨房烧水给小孟人洗头洗澡。看到这么小就受如此苦难的儿子，王芳霞再次落泪。她已不再号啕大哭了，苦难让她成熟与坚韧。

稍微平静的日子里，王芳霞一边带着儿子孟人，一边做着女红。日子里终究需要针线的纳补。王芳霞有时陪着婆婆。在同庐这幢宅院里，王芳霞与婆婆说得多些，她也时常去看望声宇的八十多岁的爷爷，但不便多说，心里的话与婆婆倒说得多点，或许同为女人之故，或许是对女子未来命运有着同样的瞻望。公公胡次乾尽管在长孙诞生后脸上常隐着慈祥的笑意，但他太忙，来到同庐也是匆匆忙忙，或与同仁在宅院里相商大事，王芳霞不便打扰，也不便多问。

王芳霞比先前懂得日子安静的重要，她比先前更珍视这种时光。她开始教导儿子小孟人。孩子一天天地长大，她开始教他诵读《三字经》。她诵一句，让小孟人跟着诵。儿子稚气的声音，让她快乐。

一九四四年，这年的岁末，又一个令同庐人悲怆的日子还是降临了。十二月二十一日，胡开钜溘然长逝，嘀嗒了八十二年的钟摆停止了。同庐几十号人，望着这位宅院里的长者遗容，都哭成一团。这位长者贤者，他在，似乎深宅大院的灵魂就在，他去，灵魂似游走的线被抽走。

王芳霞的公公胡次乾看着他老父的遗容，一脸哀伤。他的父亲自年轻时起，就仁爱乡里，一生中做了不计其数的善事，就是奉化孤儿院的创建，如果没有他慈父的慷慨解囊，没有他老父的奔走呼吁，恐怕要费更多的周折。胡次乾想着想着就兀然痛哭起来。他的哭声，又引得同庐人大哭一场。

这之后的几日，来同庐悼念的人络绎不绝。大家向这位先贤表达最后的敬意。

胡次乾孤儿院的同仁张泰荣，十多天后赶到排溪同庐，他瞻拜遗像，凝立在胡开钜先贤的遗容前，凄然泪下，长久不离去。

几天之后，同庐胡氏族将胡开钜棺椁移至宅院旁的两株青柏间。胡次乾与他的子嗣们立于树下，他默默垂泣，他们在日军仍然如虎狼般据守奉邑时，不敢随性地让同庐这位贤德的长者配享应有的哀荣，他们只能暂且让他们的长者受些委屈。

胡次乾与他的儿子胡声宇、儿媳王芳霞都默然长叹，他们仰望天空，希望那个能让这位仁贤长者配享哀荣的日子早点到来。

第九章　山川重光

山川重光的日子在一九四五年八月二十日降临了。虎踞并蹂躏了奉邑四年零四个月的日军，全部云散，伪组织也纷纷散架，为虎作伥的伪吏也作鸟兽般奔离。城里的爆竹声噼里啪啦响，响声此起彼伏，一张张被苦难折磨的脸，重现欢颜。

排溪同庐宅院里的人，看到照进天井的阳光，也同样觉出了别样的意味，内心是似乎从未有过的舒畅，他们的眉梢也舒展了，不会再过那种整日提心吊胆的日子。

王芳霞看到公公胡次乾，好几天都去同庐旁的两株青柏下看胡开钜的椁棺，她发觉他只是看了几次，却并没有什么话对他们说。她在丈夫胡声宇回到排溪时问起过，胡声宇对她说，父亲可能准备真正安放祖父胡开钜的魂灵了。

王芳霞也突然觉得爷爷胡开钜这样露于外面，受了许多委屈。但她见公公胡次乾似乎越来越忙，还腾不开手脚来做这件大事。

这年十二月下旬，胡次乾离开奉化来到宁波市，他在那儿忙鄞奉公路重建的事。这条公路是奉化与宁波连接起来的重要干线，之前的路因为日军的侵略而被毁。现在，这条满是疮痍的路重新回来，人们吁请尽快修复。彼时，胡次乾身兼数职，筹备鄞奉公路建设，管理奉化银行，负责育婴堂和奉化孤儿院。而在这几个月，奉邑发生了一件政治生活中的大事。临时参议会将正式改组成参议会。参议会会长的人选就是胡次乾。

其实在这之前，王芳霞也似乎知道她的公公胡次乾多少受了些委屈，两年前的临时参议会成立时，被同仁公认为公正贤明的公公胡次乾，因派系的争斗落选了，别说临时参议长，甚至连参议员都不在其列。

一九四六年六月二十二日，周六，天阴，第一届县参议会成立。早上八点，参会人员齐集文庙大成殿举行开幕典礼。会议选举胡次乾为参议会议长，毛翼虎为副议长。他们均在有效的五十六票中获得五十一票而当选。

这次的参议长当选，让胡次乾享有盛誉。王芳霞虽然见公公胡次乾在同庐仍不苟言笑，一副肃穆神情，但眉宇间有让人难以察觉的自信与欣慰，他得到了广泛的认可。与胡次乾搭班的毛翼虎，年轻，在艰苦险绝的环境里复办了奉化中学，也深得奉邑父老的理解与支持。胡次乾与毛翼虎领导下的参议会，后来为奉化办了许多实实在在的事。

这年的十一月，胡次乾从宁波搬回奉化，入住奉邑名宅梅园。梅园不是一般的宅院，它是奉邑名士朱守梅于一九三一年建造成的豪宅，占地面积近六千平方米。一九四一年，宅院因主人离世而空置。一茬儿又一茬儿的奉邑名要入住梅园。这次，胡次乾同样以奉邑显赫名要住进梅园。梅园太美了，因与传统建筑风格迥然不同而备受注目。梅园坐北朝南，四周院墙高深。远看，其整体风格是中西合璧。梅园由大门、前后两进、穿堂和东侧花园等组成，前进为重檐硬山顶两层实木结构房，面阔七间两弄，后进为单檐硬山顶平房，面阔九间。院墙南门，墙石结构，楣额嵌石一方，上勒刻民国十九年于右任书"耐寒庐"三字。胡次乾以参议长身份入主梅园，也是恰如其分。

又为同庐家三房主人的胡次乾入主城邑梅园后，其子嗣也差不多常居于梅园。这年四月十九日，王芳霞在排溪同庐诞下大女儿桐囡，她和儿子、女儿还有同庐的十几号人，依然生活在同庐。

这年十二月七八日，胡次乾和居于梅园的所有胡氏人离开梅园，回到排溪同庐。他们终于可以安放几近屈于荒野的胡开钜的魂灵。整整两年了，一想到这，王芳霞也同同庐胡氏子嗣伤心难抑。他们都深知，如果不是奉邑沦陷于日本人之手，同庐这位深受里邑赞誉的长者，不至于魂归无穴。

胡氏子嗣全部如鸟归巢般归于同庐。丈夫胡声宇也回来了，他是亡者的长孙，王芳霞在这个庞杂而又都伤心的人群里，反获得一种心灵的归属与温暖。她来同庐做胡家媳妇五年多了，这是她又一次与所有胡氏族人在一起，而且现在比之刚嫁入这个宅院时，她多了两个她与丈夫胡声宇的孩子。作为一个女人，没有什么会比这更让人踏实，孩子有时就是心灵的归处。她觉得她真正地融入了排溪同庐胡氏族。

这几天连日阴雨交替，天，给了同庐一种悲戚的氛围。胡次乾是这场白事的实际主事者，他是同庐在奉邑最位高权重的人，同庐几十号人包括他的胞兄都让他拿主意。他吩咐大家先给贤明的父亲胡开钜搭起灵堂，周围悬满白色的幛幔，铺设一条甬道，甬道两侧置着黑白相间的杖，每一个祭拜者，在这样一个环境氛围下都将剔除灵魂里一切别的东西，而全部被亡者胡开钜音容笑貌萦回着。

十二月十二日，天愈加阴沉。在天还未开眼时，胡开钜的棺就被移至村南的白溪溪畔的灵昌庙前，等待着人们的公祭。天放亮后，几十辆汽车将祭吊的人从四面八方带来，人们都神情哀戚，虔诚地为这位贤达的长者敬上一炷清香。

同庐胡家长子胡学校和三子胡次乾，依次再焚香祭酒后，胡家老小再跪拜。

张泰荣在出殡之前两日就来了。他一直像个胡氏孝子，接待着八方来客。出殡当日，张泰荣领来了几百个孤儿，在殡棺起离胡开钜日夜厮守的故土时，那几百个曾受亡者恩泽的孤儿，执绋，哀伤一下子弥漫在孩子们的心头，不知谁先泣着，哽哽咽咽，一会儿就大哭起来，刹那间，几百个孩子哭了起来。锣鼓声震天响，军乐古乐也响起。几里路，白绋，白幛。已四岁半多的孟人在九岁的堂姐姐胡婷婷陪同下，共坐一顶轿子，由人抬着，他手端着曾祖父胡开钜的遗像走在最前面。

殡葬队伍白幡蔽天，哭声四起。夹道的村民，许多人也是抽抽咽咽。胡氏兄弟再次伤心落泪。这几天来，胡进思后裔主要聚居地排溪和蓬岛两个村，不管是胡氏子嗣，还是别的姓氏，家家户户停火熄灶，老老小小吃斋饭。胡学校与胡次乾兄弟，一想到大家对他们父亲的虔敬，就感动得落泪。他们兄弟俩也为其父大仁大爱，感动着。那是两年前，他们的贤仁之父，在生命之灯即将燃尽时，做出了令同庐人惊诧又让人无不动容的决定。同庐胡氏子孙都跪在胡开钜的床前，老人已气如游丝，他长久地闭着双眼，似乎是一片号啕大哭惊醒了他，也或许是老人有未了之事，他睁开了双眼，目光飘飘荡荡，又清晰如往。他用微弱的声音，唤着胡学校的名字。胡学校屏声静气地跪着上移一步，靠床更近。胡开钜说："欠条账单有多少？"胡学校是同庐管家的，胡次乾则大多在外工作，不太管胡家田庄田亩事。胡学校说："借钱、借米、借谷的借单还有很多。"胡开钜说："你把所有的账本和账单全都拿出来，烧掉，永远不能再去追讨。"胡学校跪着，低着头，声音颤弱地有些犹豫难舍地说："爹，你会好起来的，等你病好了再说这事吧。"胡开钜猛地一下坐了起来，大声吼："你拿不拿出来？全部都拿出来，当着这么多人，烧掉——"胡学校起身去保藏柜里把所有的欠条账单取出来，来到父亲胡开钜的床前，当着几十号跪在床前的胡氏子嗣烧掉。胡开钜硬撑着斜靠着床头，他有些浑浊的双眼看着火苗，火苗一点一点小着，他的身子一点一点塌了下来，火苗熄了，胡开钜的头一沉，跌落在枕上，他的生命之火也熄了。同庐众人又哭成一片。胡次乾也恸哭："爹，你安息吧，你的仁德大家永世会记得。"这时，在出殡的队伍中，胡次乾望着一眼看不到头的执绋队伍，他再次泪流满面，他说，爹，你值了，里邑的人都来送你了。这份哀荣，你配享。

出殡的队伍，声势浩大地行进着。王芳霞也蹒跚在队伍中，她怀抱着七八个月的女儿桐囡，看着远在前头的儿子孟人，她感觉到了在同庐的被重视。

　　胡开钜被安葬后，同庐安静下来了，王芳霞还是细心照看着两个孩子，胡声宇离开排溪仍然前往桐乡工作。公公胡次乾回到了奉化县城名宅梅园，一同去的还有婆婆周根花。

　　同庐的家三房，王芳霞实际上成为一个掌家的人，她的小姑子胡璇英在家也多半听她这个嫂子的话。

　　日子还算安宁。王芳霞教儿子孟人识字，她开始启蒙儿子，教儿子读《三字经》，她知道蒙童养正的道理。一棵树，正正地向上，这棵树将来必成为一棵正直挺拔的可用之材。日子里具有轻松谐趣的是丈夫胡声宇的归来。胡声宇从桐乡归来，总会带点什么。不久前的一天，他带来了苏联的花布，是那种大花的花布，花布以红色为底色，上印白色硕大的抽象花。胡声宇抖开花布，在王芳霞身上比画。王芳霞扑哧笑了起来，你这是要笑死人呐，这哪穿得出去？胡声宇说，怎么穿不出去？王芳霞扯下披在身上的花布，放在一边，这没法穿。胡声宇说，人家苏联老妈妈都穿。王芳霞这下头一歪，斜视着丈夫胡声宇，你这是说我是个老妈妈了？胡声宇发觉王芳霞挪揄的口吻里有一丝生气的味道，就没再说什么了。王芳霞看着胡声宇，心里流过一阵让她暖暖的东西，到关键时，胡声宇总是让着她，先低下头。

　　解放的曙光好像将至。胡次乾离开梅园带着家眷居于宁波望京路，这里靠近宁波西门，通过中山路可以径直到宁波的繁华之地三江口和江厦街。王芳霞也跟着一道进入宁波市。这座城市较之奉化要繁华得多，也大得多。王芳霞虽然去过大上海，但那座城市似乎与她并没有多大的缘分，而眼前的宁波则是她向往并且能实现的。她一到宁波就到处走，三江口、外滩、江厦街、东渡路、西门口、中山公园……她都看了一个遍。看过后，有一种东西隐隐地在她心里扎了根，如果可能，她一定要离开排溪。

一九四九年五月二十五日，奉化解放了。那天傍晚，解放军自新昌方向开到奉化城，人民聚观，街巷为之而塞。

宁波也解放了。但大家并没有过几天心安的日子，宁波的许多重要地方，遭到了从台湾飞过来的蒋机的轰炸。刚欢天喜地了几天的宁波人，再次被抛入恐惧与惊慌失措中。有天，王芳霞带着儿子孟人上街，他们正在一摊子前，突然一阵尖锐的警报声响起，王芳霞来不及辨别方向时，轰隆一声，炸弹在不远处响起，她一把推开儿子，将儿子推到摊子底下躲了起来。

这种让人无法安生的日子，是无法再待下去了。从杭州回宁波的胡声宇对王芳霞说，奉化解放的那天，城里来了许多解放军，解放军确实如大家传言，个个遵守纪律，不扰民，都睡地上。我们回奉化吧。宁波看样子是蒋介石重点袭扰的城市。王芳霞同意胡声宇的主意。她的公公胡次乾也对她说，现在宁波很不安全。这年的六月十日，胡次乾对他们说，要迁回奉化。一天后，甬江上的船被台湾的飞机轰炸。胡次乾加快了返回奉化的步伐。他在头天晚上，借着灯光，打好行李包，对王芳霞说，他暂时租赁了奉化县城一幢大夫第凌宅，"你们先回排溪，待机行事。现在看来，宁波是无论如何不能再待了，看来，宁波是他们要搅乱的目标"。

王芳霞很喜欢宁波，更准确地说，她喜欢城市，这种心理就使得她希望早点离开排溪。但眼下的形势，又将她从心底里浮出的心事压住。她思来想去，也觉得目前只好听从公公胡次乾的安排。六月十四日，天气时阴时晴，他们都从宁波迁回奉化，公公胡次乾暂且居于城里一租赁房，王芳霞带着孩子仍然回到排溪同庐。但不久，婆婆就回到排溪，婆婆对王芳霞说，住来住去，还是同庐让她舒坦。

回到排溪同庐的王芳霞，发现有点异常的气氛，她似乎觉得离开不多久的日子，变化却很大。她在排溪同庐已有些魂不守舍了，她第一次觉得同庐已很难妥放自己的心了，尽管与她在同庐的，还有她的婆婆和四姑子、五姑子。她独自静思默想，还是觉得已难以融入同庐了。她的二儿子孟宁虽然只有一岁多点，但因为奶水不足，她早就托人送给距排溪不太远的梅岭下奶娘养，同庐属于她的骨肉只有大儿子孟人和女儿桐囡。

奉邑也有来自台湾的蒋机飞临上空，飞机时常袭扰人们。王芳霞每知道这些消息，都惊愕一阵。她觉得台湾方面是痴心妄想，人民的力量已不可阻挡。

每一个曙色泛起的日子，王芳霞都咂摸出一些特别的意味。奉化刚解放不久，冷水坑即冷西在招女兵了。王芳霞敏悟地对刚十四岁的小姑子胡璇英说，你去当兵，好吗？这个比王芳霞小十三岁的小姑子，在王芳霞踏入同庐胡家时，才五岁。可以说，胡璇英是嫂子王芳霞伴着长大的，她对嫂子的仁怀与聪慧是极为佩服的。胡璇英说，好，嫂子。等我爹来了，与爹说说。

不久，胡次乾从奉化城里来排溪。胡璇英即与父亲胡次乾说去冷水坑当兵的事。胡次乾默默地看着这个年仅十四岁的小女儿。他一共有五个女儿，这个最小的女儿反倒在他的身边不多，他怜爱她，却少予真正的关怀。胡次乾心生一丝内疚。王芳霞见公公胡次乾在小姑子当女兵问题上沉默，便对公公胡次乾说，现在去当兵，一是积极响应新政府的号召，再说冷水坑又不远；二是像我们这样的家庭也要有依靠。

胡次乾看着二十六岁的儿媳王芳霞，他内心一阵惊喜，她的智慧已超过了她的年龄，她的智慧足够她迈过人生的沟沟坎坎。

胡次乾冲女儿胡璇英点头，说，好，你嫂说得对。你去当兵。你二哥声夏已在部队了。

其实，在此之前，即一九四九年七月，他的二儿子胡声夏即将从华东军政大学毕业时，胡次乾即动员二儿子去当解放军，为建立新政权服务。后来，二儿子胡声夏去福建厦门，那时是解放军最前线的部队。

当兵是迅速的。没多久，胡璇英要启程前往冷水坑。她要走的那天，她的哥哥胡声宇回到排溪。胡声宇决定用自行车送妹妹胡璇英去冷水坑。王芳霞、胡次乾的四女儿胡琪英都出来送。这时，小孟人却用绳子将胡璇英绑着。起初，胡璇英以为侄子小孟人只是游戏而已，但当大家都催着她走时，七八岁的孟人哭了，他抱住姑姑胡璇英，不让她走。王芳霞心里也是五味杂陈，同庐走了一个人，寂寞就会增加一分。王芳霞劝正哭泣着的儿子，告诉他，姑姑只是去不远的地方当兵，我们想去看姑姑，可以去看。小孟人让姑姑答应他，今后允许他去看。胡璇英在侄子小孟人给她松开绳子后，一把抱住他。

这天，胡璇英被哥哥胡声宇用自行车送到冷水坑。

第十章 奔离村庄

　　一九四九年五月二十五日奉化解放后，社会急剧地变化着。王芳霞在排溪同庐得到的消息多半令她惶惑不安，她不知道世事变化得让她有些迷茫。在她的小姑子胡璇英去冷水坑当兵后，九月九日，公公胡次乾突然被新成立的政权警察局带走，不管是居于排溪同庐还是居于奉化的家属，无一人与他见面。这件猝不及防的事，让胡氏族的人慌了神，谁都不知道是什么事让胡次乾被带走，就连他的同仁好友张泰荣也感到突然，因为事先没有一点迹象。张泰荣也为这件事焦虑不已。

　　胡家上上下下乱了，心里都紧张着，大家即使聚在一块，也是面面相觑，不知道说什么。不知道说什么，是因为不知道何事带走胡次乾。胡氏族人都聚在同庐屋檐下，死寂般地等待这事的尘埃落定。他们谁都不便问。

　　王芳霞想到张泰荣叔叔，她想张泰荣叔叔应该知道些事件的真相，或至少可以托张泰荣叔叔去上面询问个究竟。但她身在排溪，无缘与张泰荣叔叔见上一面。

其实，论紧张与惶惑的程度，张泰荣不亚于同庐胡氏族人，他与胡次乾交集广，情感也深，他深知胡次乾的品性与为人，他一直敬重胡次乾，尽管胡次乾仅大他四岁，但他在公与私上的一切疑虑都是向胡次乾请教。二十七八年的交往，他用四个字评价了他的这位同仁好友：公正贤明。

没有任何确切的说法，这让张泰荣精神萎靡，内心郁闷。他向一切可以询问或相托的人询问或相托，这件事没有一个着落，他必坐立不安。幸好，他询问的结果是仅有一些事需要胡次乾说明，并无多大事。张泰荣稍微心宽了些。

几天后，张泰荣得到明确的说法，是要胡次乾将一九四二年至一九四三年救济院的账目说清楚，当时，胡次乾任救济院院长。张泰荣放下心了，他觉得这不是件多难的事。

但由于时局混乱，沦陷区的奉化战事频仍，大家一直在逃难中，一些账本确实已遗失。

张泰荣沉默地望天，眼里是空虚与希望并存。在胡次乾被带走的八九天后，他遇到胡声宇，他视之如子。胡声宇告诉张泰荣，他去探视了父亲，父亲一下子就消瘦了。

张泰荣心里像被一根荆棘刺了一下。

王芳霞与同庐胡氏子嗣和张泰荣，因为胡次乾的事，都有些度日如年的意味，每一天都似乎过得沉重如铅。但一切又在飞速变化着。一件一件事接二连三地发生，县府门前出现了黑压压的一批人为胡次乾请愿，这是一批曾受恩于排溪同庐胡开钜胡次乾父子的人，他们曾游乞于各地，最后在排溪灵昌庙胡氏父子的恩泽下得以度过饥寒，他们相信胡氏父子的仁贤秉性。这件事震动了政府。再说，当时连同孤儿院、救济院，大家都在逃难中，账目被遗，也在情理之中。

大家都在等待。

一九四九年的岁末，在桐乡的胡声宇调入奉化中学。这对王芳霞来说，无疑是件好事，她在心里惶惧或空落落时，总有了个依靠。一个女人再怎么坚强，也需要来自丈夫的爱，需要有一个可依靠的臂膀。日子总是不依任何人的意志往前赶着。一九四九年，同庐胡氏族人在观望、等待、紧张中，过完了。旧历年的新年的脚步也咚咚地迈着。一九五〇年二月十七日，农历庚寅年正月初一，这天天气晴好。同庐打开院门，一缕曙色漫了进来，它们给了王芳霞与胡声宇一丝温暖。

正月初一到初四，同庐已没有往年的喧闹、热烈，这些原本属于走亲串户的日子，同庐比往年冷寂多了。王芳霞自是忖到了一丝让她心里暗戚的味道。初四的夜里，王芳霞见儿子孟人与女儿桐囡都睡熟了，她将灯捻小了点，让光聚在他们俩的脸上。

同庐恐怕不能待下去。

那又能去哪儿？胡声宇目光迟迟疑疑。

我已经听到一些消息，好多地方在分土地分地主家的东西了。王芳霞看着胡声宇，她希望他能给她一些点拨。

听说过，但我们这儿的情况还不了解。芳霞，那你有什么打算？

我也不晓得。反正我觉得要离开这里，我也不知道怎么做，走一步看一步。但是，走，是一定的。不为我，也得为孩子。

胡声宇目光一下沉了起来。作为父亲的责任突然千钧百钧般地压下来。

你在奉化城里先租下屋子，等着我。王芳霞迷迷茫茫中又用坚定的不用质询的口吻对胡声宇说。

一个年，沉沉重重。

过年后，大地迎来了真正的春天，到处春光烂漫，草葳蕤，花欲绽。排溪也进驻了土地改革工作队。让王芳霞没有料到的是，一位主管排溪土地改革的土改干部就被村里安排住进了同庐。王芳霞起初不知所措，她的阅历与智慧已无法分辨此事是福是祸。

但本真的东西重新在王芳霞心里归位，她觉得做人只要真诚、善良就好，也似乎这样，才可让她心安。心安则比什么都好。在同庐，她是个说话管用的人。她热情而又不卑不亢地照顾着这位年轻的土改干部。这位土改干部白天一出去就忙到晚上才回，有时深更半夜才回。白天，在天井遇着，王芳霞朝他笑笑，说，你真忙。他有时正洗漱着，停下，说，事多，要丈量土地，要评定土地肥瘦等级，要一家一户确定人口。事多。晚上有时要开两个会。有天，他出去了，衣服晒在院墙根下，大雨突至，他担心衣服，回同庐后发现衣服被王芳霞收妥了。他说，谢谢嫂子照顾。王芳霞笑笑，这没什么。以后，如不嫌弃，你的衣服拿来，我顺便给你洗了。

王芳霞本来就是心地善良而又聪慧的人，她见土改干部一个人忙进忙出，顺手帮帮也是应该的。

接下来发生了几件事，这些事壮了王芳霞的胆，使她做人有了更多的底气。四月二十九日，公公胡次乾从宁波出来了，公公恢复了人身自由，几天后的五月三日，县里仍任命他担任县救济院院长，同时处理火灾救济会事，仍为孤儿院院长。王芳霞知道这一消息，自然是颇有些激动，这说明新的政权依然是信任她的公公胡次乾的。背着同庐人，她激动得落泪了，差不多半年的时光，同庐人过得压抑，声息都不太敢出，他们不知道什么灾祸会降临，她伤心落泪也为了公公胡次乾所受的委屈。几个月后，公公胡次乾与另一名代表作为奉化县代表赴宁波参加各县代表大会。

而此时，排溪的土地改革运动也如火如荼地进行着。王芳霞嗅出了许多意味，她的婆婆周根花神情木然，不知如何是好。王芳霞已做好一切准备，她想最坏的结果是一切归零，重新开始。但当她看到同庐的儿子和女儿，想起寄养在梅岭下的小儿子，她又觉得命运即使是困厄的，有了这些儿女，她已经值了。

命运的一切走向似乎有一只看不见的推手。一天，在天井，她被那位年轻的土改干部截住了。

嫂子，你还是离开村里好。

王芳霞看着这位年轻的土改干部，沉默着，半晌无言。

真的，嫂子，你离开这里好。

一定要离开吗？王芳霞以退为进，她既不肯定要离开，也没否定要离开，她这样问只是想听到他进一步的想法。但无论如何，王芳霞对他是充满感激的。

胡声宇依旧在县城与排溪两头走。

胡声宇从奉化县城回到排溪。他在外走的地方多，消息比在排溪知道得多多了，他见事态已是这副模样，便对王芳霞说，尽快离开排溪，越快越好，晚了，会出现什么情况，他不敢想。

王芳霞定定地盯着胡声宇，她想从胡声宇的神情中看到那么几丝坚定与智慧。胡声宇也看着她，目光里弥漫着怜爱与呼唤的意味。

好。你租好房子，我会想法尽快去你那儿。王芳霞拿定了主意，要离开排溪。

时光已是初冬了，尽管严寒还未真正来临，但王芳霞已穿上了毛线衣，她感觉到了寒气袭人。初冬的天气，阳光直射下来，天气还是干燥。那天，儿子胡孟人出鼻血了，这可能就是天干物燥引起的，他鼻孔里的血汩汩地流着，秋衣上已沾着血，王芳霞看到吃了一惊，她赶紧用棉球塞住了他的鼻孔，阻止血继续流着。但这不管用，王芳霞试着拿掉棉花球时，血仍然流了下来。王芳霞这时才真正慌了，但同时她灵机一动，她觉得这是上天恩赐她的一个良机，她打定主意以儿子进城治疗一事为由离开排溪。

她迅速地准备好带离同庐的东西，其实已经没有什么东西可带走了。她用两只米箩装了一些常用物品，从房间的柜子上搬下两只箱子，然后，她去与婆婆周根花说声，她明天将去城里给小孟人看病。王芳霞不想与婆婆说得过于详细，她担心中间出什么意外。之后，王芳霞悄悄地告诉同庐的管工胡和庆，说明天要去城里。胡和庆办事利落，也明白王芳霞目前的处境，他对这位女主人也是唯命是从。他说好。王芳霞说，明天，我先去办一件事，好了我们到时候就一起去。

　　这一个晚上，王芳霞在那张精致的床上辗转反侧，上半夜她无法入眠，许多心事如决堤的滔滔之水奔涌而来。她在同庐已生活了差不多九年，明天就要离开了，而且是以一种决然的态度离开。她怎么也没有料到，生命的轨迹会让她以这种态度出现。后半夜，起风了，呼呼的风声压住了她心里的声音，她才迷迷糊糊地睡了一会儿。

　　朦朦胧胧中，透过窗户的一缕晨曦弱弱地落在王芳霞床前。王芳霞一个激灵，坐起，披衣，趿鞋。然后，她三下五除二地穿好衣洗漱好，又去摇醒儿子孟人。已是八岁的孟人还是贪睡恋床的，他被母亲从被子里扶起来。王芳霞让他快点醒，穿衣洗漱。他被母亲反常的举动弄得有些懵然无知，妈，干吗呀？王芳霞对儿子说，你快点起床就是，等下娘告诉你。

　　孟人的鼻孔仍塞着棉球。王芳霞取出棉球，血仍有，但明显不流了，血已呈暗色。

　　吃过早饭后，王芳霞拖着儿子孟人就往葛岙乡政府赶。孟人的鼻孔又被王芳霞塞了棉球。走过一段路后，王芳霞取出孟人鼻孔里的棉球，血已不多了。王芳霞猛地掐了一下儿子孟人的鼻孔，鼻孔里又汩汩地流出血。孟人被掐得哇的一声哭起来，眼泪鼻涕直流，像极了一个危重病人。

　　王芳霞快步地走，儿子孟人一个劲地追问，妈，干吗掐我鼻孔啊？

　　见儿子孟人这么问，王芳霞停下了，她蹲在他面前，她想儿子已经八岁了，有些事可以告诉他了。

　　儿子，你想不想去你爹那里？

想。

我们要去你爹那儿，才能看好你的鼻子流血。知道吗？

嗯。

知道吗？

知道。

我们现在要去乡政府开一张离开排溪的证明，才能离开排溪，才能去城里你爹那儿。知道吗？

嗯。

你现在鼻子流血，要去城里看病。知道了吗？

知道了，妈。

他们加快了脚步。道路还坑坑洼洼，一些野藤蔓爬上了小路，藤蔓上还有些露水，他们的裤管沾着露水和飞起的尘土。

王芳霞和儿子孟人推开葛岙乡乡长胡茂仁的办公房门，胡茂仁见他们来乡里，讶道：来乡里，有事吗？

乡长和王芳霞是熟悉的，他曾是蓬麓学校的学生，受恩于胡氏胡开钜和胡次乾父子。

胡乡长，我儿子孟人昨天流了一天鼻血，今天还没止住。王芳霞将儿子孟人推到胡茂仁面前，她取下塞在儿子鼻孔里的棉球，棉球浸透了血，鼻孔中的血还在流着。

哦，这么严重吗？乡长胡茂仁说，像自言自语，又像发问。

是，我想带他去奉化看病。请您给开一张出去的通行证。

那行。

王芳霞怀里揣着进城看病的通行证，迅速地回到排溪同庐。她跟胡家管工胡和庆说，赶紧进城。胡和庆早已准备好了手拉车，他将两只米箩放在手拉车的前端，后端放两只箱子，中间的空位坐人。王芳霞将儿子孟人坐在手拉车的中间，她又去找女儿桐囡。她在屋子里没有看到女儿，她又到天井去找，也没有。王芳霞突然心急了起来，不找到女儿，他们就走不了。她找到同庐外的院墙根下，女儿正与自己的奶奶在玩。王芳霞疾走两步过去，一把抱起才四岁的女儿桐囡。奶奶一直牵扯着桐囡的袖管，芳霞，桐囡留下吧，我来带。王芳霞干脆利索地说，不，我的孩子，我要带走。

管工胡和庆拉着手拉车，车上依次是两只米箩、两个孩子、两只箱子。王芳霞用根木头在后面推着。

王芳霞他们孤单单地走着。

这是初冬时分，日头即使是在中天，阳光的力量也是弱的。王芳霞穿着一件有些厚的毛线衣，斜背着一只包。她手里握着的木棍紧紧地顶着手拉车，上坡时，她弓腰用力推着。面阳的时候，山坳里的风飕飕吹着，四个人的头发都乱乱的。

日头越来越偏西了，他们的影子被拉得越长。

第十一章　迁徙后的平静

　　王芳霞带着孩子们终于与胡声宇团聚了。他们住在胡声宇租赁的胡荻弄四十六号。院子门口倒并不显赫与惹眼，没有繁复雕饰的门罩，但院子却不小，四十六号院门，除了房东也居于其中外，还有与胡声宇一道在奉化中学的语文老师叶志鹏。王芳霞与胡声宇租住的房子约一百三十平方米，另加一专门的灶房间。房子有一横客厅，分楼上楼下两层，王芳霞与胡声宇住楼上。有一个约八十平方米的客厅，客厅连一走廊，走廊的尽头有一大一小两个房间。他们安顿下来后，又把公公胡次乾和婆婆周根花接了过来。不久，王芳霞的四姑子胡琪英也住了进来。临时来了亲朋，客厅能就急搭床铺。

　　住处虽远不及排溪同庐的深宅大院，但胡荻弄的平静让王芳霞备感踏实，由于空间的窄小或者说空间的恰到好处，反倒使王芳霞觉得几分特别的温暖。胡声宇的生活像是钟摆，十分有规律，早饭后去学校上班，下班即回到家。王芳霞照看着三个孩子，做着饭菜，虽然比在同庐忙碌多了，但能与丈夫、孩子们还有公公婆婆天天在一起，这日子才是日子，即便锅碗瓢盆叮当响，也是生动有趣的日子。

王芳霞在城里生活了十来天，便觉得是与现实生活的时光一块行走。原先住在排溪同庐时，外面的消息，即便最快也要一两天才能获得，她总是觉得与时光隔了一堵墙。现在不一样了，奉化城里发生的事，她能及时知道，或者有时她就在事件中。这让她的耳朵、眼睛有了特别的用处。一九五〇年十二月中旬的一天下午，她在准备晚餐时，一阵锣鼓喧天声奔耳而来，她后来索性放下手中正择拣的菜，走出胡荻弄。街巷已挤满了人，道路已塞。这时体育场正举行奉中、大桥土改庆祝大会，庆祝会声势浩大，有乐队，会上还有抬阁、高跷等表演，场上锣鼓喧天、爆竹齐响，队伍似乎前所未有，据说有五六千人，观者更是簇拥了通往体育场的各条街巷。十天后的一个下午，奉中镇公审不法地主，他们被绳之以法。

体育场像是一扇时事展览窗，王芳霞在这里看到了一件又一件的时事展览。十几天后的一九五一年元旦，体育场又传来热闹的声音。晚上，吃好饭，王芳霞与胡声宇掌灯上楼，在卧室，王芳霞问胡声宇，体育场好像又是一个下午的热闹。胡声宇脱去棉袄。你别着凉。王芳霞关切地对胡声宇说。房间里暖和多了，不冷。胡声宇一边将衣服置于一长条凳上，一边说，是庆祝元旦和抗美援朝大会，机关、团体和我们学校都参加了，几千人游行示威。好，早点睡吧。他们熄灯，王芳霞依在高高大大的胡声宇怀里，不知为什么，王芳霞似乎觉得在未来的时光里，她得依着他，他让她心安。

这之后，抗美援朝的运动日益高涨。王芳霞见到同居住于胡荻弄里的一军医室也忙忙碌碌的，她见医务室的人搬着口罩进进出出。王芳霞是个能很快与环境熟悉的人，她善于与人打交道。她问他们，为什么要这么多口罩。他们告诉她，部队需要，他们还供不上。

等胡声宇从学校回来，王芳霞将这事告诉他。她说，我想去买台缝纫机，可以给部队做口罩，还可以自己缝补衣裳。胡声宇支持她。他其实懂她，暂时没有工作，做点事对她自己好，在这个时代氛围里，给国家做点事心里才不会空虚与晃荡。

他们有什么事大都在卧室里说。白天，他们很难聚在一块，再说，吃晚饭时，小孩和公公胡次乾他们都在场，又不便说。

跟你说件事。胡声宇对王芳霞说。学校在征求我们意见，是拿工资还是实行供给制，让我们自己选。胡声宇跟王芳霞解释了一下工资制和供给制。王芳霞果断地选择工资制。她说，生活还是自己做主的好。

不久，王芳霞让人从上海买来了一台老头牌缝纫机，她去弄里的部队医务室领来做口罩的材料，在家务之余就做口罩。她将做好的口罩一箱一箱送去时，医务室的解放军们非常感谢她。王芳霞看到他们脸上的笑容是纯粹和阳光的，没有一点尘埃与世俗味。年轻的王芳霞被这种笑与简单的人际氛围深深感染。她似乎有使不完的劲，她为自己能为这个全新的时代做点事而精神振奋。

一九五二年，居于胡荻弄的生活如一潭静水，无波无澜。日子没有给胡家突然的灾祸，也没有给予突兀般的大喜。胡声宇在这年初上省城杭州参加学习，这次学习包括暑期在内，差不多有八九个月。就在他往返于杭州与奉化期间，王芳霞怀孕了。这是他们的又一个孩子，他们在平静中等待着这个孩子的诞生。王芳霞的公公胡次乾，在这年十月被任命为新组建的奉化人民救济院院长。他已是五十四岁的人，除了工作外，在胡荻弄自己的斗室里翻阅一些杂志和《申报》，但无论怎样的坐姿，都保持着一些儒雅的气质。他等待着岁月给他安然的落幕。胡次乾把放在家中的整整齐齐的《东方杂志》《国闻周报》理了理，《东方杂志》是他年轻时就开始订阅的，他连续订阅了几十年，这些杂志足足三百多册，胡次乾将这些杂志全部捐给奉化图书馆。他拼尽全力，又为这个簇新的以为人民服务为宗旨的政权，交纳了二万二千五百公斤粮食，这些粮食是他变卖了家中所有值钱的东西而买的。胡次乾像个战士，拼尽生命中最后的力量，为新生的中华人民共和国尽他的道义，他爱它。一个多月后，她的公公胡次乾被调至文教界，去了一所小学当老师。王芳霞在这年初冬诞下女儿小杭，这是她和胡声宇的第四个孩子，孩子是晚上九点多诞生的，这个孩子的啼哭倒是使安静的弄堂里多了些生趣。这个属龙的孩子让胡声宇很开心。胡声宇和王芳霞将这个女儿取名为胡小杭。王芳霞微笑又带着嗔趣的口吻对丈夫胡声宇说，你在桐乡工作时，我生下女儿，取名"桐囡"，在杭州时，这个孩子取名"小杭"，都记住了你。王芳霞说完，揶揄中笑着看胡声宇。胡声宇开心地笑了。他和王芳霞的四个儿女的降生，上天是如此的垂爱：一个男孩，一个女孩，又一男孩，又一女孩。儿女双全即天大的福分，他们就是儿女双全，这是何等的福报？

胡荻弄四十六号胡家所租居的室内，上午或下午都会响起缝纫机的嗒嗒声。王芳霞依旧在闲时踏着缝纫机做着口罩。这种女红活，她是熟练的，早些年在武岭学校求学时就踏过缝纫机，在箭岭下也做过。她做的口罩常被医务室的解放军们啧啧称赞，称她做的口罩线脚密实，辅料铺得平整均匀。王芳霞心里涌起一阵暖流，她似乎觉得自己与这个时代完全融在了一起。后来，解放军知道王芳霞没有工作，家里有四个孩子，吃穿用等开销不小，还如此热情地为解放军做事，部队就每只口罩给王芳霞几厘钱。

王芳霞是个会过日子的人。胡声宇每月领了工资就给她，她一拿到钱就精打细算起来，生活中必不可少的开支，她先支出，比如，先把油盐酱醋柴的开支扣下来，这些是生活中无论如何都需要的，一分也不能少，少了，就生活不了。其他的可用也可节俭。所以，尽管生活拮据，但每月还是能接续得上，从未断过炊。

在胡荻弄的日子，不富不贵，但快乐，王芳霞毕竟与丈夫胡声宇差不多夜夜厮守在一起，大的孩子已上学，小的也绕膝撒着欢。这种生活已让王芳霞满足，比起曾有的那些担惊受怕的日子不知好了多少倍。

一个周日的下午，胡声宇和他的同事马鸣方老师踏进胡荻弄四十六号。马鸣方是奉化中学的体育老师，这位马老师毕业于原中央大学体育学院。身高一米八二的胡声宇除了管学校总务科工作外，还是兼职的篮球老师，正因为这层关系，胡声宇与马鸣方两人关系不错，他们常会在胡荻弄喝酒。其实居住在胡荻弄四十六号墙门的还有范老师、叶志鹏老师和一章姓老师。范老师与胡声宇同在总务科，范老师的夫人为奉化溪口人；叶志鹏老师教语文，他毕业于一所师范大学，小胡声宇两岁，文学功底了得，喜拉二胡，却不好酒。胡声宇和马鸣方进了院门，恰巧遇到叶志鹏，他们仨互相打招呼。叶志鹏老师谐趣地说，你们俩晚上又要做回太白仙人啊。胡声宇温温一笑，你这个四明狂客，要不也一起做回？刚而立之年的叶志鹏，连连摆手，我可没那个本事。马鸣方说，你们这些个文化人，打趣都是高悬着，让我们这些粗人踮脚尖都够不着。他们的声音引来了正在客厅干活的王芳霞，她实在喜欢这样的气氛，有趣而又文雅。王芳霞对马鸣方说，马老师来了。马鸣方嘿嘿一笑，来打扰嫂子了。王芳霞一边把马老师请进客厅，一边高兴地笑着，你们又去球场打篮球了吧。胡声宇笑笑，你烧两个菜，我和马老师喝几盅。

　　王芳霞炒了几个菜就离开餐厅，她也懂胡声宇，他只有在这个场合才会舒心地说些话。她不在场，他们会更自在些，王芳霞一个人坐在卧室，她把自在给了她的丈夫和朋友。丈夫的快乐会感染她，她也会由此觉得开心。

　　隐忍、智慧，这两个词在这段时间不时地从王芳霞心里冒了出来，这是两柄生活的利器。不管生活怎样泥泞，王芳霞都揣着它们使生活平静。周日，他们的胡荻弄四十六号院，其实充满了快乐，弥漫着人性中美好的东西。前些年，比如抗美援朝时，胡声宇是多半不在家的，他都在中学写一些关于抗美援朝的标语，为了写得好看，他经常在家的客厅里练字，写到得意时，他会亮开嗓门把王芳霞叫过来，手里横握着笔，歪着头，斜视着王芳霞，那一副得意的神情让王芳霞开心，也让她有些许心酸。有时，在孩子们缠着他讲些学校的新鲜事时，他就对女儿说有好多学生写血书去当志愿军，他会用手指抬起女儿桐囡的下颌，笑笑。王芳霞也懂，他是希望女儿将来长大了做个有益于社会和国家的人。更多的时候，胡声宇会在家做些实验。他做实验时，孩子们都围着他。有个周日，孩子们缠着他，问，爸爸，今天做什么实验？胡声宇想了想，今天下午我们来做个鸡蛋在水里的浮沉，好不好？好。儿女们齐声说。王芳霞看着他们也极开心。下午，胡声宇把孩子们叫拢，他端来一杯水，然后将一只鸡蛋放入水杯，鸡蛋就沉了下去。胡声宇说，在水中加入足够的盐，鸡蛋就会浮在水面上。几个孩子一脸稚气，他们一脸怀疑的神情。胡声宇摸着女儿桐园的头，让她加盐。等女儿加到差不多时，胡声宇喊她停下。他搅了搅盐，让盐充分地溶解于水中，过一会儿，他将鸡蛋放进已加入许多盐的水中，鸡蛋浮在水面上，没有沉下去。几个孩子都高兴地鼓起掌，发出欢快的尖叫声。他们一个个追根问底起来，胡声宇告诉他们这是浮力的原理，盐水的比重大于鸡蛋的比重，所以鸡蛋浮着，一般水的比重小于鸡蛋，鸡蛋就沉下去。这些知识等你们读到初中物理时就会懂，以后好好读书。孩子们都点头，连稍大些的孟人也点着头。这样的周末场景总是令王芳霞开心快乐。

小杭两岁了，会自己玩了，有时哥哥姐姐也会带她去弄堂里玩。王芳霞可以抽出一些精力去更好地照料这个家。婆婆已近六十岁，有支气管炎，幸亏离胡荻弄不远处就能配到药，通常的情况是胡声宇去配药，王芳霞叮嘱婆婆吃药。婆婆虽出身名门，但因其照顾家中长者而未能读书，尽管后来在她儿子胡声宇读书时索教过一些常用字，然而，要离开院子去与社会上的人交往还是有点怯。王芳霞就陪伴着婆婆。

　　这年快年底时，生活开始捉襟见肘了。四姑子考上北京医学院，去北京了，公公胡次乾退休了，将不再获得工资报酬了。公公胡次乾退养后的一个月，张泰荣来看望他。王芳霞招待张泰荣叔叔，他们在客厅边喝茶边聊天，公公跟张泰荣叔叔说他计划去养蜂，以资助家里一些开销。

　　那个晚上，王芳霞和胡声宇说起这件事，落泪了。她心里发酸，没曾料到原本风流倜傥、潇潇洒洒的人，一下子是这般境地。胡声宇扳过王芳霞的头，别难过了，父亲一是年老了，二是担心这几个孩子。父亲曾多次和我说，再苦，不能苦了孩子，他们都在长个儿的时候。王芳霞一听更是大哭。

　　公公胡次乾五十六七岁了，王芳霞知道他这些年受的委屈，她见他身体日渐清瘦。不久，他果真开始摆弄起蜂箱了。

　　日子往前走，孩子们往上长。小女儿小杭一天一天见长，哥哥姐姐们会带着她到处跑了。他们最先在院子里玩，后来在弄堂里玩，再大点，他们就去中山公园玩。胡荻弄四十六号距离中山公园不算远，走出弄堂，跨过一条溪就到了中山公园的大门。中山公园是奉化赫赫有名的公园，民国时许多名人都曾留迹在此，还有一些重要的历史建筑。从公园大门拾级而上，一步一景，登至最高处的中正图书馆，可俯瞰奉邑全城。在周末，孟人、桐囡、孟宁，最喜欢带着四岁的妹妹小杭上中山公园。公园登山步道逶迤蜿蜒，树木与花草郁郁葱葱，离门口不远的六角亭是他们最先会玩耍的地方，坐在亭中，清风扑面，他们猜拳，在亭中的条椅上下弹子棋，玩得不亦乐乎。有次，他们玩捉迷藏。刹那间，哥哥姐姐就藏得不见了，小杭怎么寻都找不到哥哥姐姐。夕阳一点一点弱了下去，昏暝的黄昏即将到来，小杭又急又累，不知不觉，她坐在一上坡的路上睡着了。哥哥姐姐回到家才发现小妹还没有回家。这之后，王芳霞要求他们去中山公园玩，要一块儿回家。

这次之后几个孩子去中山公园走下跑下就回家。小杭见到大哥会骑自行车，觉得特别好奇，一前一后两轮子，大哥骑上去飞快奔起来，不仅不倒还非常稳。她就缠着要哥带她，她要坐自行车。哥哥只好偷偷带着她骑着自行车在弄里飞奔，在一个十字拐弯处，自行车倒下把小杭的脚压坏了，脚上血流不止，头也磕破了，血流不止。这次，王芳霞吓坏了，她放下手中的活，赶紧将小杭送去医院。

几个孩子越来越大了，大了，都有自己的小主见，家里就常有他们的争吵声。小杭也快五岁了，眨眼之间就要上学了。桐図上学扎了她一下的疼，似乎仍藏在心里。王芳霞突然感到奉化也不是她和孩子们的理想之所。

公公胡次乾和婆婆决定重回排溪。同庐的宅院已只给他们留了一点可居住的房子，其余的都分给了贫下中农。他们来和胡声宇、王芳霞说声，他们父子垂手相对，无言后叙，胡声宇泪水含眶。王芳霞十分难过。

公公胡次乾转过身去收拾床上衣服，又去柜头上翻一些堆在那里的杂志。他背着脸对胡声宇他们说，我和你妈走了，你们要多关心几个孩子，让他们吃饱睡好，多看书。我和你妈还不算太老，还能照看好自己。至于你们俩，好好生活，多商量。芳霞，我信你，你识大体，聪慧。他在外头，你多照看好孩子。一定要多读书，我强调一遍。

　　公公胡次乾他们离开胡荻弄时，王芳霞让胡声宇去送，她不忍看这番情景。他们的影子在弄堂里踌躇不前，越走，影子越孤单。几个月后，王芳霞听说他们加入了合作社，公公胡次乾干起了体力活，还在附近山上养着蜂。这天晚上，她做好饭后，在卧室默然叹息。

　　王芳霞在胡荻弄是出了奇的好，里弄凡是认识她的人，都说她大气、和善、乐于助人。她在里外都获得好名声。找她帮忙的人，只要有能力，她一定会帮。有一位奉化中学的老师，姓沈，这位沈老师是宁波人，他找到王芳霞，说，嫂子，我想在胡荻弄你们儿这办结婚喜酒，我夫人也是宁波人，我们想简单点，就把嫂子这儿当夫人娘家，结婚酒和夫人化妆都在你这儿，行吗？声宇哥那儿，我也说过。

　　王芳霞一听就亮着明媚的笑，这是天大的喜事，当然可以。好，夫人妹子就当我这是娘家。

　　沈老师兴奋得手足无措，连连搓着手，说，谢谢嫂子。

　　一个择定的吉日，沈老师在胡荻弄四十六号大院做结婚喜酒。新娘沈夫人在王芳霞卧室化妆。这次化妆，两个女人进行了一场颇具灵魂般的对话。最后，她们聊到宁波市，沈夫人说她还是喜欢宁波，宁波大，走到大街上谁也不认识，不像奉化，太小，谁都认识谁，没个自己的空间。王芳霞愣住了，她没料到，这么年轻的沈夫人，一番话像是一股强劲的电流把她击中了。年轻的沈夫人告诉王芳霞，宁波城市户口将很快关闭。所谓关闭，王芳霞很清楚就是上不了宁波市的户口。

王芳霞慌了神，她紧张起来。她曾去过宁波并在宁波市居住过一些日子，宁波无论在哪方面都比奉化更好，这是她向往的城市。

时间已经在嘀嘀嗒嗒声中迈到了一九五七年的夏天。许多发生的看上去毫无关联的事，恰恰形成一股潜在的强劲的内驱力，在驱使着王芳霞离开奉化向宁波去。五月五日，这是一个周末的日子，王芳霞和胡声宇商量如何去宁波。胡声宇同意她先带孩子们去宁波，但他在宁波也找不到一个落脚点。胡声宇面露难色。

张泰荣叔叔的女儿不是在宁波吗？我们先找她。

胡声宇沉默了。张泰荣叔叔是他们婚姻的介绍人，眼下这种情况他的女儿应该会帮忙的。胡声宇沉默是因为他多少有点开不了口。

行吗？

有什么不行？到了宁波，日子还得我们自己过，不去麻烦人家就行。

胡声宇看着王芳霞。

你别盯我，反正我誓死也要将孩子们带到更高处。明天就是立夏了，夏天就呼呼来了。沈老师夫人说年底就要关户口了，年底前到宁波的都可以上宁波城市户口。

王芳霞加快了奔向宁波的步伐。她听到的或看到的，都在催促她尽快离开奉化这个弹丸之地。立夏两个月后，胡声宇回到家，面色晦暗，目光比之前多了一丝不易觉察的迷茫，这些都逃不过王芳霞的眼。王芳霞问他怎么了，像有什么心事。胡声宇告诉她，反右派斗争开始了。胡声宇不再说话，他只是抬头望着天空，天上空空荡荡。

第十二章　奔向宁波

　　这一切发生的事都在暗中给王芳霞一股奔向宁波的助力。经过一番努力，她联系上了她的外甥女李慧娟，这是王芳霞最疼爱的外甥女，她与胡声宇新婚不久，就带上七八岁的李慧娟坐在自行车前杠上，去宁波玩的那个亲外甥女。王芳霞先打算在宁波孝闻街这个外甥女家投寄一下。

　　这是炎炎夏日的一个早上，排溪同庐的管工胡和庆，依旧推着那辆手拉车来到奉化胡荻弄四十六号院，他和胡声宇及王芳霞一道将一些日常急用的物件搬上车，这次的东西比上次从排溪来到奉化时多了些。王芳霞觉得去宁波不比在奉化，日用品备齐一些好，再说手上虽有一点积蓄，但节俭些还是好。手拉车的长度不够，王芳霞找来几根差不多一米来长的木棍，叫管工加长在手拉车尾部，胡声宇觉得王芳霞真的很聪慧，这样等于扩大了装物件的面积。

　　早上的日头爬上近处的屋脊，胡声宇赶着去上班了。王芳霞这次带去两只柜子、西式高低床、锅碗瓢盆一大堆，其实等于将家从奉化搬到宁波去。因为大儿子胡孟人在西坞中学读初中，王芳霞就带着小儿子胡孟宁、女儿胡桐囡与胡小杭三个先去宁波，她与胡声宇商量的结果是，他因工作关系，暂时仍在奉化。

手拉车像座移动的小山，缓缓移出胡荻弄。四十六院的居民都出来送王芳霞他们。王芳霞带着三个梯次高的孩子走出胡荻弄，孩子们兴高采烈，像几只放出笼子的兔子，一蹦一跳，唯王芳霞一步一回头，暗暗抓起一角衣襟抹泪。她在这儿住了差不多七年，无论苦涩与酸甜，七年的时光驻足在这儿，现在，她离开这儿，像是将这些日子一块儿打包带走。

手拉车在前踽踽而行，王芳霞和三个孩子在后。

在一交叉路口，手拉车停了下来。王芳霞告诉管工胡和庆，让他慢慢拉，她和孩子们先坐班车去宁波，在宁波等他。王芳霞把一张写有详细门牌号码的地址交给管工。管工说，大约七十来里路，他争取在下午五点前到达。王芳霞万分感谢，夏天的天气，即使在五点，太阳还是悬在西边，他们就有足够的时间搬运家什。其实也没几样东西。王芳霞心里踏实了。

王芳霞与孩子们赶到汽车站买了去宁波的汽车票。奉化至宁波，公路只有一条鄞奉公路，这条公路到宁波的终点在鄞奉路南端的段塘。他们乘坐班车到达宁波后，又转乘公交车来到市区。烈日当头，三个孩子个个汗流浃背，王芳霞怜爱地摸着他们的头，鼓励他们，让他们再坚持一下就好了。到宁波孝闻街口时，已是日在中天，三个孩子都饿了。饥渴袭击着他们。王芳霞打开带来的一锡壶水，让孩子们喝，又递给每人两块蒸年糕。

他们终于找到外甥女李慧娟家。李慧娟的先生是从抗美援朝战场回来的。他们待人热情友善。夫妇俩在孝闻街有两居室，这两居室就暂给王芳霞他们四人住。

五点还不到，管工将家什送到。他们将东西搬进屋，一个窝有了，虽是寓居，但避风雨。

王芳霞一方面对外甥女万分感谢，另一方面迅速地寻租新的居室。王芳霞知道她要迅速找到一个能长期租住的地方，她和她的几个孩子的户口才能报入宁波户籍。

在孝闻街，他们住了不到三个月。之后，就在张泰荣叔叔女儿女婿的帮助下，他们租居在警工路六十八号，这个门牌后改为共青路五十三号。这又是一个大院，原主人是大户人家，它的门牌有登科及第的石雕砖雕，其雕刻艺术精湛，无论是浮雕还是凸雕或是线雕，手法极精，技艺娴熟。

王芳霞算是得到贵人相帮。张泰荣叔叔的女儿在宁波一中学教数学，女婿干进是二中数学老师且为教研组组长，干老师在宁波人头较熟，就是他们夫妇做担保才使王芳霞能长租居在这个五十三号大院。大院原主人为陈氏大户人家，包括王芳霞他们，大院里边的院子共居有十来户人家。王芳霞他们住在大院稍里一些。

干进和他夫人张老师对王芳霞说，你们住在这里，不要到处走，不要多走一步，多说一声，不要吵架。

王芳霞明白他们话中的善意与某种提醒。

王芳霞彻底地放心了。不久，他们的宁波户籍也办了下来。

拿到户口簿，王芳霞给几个孩子再次强调张老师他们的"三不"。都记住了吗？王芳霞一个一个看过去，她目光停在小女儿小杭身上。这个过了年就要上小学的女儿，活泼、好动，加之年纪小，王芳霞怕出什么乱子。你记住了吗？小杭。尚不足六岁的胡小杭，像是突然间懂得了许多事般点点头，说，知道了，妈。

在宁波的日子肯定开销要更大，更何况不久小杭也要上小学。她依旧把在奉化过日子的生活经带到了宁波。胡声宇一发工资就给她，她拿到工资就先去买米、柴和酱油，将这些生活用品备足整整一个月。她备好后，把孩子们都叫到跟前，她要把过日子的经验与智慧告诉他们，使他们能迅速成长。

这是我们一个月的生活必需品，米少不得，柴少了开不了灶，灶里升不起烟，为什么妈还要备酱油？有酱油，小孩就不会吵，菜没有的话，酱油汤拌饭也能吃饱。人，就能活下去。

王芳霞很认真甚至有些严肃地对几个孩子说。

生活的艰辛与磨砺会让一个人更快成长，三个孩子都比先前懂事理多了。尤其是最小的小杭，进出五十三号大院，蹑手蹑脚，仿佛一只猫。原先喜欢抬头问这问那，在院子里也不问了，她变得沉默不语，见到同居大院的长辈都躬身点头微笑。

五十三号大院，门罩简洁却透着贵气，院墙不太高却深远，给人一种莫测与幽远的情绪撞击。这确实是宁波市难得的一处幽居，走出院往东走几步，不远就是浸透着明州文化底蕴的月湖，居于院子的人又管这口风起漾生的湖叫湖西河。河的东面，临湖而建的就是宁波有名的二中。共青路与桥一起，从高空看，像一条带飘在月湖上，将月湖分为南湖与北湖。月湖，才让宁波像宁波，才让宁波成为宁波。宁波，千年的历史，因为月湖，才在历史的册页中弥漫着文雅与灵性的气质。

王芳霞的几个孩子就是在这里一天一天成长。八九个月后胡小杭正式入学，大儿子胡孟人也进宁波二中读书。胡声宇只是周末来宁波。整个担子，都是王芳霞担着。

住进五十三号大院约略一年，胡声宇来宁波后就告诉王芳霞一些反右派斗争的事。他有些难过地告诉王芳霞，这次叶志鹏老师恐怕要离校回老家舟山六横岛去。张道文老师你可能不太知道，张老师是我们教导主任，教数学，他是十分讲究知识分子儒雅形象的人，给学生讲课时，都是穿西装打领带戴金丝眼镜的，他说在学生面前就得有副先生的模样。

胡声宇说完坐在一张竹椅上，双肘支在膝盖上，半晌不再吱声。

日子是要额外小心地过着，才不会像只瓷碗样易碎。王芳霞的心慈、仁善与智慧在未来的日子中又管用了。一九五九年的日子一探出头来，人们就觉得未来的日子要艰难了，大面积的旱灾，春天少雨。王芳霞不知道以后会怎样艰难，但她似有先知先觉。一九五九年春节后，一系列的事砸在她的眼前，在排溪同庐的公公胡次乾身体不好，疾病缠身，婆婆的支气管炎越来越严重，她和胡声宇要腾出一部分精力去照顾两位长辈。但要命的是一九五九年二月后，胡声宇调离了奉化中学，下放到了白杜农业中学，他离排溪更远更偏僻了。

一切轨迹在意料中又似在出乎意料中展开。

二月八日是大年初一，王芳霞和胡声宇像往年一样，他们给了几个孩子极少的零花钱，让他们自己去逛街，他们在家干些杂事。在宁波也没有多少可以走动的亲戚朋友，即使有，鉴于目前的处境，他们还是少走为上。

看着别人热闹了几天后，胡声宇就和王芳霞及孩子们告别。孩子们还没有开学，但他必须走。那个他即将要去的所谓的奉化白杜农业中学，其实只有他一个老师，他要早些去。

王芳霞站在门口，目送着胡声宇，直到那个背影拐个弯看不见为止。

早春天气，还是寒冷。胡声宇走出五十三号大院，从月湖湖面上狂掠过来的风还是让人有刺骨之冷。胡声宇紧了紧身上的旧棉袄，他快步朝濠河头码头走去，他去赶前往白杜的船。

他来到白杜农业中学，这所中学是适应农业生产之需而建的。农业要大上，若是没有一定农业知识素养的人干农业，农业就不会有大面积的增产增收。胡声宇后来知道这所中学也是刚兴办，学校仅一个班，约四十个学生，老师就是他一个人。所开课程，除了政治、语文、数学外，还开农业科技。农业科技涵盖面广，有农业植物学、畜牧兽医学等。农业植物学讲怎么种水稻、红薯、茶叶、棉花、玉米，怎么种植桑蚕树。胡声宇后来了解到，来这里读书的孩子大都是家里经济状态更差些，孩子们在这里读书，基本可以自给自足，相对而言，家里基本没有负担。

胡声宇在白杜农业中学没日没夜地干。他几乎没有什么休息时光，语文课上完，下课，休息十分钟后上课铃响起，他又得去教室上政治或数学，或讲如何种水稻。在那里，胡声宇像只陀螺，不停地旋转。晚上，除了照看学生就寝外，他自己还得钻研农业植物学。

　　暗寂的夜空，常常是胡声宇房间孤孤单单的那盏煤油灯，撕开了沉沉夜幕，给浩渺夜空一丝光亮。

　　开学两个多月后，胡声宇为了给学生更多见识，也为了给学生鼓劲，决定带着四十来个学生上宁波旅行三天。那时，这些农业中学的学生大都十五六岁，有的长得人高马大，胡声宇让学生将两只船从白杜码头撑到宁波。同学们自带铺盖，他们将铺盖或背在背上，或用塑料薄膜包好堆放在船上。两艘船从白杜码头一启程，这些孩子开心得尖叫起来。两个多月来，胡声宇从未见这些孩子这么开心过。船，一前一后缓缓地走着，田野上青翠碧绿的庄稼仿佛一幅巨锦，那无边无际的绿，让孩子们开心、快乐，他们像一群自由飞向天空的鸟。胡声宇带着学生来到宁波，他们更是惊喜。他们中有的可能连镇上都未曾到过，而这次，他们来到繁华的宁波，他们在三江口，看来来往往的船，看船怎么从奉化江过来，沿甬江远去；他们来到江厦街，看人头攒动的人群。同学们终于在原有的一块天地外，看到另一块更让他们激动的天地。

　　这次，胡声宇匆匆回了一趟五十三号大院。王芳霞见到胡声宇，讶叫了一声。胡声宇笑笑，喝了一口水就走了。

　　两人四目相对，他们彼此都懂得目光里的平安、放心与安宁。

　　她见胡声宇消瘦了许多。

第十三章 进厂

　　三年困难时期的隐忧，王芳霞早就感觉到了。天干，地旱，这不是人世间的好兆头。开始时，这种隐忧意识对她来说还处朦胧状态。但她的丈夫，一米八二个头的胡声宇带学生来宁波时匆忙一见，她发现这个家的顶梁柱明显消瘦了。王芳霞在胡声宇走后，整夜未合上眼。她担忧未来的日子。辗转反侧后，她觉得无论如何，她的丈夫胡声宇不能倒下。

　　这天周末，四个孩子都在家。中午吃饭时，王芳霞在孩子们端起饭碗前说，吃饭前，我先给你们说几句，自然灾害来了，大家都要注意身体，你们的身体很重要，我们的身体也重要，我们倒了，这个家就倒了。

　　几个孩子端坐在圆桌边，毕恭毕敬地听着他们的母亲说话。

　　这次你爸匆匆来家一趟，没吃一口饭，只喝了一口水就走了。他来干吗？他还不是放心不下这个家、放心不下我们？你妈现在还没有工作，还在家待着，全靠你们的爸爸一个人。这次，妈看到你爸这样，很难过。

约两个星期后的一个星期天，胡声宇回来了。从这次开始，只要胡声宇在家，王芳霞就会在蒸饭时，蒸几颗黑枣，或者给胡声宇来碗黑枣炖老酒。她对胡声宇说，黑枣润肠通便，可预防贫血。老酒适可而止每天晚上喝点，加速血液循环，这点胡声宇懂。

吃着蒸熟的黑枣，呷品着温热的酒，胡声宇看着忙上忙下的王芳霞，眼里弥漫着温情。

王芳霞坐在他的桌前，对胡声宇说，现在有两家厂在招人，其中有家叫宁波湖西化工厂，这个厂子离我们不算远，两家都可以投资并进厂工作。

胡声宇说，湖西化工厂更好，化工是国家未来发展方向。

我打听了，进湖西化工厂要投资五十元。

胡声宇沉默了。

王芳霞也没再说。空气凝固了般。

我还是要去工作，家里的开销会越来越大，再说这种形势下，要早有些准备，家里这么多人全靠你一个人，不行。这次是极好的机会。

好是好，要去就去化工厂。可五十元不少。胡声宇面露难色。

钱，我想办法。我去趟上海，向我宝信叔叔借点。

王芳霞带着孩子从奉化来到宁波，差不多快两年了，两年来她忙于照顾几个孩子，这时，小女儿小杭也大了，再过个暑假就要读小学二年级了。她没能去工作，除了家里事杂之外，还有一个原因是她没地方去。这次，化工厂招人，是一次难得的机会，她无论如何要抓住它。

王芳霞迅速行动起来，她打算尽快去趟上海。她上街去买了些宝信叔叔爱吃的奉化特产，找了个晴好的日子买了宁波开往上海十六铺码头的船票，并告诉了叔叔。上船当天，王芳霞从江北外滩码头上船时，已是黄昏笼罩，她上船后就睡，睡了一觉，第二天一早就到了上海。叔叔王宝信又是亲自来码头接她。王芳霞很是感动。她很钦佩王宝信叔叔，她内心涌起那层钦佩的情感涟漪时，发觉自己的情感不再是单纯的血缘了，这里面包含了许多超出这层关系的情感。王宝信叔叔这时已是六十四岁的人，他是她父亲王宝贤唯一的胞弟，他已走过的人生路，也是跌宕起伏，充满着艰辛与坎坷，但这些艰辛与坎坷中，又满含着生命的光芒与荣耀。他是上海滩比较早期的民族资本家之一，创立民族品牌，打击了外民族的经济侵略，有效地为中国人提供了物美价廉的商品。更让王芳霞内心升起家族荣耀的是，在抗美援朝时，上海益泰铝制品厂的工人们又夜以继日保质保量为中国人民志愿军生产了一车又一车的军用水壶，后来许多抗美援朝回国的老兵回忆，无不动容地述说着军用水壶的故事，说，在那个极残酷以及恶劣的环境里，是这个军用水壶救了他们的命。王芳霞为叔叔王宝信和自己的哥哥王善富感到骄傲与自豪，这个大她七岁的哥哥，凭着自己的聪智，成为浙江大学第一批大学生，后到上海又被叔叔王宝信器重，成为上海益泰铝制品厂核心人物。抗美援朝结束后，王善富被评为上海市先进工作者。

又是一如二十年前，走出十六铺码头后，她与叔叔王宝信一前一后地走着，他还是像待亲闺女一样待她。现在叔叔有些上年岁了，虽说还是精神矍铄，但苍容还是爬了上来。

到了王宝信叔叔家，叔叔热情地让她放下东西先休息。他让王芳霞先吃点白木耳。初夏已来临，喝白木耳是防暑的一剂良方。

电风扇扇着轻柔的风。他们坐在沙发上。

你来上海找叔叔，肯定有事。你直接说事。王宝信叔叔不愧是干企业的人，直接。

叔叔，离开排溪同庐后，我一直没工作，一家人全靠胡声宇一人。我们先是在奉化待了差不多七年，后来到宁波，到宁波主要是想给孩子们一个更广的天地。我们到宁波也快两年，我还是没去工作。不是我不出去工作，是因为，一来孩子小的还小，二来也没什么地方去。现在，宁波要兴建湖西化工厂，但要投资五十元才能进厂工作。叔叔，这对我来说是一个极好的机会，厂子离我住的地方不远，还比较方便。还没等芳霞说完，叔叔就站了起来，来到壁柜，打开按钮，拿出一沓钱递给王芳霞，我给你二百二十元，够不够用？

王芳霞一听就很激动，她站了起来。

叔叔王宝信用手势压了压，示意她坐下来。

叔叔王宝信叫了声管家。那个女管家赶紧过来。王宝信对女管家说，你去把针线拿上来。

接过针线后，他问王芳霞回宁波时穿哪件衣服。王芳霞把回宁波时要穿的衣服给叔叔王宝信。他接过衣服，就把二百二十元钱缝进衣服。你回去时小心些，注意衣服里的钱。

王芳霞没料到叔叔会这么爽快地借钱，而且超过她的预期，更没料到叔叔王宝信如此仔细。

叔叔同侄女聊得甚欢。王宝信对王芳霞说："回首几十年，我同你爹几经打拼，几经沉浮，即使后来你父亲被逼无奈回到家后，他也忘不了上海曾工作过的地方，现在你父亲岁数大了，每年春节过后必定来上海住上三个月。这些岁月是我们兄弟俩最开心的日子。白天下下棋，逛逛上海的大世界，看看各种戏剧、曲艺等表演，晚上喝点小酒，你爹最爱听京剧和绍兴戏，还会时不时哼上几句，这种情叫血浓于水。"听完叔叔这番话，王芳霞开心地笑了。

来了，就多住几天。叔叔王宝信让王芳霞去休息。明天，叔陪你去走走。

王芳霞到上海的次日，叔叔王宝信就陪她去上海南京路的第十百货公司。这家坐落在南京东路的第十百货公司，几年前还称为永安公司。这家始建于一九一六年的商业综合体，一九一八年建成后，震动上海滩。在这幢巨无霸式的商场，几乎可以买到任何想买的商品。叔叔王宝信带着王芳霞从一楼逛到五楼，给她买衣服，又给她的小女儿小杭买了很时尚的跳舞裙和皮鞋，还买了一些高级饼干和奶油糖。

王芳霞住了几天后，赶忙从上海十六铺码头搭船回宁波。这年初夏，王芳霞顺利地进入湖西化工厂。这是个一百来人的工厂，王芳霞还是充满着期待，工人生活对她来说是一种全新的生活。王芳霞进湖西化工厂，厂里给她分派的工作岗位是香精车间配料操作工。他们的技术指导员是一个苏州籍的小伙子，二十多岁，工人们习惯称他为"小苏州"。配制食品香料是讲究一个人的悟性的。王芳霞进厂不久，就很快成为一个娴熟的操作工。这时，王芳霞三十六岁多，她比一些年轻的工人技艺好得多。连那个被称为"小苏州"的技术员都连连夸她。

王芳霞进湖西化工厂后，时间就没有什么闲的了，也不再像先前自由。工厂的时间，像钟摆一般有规律。一九五九年夏天过后，她没有过多时间管孩子，好在她的大儿子胡孟人马上要高中毕业，小杭读小学二年级了；她也没有多少时间去看公公胡次乾。

时间的横断面切开，就可以看清时间本身的纹理。每一个人都会在时光面前有不一样的生命年轮。

其实，胡次乾回到排溪后，他积极入社，到他那个年纪还学着耕作，就像别人说的八十岁学吹打一样，毕竟不是一件容易事。春、夏、秋、冬，土地上都有自己的秩序，错过时令，则会毫无收成。胡次乾以将老之躯与天时融合着，但他毕竟已上了年岁，另外，知识分子的精神追求，同样像一盏不灭的灯火在他心里亮着、燃着。这年的夏天，胡次乾在午后有点闲暇时，就会支起一张竹摇椅，翻看书或杂志，他似乎觉得书里才有他灵魂的泊地，他可以在那里自由自在一些。一天午后，他无法料到，他的精神创伤来自一个癞皮一只手，那只手不仅扇得他金星四冒，更是把他视为生命般的尊重扔在地上，践踏着。那天午后，夏日的燥热因一场台风过后褪去了许多，胡次乾许久没有摸书了，他的手已糙裂了，庄稼让他摸了一遍又一遍，他需要一点精神的加持。这个稍微凉爽的午后，他支起竹摇椅，那把椅子已浸润了他的汗水而显出褐色光泽，一线阳光透进来落在了他的前方，这线阳光似乎使他阅读的光亮恰到好处。他已经六十一岁，生命作为物质的那一部分，有些让他惊愕般地快速老了起来，而作为灵魂的那一部分，那面贤明、公正、良善的旗幡，仍是劲道十足，猎猎作响。就在他端着书，仰躺在竹椅上看书时，一只无赖的手，突然拍打掉了他正端详着的书，书被重重摔到地上，他出言邪恶：你这个老地主，你还看什么书，你这个地主！

这之后，胡次乾病了，身体愈来愈差。他觉得这是他一生中的奇耻大辱。

这年秋，新的学期到了。胡声宇的工作又调动了。他为之服务的白杜农业中学与尚桥农业中学、舒家农业中学合并了，新的学校称为西坞农业中学，学校办在张家。胡声宇又要去适应新的环境。

王芳霞、胡声宇和胡次乾，他们每个人都被时间紧紧拽着，似乎谁也没有能力挣脱出来去彼此关照一下。

胡声宇一心扑在新的西坞农业中学，王芳霞一心扑在湖西化工厂。

初秋，风已瑟瑟，叶已萧萧，寒虫已泣露。胡次乾已很久没有看到他的儿孙，儿子已然，四个孙子孙女依然是可造就的，他希望他们有知识，品性纯端，他们能成为一个人，一个真正的人，就是胡家之耀。胡次乾心里涌起一阵心酸。

胡次乾这天一早拎起一只蓝灰色印花布袋，布袋里装的是妻子周根花准备好的一些自己制作的东西。他对周根花说，我去宁波了。周根花"嗯"地应了一声，就随他走出同庐，目送他一路远去。

初秋的太阳刚跃上葛岙，秋露还有些重。胡次乾穿一件白衬衫，他将纽扣扣得严严整整，外披一件黑色外衣，不疾不徐地走着，后来乘车，到奉化后又乘班车。他几乎辗转到宁波，再在鄞奉路乘公交车到宁波月湖。他走得有点慢了，这方土地的气息，唤起了他曾有的记忆。他生命中的一些年岁，在这里曾闪烁着那样风华正茂的光芒，有过倜傥风流的时光。他在湖边行走，一阵从湖面吹拂过来的风掠了他一下，他紧了紧正披着的外衣。一阵又一阵风，吹着吹着，就把他吹老了。

他来到五十三号门牌前，望了望那有些光芒的门，然后推门进去，他找到儿子胡声宇和儿媳王芳霞的家。这是正午时分，四个他牵念的孩子都在。几个孩子在圆桌吃饭，桌上只剩一些菜羹，他们正好刚吃完。他们发现他们的爷爷时，又惊又喜。

爷爷。

爷爷。

爷爷。

爷爷。

好。好。你们吃吧。胡次乾摸了摸正靠近他的小杭的头。

你们妈妈呢？

妈妈在厂里，中午不回来。胡孟人告诉爷爷。胡孟人已十七岁，马上高中要毕业了。

哦。

爷爷，您吃饭了吗？胡孟人问爷爷胡次乾。

爷爷一早从老家赶过来的——你们吃，爷爷不要紧。

孩子们给爷爷胡次乾倒了一杯水。大哥胡孟人叫上弟弟胡孟宁和妹妹胡桐囡，他们三个人飞快地来到桂井食堂第七食堂买菜饭，因为去得晚，已没有什么像样的菜。他们买了芹菜香干等。

他们一到家，胡桐囡即跑到共青路上李家小店，打电话给厂里上班的妈妈王芳霞。他们的母亲曾特地嘱咐过他们，家里有人来，尤其是爷爷来，一定要打这个二五五二的电话。十三岁的胡桐囡拨通了这个号码，王芳霞告诉女儿桐囡，厂里正在加班加点赶一批产品，如果她请得出假就会回来，如没回来，那就是妈妈请不出假。

胡桐囡打了电话就回到家。

胡次乾吃着孩子们买来的饭菜，心里涌起复杂的情感。室内不太通风，有点闷，他将外衣脱下搭在椅边。孩子们都围在他身边，他们看到他们的爷爷虽有些上了年纪，但精神很好，爷爷的头发梳理得一丝不乱，还穿着背带裤。

爷爷吃好了。爷爷谢谢你们。你们马上要去上课了吧?

几个孩子都点点头。

爷爷给你们带了一点南瓜干，还有一些酱果。爷爷没有给你们买饼干、奶油糖。这是奶奶做的苔菜南瓜干。

胡次乾把那一布袋苔菜南瓜干倒出来给孩子们。

爷爷走了，不耽误你们读书。你们要好好读书，啊。

好。爷爷。

这是爷爷最后一次来看你们。

胡次乾拿起外套，穿上，扣上刚才解开的衬衫纽扣，他笔挺地走出门去，孩子们将他送到大门口。他缓缓地走远，在一个拐弯处，他回过头再一次望了望孩子们，他们还站在那儿。他朝孩子们挥了挥手，转身后就一直朝前走，没有再回头。

胡次乾就这样走了。

次年。胡次乾走了，他带着病痛与无限伤感离开了这个世界。

公公胡次乾辗转来看几个孩子被王芳霞当天知道后，她难过得吃不下饭。她似乎感觉到了什么。

孩子们吃过晚饭后，她对孩子们说，今天爷爷赶过来看你们，你们中午跑去食堂给爷爷打菜打饭，你们这点做得很好，妈要夸你们。

王芳霞这样跟孩子们说，无非是让孩子们长大后要知礼懂恩。但她晚上回家后，很失落，自言自语好几遍，爷爷回去啦，爷爷从老家来，我都没见他一面。

不久后，由于在工厂的出色表现，王芳霞被厂长看重，将她由食品配料操作岗调到管理岗，提拔她任工厂食堂负责人。食堂负责人其实是个棘手的岗位，多个负责人没有干多久就干不下去。王芳霞在这个岗位上再次展现出她的智慧与情商。但究其实质，这所谓的情商，无非就是友善、谦逊的品德，王芳霞永远觉得这一品德会让她在厂里越走越顺。果然，没多久，蒋姓女厂长要再次提拔她，准备提她任厂长助理。

一天，厂长将王芳霞叫到办公室。王芳霞，你现在还不是一名党员，我们观察了你很久，你来厂后一直表现不错，不管将你放在什么岗位，你都很出色。现在，你写份入党申请书，我准备介绍你入党。

这对于许多人来说的好事，对王芳霞来说，却是让她无所适从的事，她不知道怎么办。她回到家里，趴在那张放在房间里的八仙桌上，写了一份申请书。她以为这事就这么过去了。没料到，人事科科长后来去奉化排溪调查她的人生履历。她听说这消息后，几乎一下晕倒。她到宁波这样陌生的大城市，原本就是想让人忘记她的过往，但是，现在这个她以为被掩得严严实实的东西立即要掀开，要全部展示在世人面前。她感到前所未有的紧张，她倒是不惧怕她自己，她是担心孩子们的未来。

在人事科长去奉化排溪调查的日子，王芳霞给儿女们弄好饭后，自己一口也没吃，晚上也没睡。胡声宇不在身边，孩子们又小，王芳霞的满腹心事无处诉说。

王芳霞一下子就消瘦了，一双大眼睛显得比先前更大。

上班时，王芳霞遇到人事科科长。科长截住了她。

唉，你怎么生在这样的家庭？你出生在贫农家庭就好了。

人事科长走了，王芳霞顿时像被钉死在地上的一根木桩。她怔在原地半天才缓过神来。

下班回家，路上仍是神情恍惚，王芳霞耳边还一直鸣响着人事科长的话，快到家门口时，由于分神，她不小心一头撞到家门口的木质电线杆上，顿时眼冒金星。王芳霞疼得一整夜没睡好。

王芳霞后来没能做厂长助理。

胡声宇所在的西坞农业中学，学生有一百多人，分为两个年级，即初一年级与初二年级。学校距离宁波月湖远，且交通不便。胡声宇很少回家。他尽力去为农业中学的学生创造一些经济收入。这年的年底，初冬已临，木已萧萧，叶始纷坠。胡声宇利用周日，带一部分愿上山砍柴的学生，去一个叫半亭村的山上砍柴。冬天来了，腊月与正月也就接踵而来，硬柴在市面上的需求就要大起来。胡声宇带着二三十个学生在半亭村山上砍了一天，然后择个集市去卖。他们不仅为学校挣了一些经费，学生每人每月还可分得三四元零用钱，这就大大减轻了学生家里的压力。

一个星期六，胡声宇回到家，赶到家时宁波街灯已亮起。

次日，王芳霞去街上买了点猪肝，打了点老酒。这天中午，王芳霞给胡声宇炖了老酒，炒了一盘花生米，弄了一盘白切猪肝，还做了一盘韭菜炒蛋。大家围在一起吃饭时，几个孩子都晓得，这天中午的饭是他们的妈妈给爸爸加强营养而做的，他们都懂事了，极少动筷吃那盘白切猪肝。胡声宇再三让他们动筷，他们也不动。

胡小杭已在湖西小学念三年级了，她喜欢听故事。胡声宇回家，她都要胡声宇给她讲故事。这天，午饭后，小杭依然要听故事。爸爸，你给我讲讲故事吧。胡小杭央求她的爸爸。

好。

胡小杭搬把小竹椅坐在她的爸爸面前。春风习习。

这天，胡声宇给小女儿讲了中国传统神话故事"哪吒闹海"，又讲了一个取材于聊斋的故事。胡小杭听得津津有味，双手托着小腮仰望着爸爸。

今天就讲这些。

胡小杭不愿意，还是要听。

爸爸再给你讲一个。胡声宇对小女儿小杭说。

一旁的王芳霞扑哧一笑。你爸又要讲小和尚了……

胡声宇慈爱又温和地笑笑。

妈，你别打断爸爸。爸爸，你讲……

好。爸爸再给你讲，从前有个小和尚，小和尚让老和尚讲故事，讲的是什么故事呢？从前有座山，山里有座庙，庙里有个老和尚，老和尚给小和尚讲故事，讲的是什么故事呢？从前有座山，山里有座庙，庙里有个老和尚，老和尚给小和尚讲故事……

王芳霞笑了。胡声宇也默声笑笑。只有小杭用疑惑的眼神看着爸爸妈妈。

爸爸要出去办下事，下次给你讲。胡声宇抽身走了。

爸爸赖皮。小杭嘟噜着嘴。

王芳霞赶忙安慰女儿，你爸没赖皮，他真的上街有事。你爸不是给你讲了这么多故事吗？

胡声宇办完事回家要返回学校时，王芳霞告诉他，胡孟人准备去当兵。孟人来征求过我的意见，我说，等你爸回来和你爸说说。你看呢？

胡声宇略忖度了一下，说，好。孩子自己有这个想法最重要，他没有，我们逼着他，就不好。做什么，都要心甘情愿。好，让他去部队锻炼一下好。你告诉孟人，说爸同意。

王芳霞脸上露出欣慰的笑。好，你赶紧去学校，晚了，天黑了路就难走了。

这年底，他们的儿子胡孟人高中毕业在家待了几个月后被公安部招兵，次年春，孟人正式进部队，分配在杭州，为警卫部队，保卫省委，中央首长来杭州，他们得负责保卫中央首长。这是个让王芳霞和胡声宇放心的孩子，由于孟人出色的语言表达能力，他去部队不久就当上了部队文书。

一九六〇年，已是三年困难时期的第二年。这一年，岁月给予王芳霞这个家的总体基调是较为平静的，没有什么令人不安的事。王芳霞虽然由于出身问题而最终没有被提为厂长助理，但她在自己的岗位上干得出色，被人从内心尊重。胡声宇还是在奉化教着他的书。

这年年三十的前几天，女儿小杭执拗地一定要来父亲胡声宇所在的西坞农业中学玩。其实这里没什么好玩的，孩子只是图个新鲜，再说，来看看山野情趣也好，胡声宇同意了。胡小杭在父亲这里玩了几天，她去得最多的地方是图书室，那些书吸引了她。年三十到了，传统的除夕夜，一家人必须团圆，他们必须回到宁波。

腊月三十七点来钟，就下雪了，没多久，就一地白。胡声宇就带上女儿胡小杭，从西坞步行到奉化汽车站。他们艰难地步行到汽车站，因雪越来越大，所有的班车都停运了。他们只得又从奉化步行去江口，这是回宁波的方向，每走一步，他们就离宁波的家近一步。九岁的胡小杭，穿着布棉鞋，在雪地里走，越走，棉布鞋越湿，越湿越重，她走不动了，常常蹲在雪地里。胡声宇背上女儿，他担心这样走下去，年夜饭前到不了家，那王芳霞会担心他们的。江口的车，也停运了。那时，已是下午一点多了。胡声宇只有带着女儿小杭继续走。雪越下越大。小杭仰着头看天上，天空一片混沌，天与大地灰蒙蒙的，只有近处落下来的雪能看清，大朵大朵的，像上天倾倒下来的棉花。她的棉布鞋已梆硬，她时不时停下来。但一停下，棉布鞋里外都像是冰块，她的脚又冷又硌，她最后哇的一声大哭起来。她不想走，也走不动了。胡声宇劝着她，告诉她，妈妈和哥哥姐姐们在家等着我们。他说女儿跺跺脚，快点走，不要停下来。女儿跺着脚，之后在前头小跑，胡声宇快步紧跟。走了一阵，他又背起女儿。空茫的无边无际的天宇间，仿佛就他们父女两个。孤单感袭击着他们，但，家里的灯火又吸引着他们。就这样，走走背背，他们到段塘时，已看到星星点点的灯光了。胡小杭终于尖叫起来。他们到家，已是除夕晚上的七点。

胡声宇拍落小杭身上的雪。王芳霞过来拍落他身上的雪，快，快，去屋里暖暖。王芳霞拎来两壶热水，她让他们坐下，又一一给他们洗热水脚。

圆桌上一桌子菜：皮蛋、花生米、三鲜汤、鸡肉、大头菜烤芋艿、鱼、芹菜炒香干、一盘白切猪肝。

王芳霞心疼地对胡声宇说，快吃吧。三鲜汤刚热过。你呀，再不来，他们要吵闹了。汤热了三遍了。

胡孟人、胡孟宁和胡桐囡几乎齐声说，就是。妈说了，再饿，也要饿着，一定要等爸爸回来。

那是回来最晚的一个年，也是一个最好的年。

次年，岁月依然对他们开恩，这一年同样平平静静。对于一个普通人来讲，活着的岁月，有什么比平静、安详更让人觉得幸福的呢？后来，因为上一年底，农业中学解散了，胡声宇被分配到奉化县第四农场，这个农场在白杜南岙，他到农场实际上就是劳动。好在南岙仍然在白杜，胡声宇觉得有些欣慰。对他来说，白杜已像是他的第二故乡，他在这差不多三年的时间里，土地与活在这片土地上的人，对他都好，都友善。

第十四章 一九六二：岁月像枚双面币

　　一九六二年，岁月一探头，果然是寒彻与春的气息同时扑面而来。寒冬未尽，寒冷依旧，而春天的脚步也似乎能听到。一面是檐下悬挂冰凌，一面是拂水的垂柳已倔强地冒出一片一片嫩绿。

　　这年是三年困难时期过去后的第一年。这一年，国家决定将一部分非城市户籍的闲居在城市的人下放至农村去，以减轻国家的财政压力。王芳霞和她的几个孩子，也莫名地被街道纳入下放至农村的名单。

　　凭自己的生活经验与人生感悟，她觉得自己和几个孩子都已是城市居民户口，似乎不太可能全部再回到农村去。

　　王芳霞的整个心被焦灼塞满了。她不太敢过多地去街道和居委会探求，又不甘心让已带出来的孩子再回到农村去。王芳霞这次觉得是生命中真正直面人生的时刻了。回到农村，也就是说回到奉化排溪去，但同庐原先的深宅大院已全被分光，即使去，也无自己安身之地。她有点无助，甚至有些绝望。她忽然觉得人有时难以摆脱命运的拿捏。她看到贴在自家木门上的那几个字，从"一人参军，全家光荣"这几个字，似乎还能嗅到字迹的墨香。王芳霞抬眼望着被房子遮蔽的天空，天空中云彩依旧闲闲悠悠，但她的眼里却空茫一片，露出一丝绝望。

几天后，孩子们又给她带来令她伤心的消息。那天中午，两个女儿去桂井第七食堂买饭，恰巧碰到居委会某领导，这位领导见到两个小孩在食堂打饭，很凶地指着她们说：为什么还没下去？

日子，似乎不再像日子了。凭户口簿发的所有票证都已停发，也就是说，王芳霞和她的孩子们买不到大米，因为没有粮票；买不到肉，因为肉票没有了；买不到一根火柴，因为票证没有了……所有的凭户籍供应的票证都停发了。

王芳霞去与街道说，街道回答她，必须下去。

命运的捉弄，有时会将人的自尊心突然地如山岳般耸立起来。有天晚上，王芳霞将大女儿桐囡和小女儿小杭叫到跟前，那时，大女儿桐囡已读初二，小女儿小杭读小学四年级，大儿子孟人已在杭州当兵，小儿子孟宁已在工艺美术厂做工人。王芳霞说，妈妈和你们两个要跟你爸爸去，你们做好准备。胡桐囡毕竟大了，她只是沉默，她听从母亲的决定，她知道母亲是个聪明的人，无论什么样的决定，母亲总会有她的道理。小杭却不明就里地高兴地嚷叫起来，她连声说着好好好。我们一起去爸爸那。在还有些贪玩的小杭眼里，妈妈和她们一起去爸爸那儿，是一件多么美妙的事，妈妈不用再上班了，妈妈就有时间陪着她了。可她哪儿知道母亲内心的苦楚？

王芳霞独自去奉化白杜，她找到胡声宇。在这之前，胡声宇已先与白杜公社联系过，公社给他们找到柴家堰一户口挂社户。柴家堰距离南岙五六里远，他们走了一个小时才到。他们在柴家堰村里找到挂社户的这间屋子，屋子在村庄的边沿，远看，屋子已显得有些破败，屋脊上的瓦也似乎掉落了许多。胡声宇推开屋子，王芳霞也随着走了进去，一股霉味混杂着尘垢味呛着她的鼻子。这间屋子已久不住人，原只是一煤灰间，屋子里堆满了柴灰，阴暗而又潮湿的墙面也是灰尘密布，两扇小孔般的窗户，借着阴弱的光线，能看见窗户口上的蜘蛛网，几只蜘蛛在网上肆无忌惮地爬着，往里走，一抬头，屋顶果然千疮百孔。

王芳霞站在屋里，眼泪霎时间就落了下来，啪嗒啪嗒打在衣服上，一行一行湿迹像条虫在爬。

胡声宇也戚然地立在屋子里。他不知道用什么言语去安慰眼前这个视他视孩子为生命的女人。胡声宇也突然难过地将目光别开。

胡声宇含混地说，我们整理一下吧。公社给我们找到挂靠社户已不容易了。

胡声宇的声音很轻，似乎只有他自己才能听见。也许，他这样说声，只是给自己一个交代。

这怎么住人？这里没办法住人。王芳霞悲酸地说。

他们回到白杜南岙。王芳霞又急匆匆地赶回宁波。

王芳霞买不到米、火柴和油盐了，甚至肥皂也买不到了。她想等待的转机始终没有出现。这样下去，她和两个女儿都要被活活饿死。王芳霞想，得想办法改变它。她跟胡声宇说，她要去做单帮。所谓的单帮就是贩卖点东西，以赚取一点差价。她看中的第一个目标就是去上海做单帮。去上海，对王芳霞来说倒是熟门熟路，胡声宇也放心些。这天，王芳霞买来宁波的特色产品古林草席。天气很快要进入夏天，黄古林草席在上海极有市场。她又买了毛巾、肥皂、草纸。王芳霞将它们打捆，挑上这些东西去江北外滩乘轮船直达上海十六铺码头。次日，一早就到上海，她就在十六铺码头边找块空地摆摊。王芳霞被命运所迫而头次摆摊卖东西，她先是忐忑不安，担心东西如果卖不掉，她不仅没有赚到钱，还要亏本，那就是雪上加霜的事。她注视着码头边熙来攘往的人，没有多少人在她的摊前驻足，有的人摸了一下草席，问了一下价钱就走了。王芳霞看了看一路上摆摊的人，她的草席绝对是有市场的，她了解到旁人的草席价格后，她降了一点价格，她开始相信自己了，别的草席比她的质量差多了。王芳霞的这一招很快见效了，她摆在那里的草席很快就卖完了，那些毛巾、肥皂和宁波产的草纸，都顺带卖完了。她在码头的小饭店里买了点吃的，就去商场买了一些人造棉布和零食。晚上坐轮船从十六铺码头回，次日一早到宁波。她花了一天时间做了一次单帮，刨去成本与花费，王芳霞赚了约七元钱。

她回到家的同一天，胡声宇也从白杜坐船回来。周六的团聚，使他们很高兴，他们暂且抛掉了生活中的那些不堪。王芳霞告诉胡声宇，这次去上海做单帮赚了七元钱，我可以用这些钱买一些黑市粮票。胡声宇眉宇间舒展了许多，他知道，孩子们不至于挨饿了。其实，胡声宇更高兴的是，他知道这次下放到农村的政策。

晚上，在卧室，胡声宇对王芳霞说，这次叫你们下放是不符合政策的。

王芳霞一惊，是吗？你知道政策究竟是怎样的？王芳霞兴奋、激动。她叫胡声宇一字一字地告诉她，这对她太重要了。胡声宇将政策一字一顿地告诉她。

胡声宇又返回奉化白杜南岙了。王芳霞让大女儿桐囡赶紧写份关于她们母女三人不符合下放政策的报告，她要将报告呈送市里去。胡桐囡已是初二学生，她有能力写报告了。报告写好后，王芳霞将报告誊写一遍。第二天，王芳霞让桐囡陪同她一起去市政府经济办公室，因为下放的具体政策由这个处在把关。

王芳霞与女儿桐囡去了三次。第一次，她们没有遇到丁姓主任；第二次再去，站岗的士兵拦住她们，她们告诉岗兵有重要事去找经济处的丁姓主任，岗兵告诉她们，丁主任不在，让她们回去。

又过一日，王芳霞和女儿桐囡再去市政府。岗兵已认识她们，且知道她们因何事而来。岗兵说，你们去吧，丁主任在。

丁姓主任接待了王芳霞和胡桐囡。他看了王芳霞递上去的报告，说，你先生在学校，大儿子在当兵，小儿子已在工作，你们都已是城市户口了。丁姓主任顿了顿，和蔼地对王芳霞她们说，你们先回去吧，我们会去调查的，如果调查像你们所陈述的一样，你们是不符合这个下放政策的。你们回去吧，等待消息。

王芳霞她们起身，离开的刹那间，王芳霞又回头看了看丁姓主任。那一眼期盼的目光，让丁姓主任站起来送她们：你们去吧。

时间总像一把铲子，它会把一切真相从埋藏地深掘出来。原来是桂井街道有人看中了王芳霞家的房子，王芳霞一旦下放至农村去，房子就会归他住。

很快，派出所让王芳霞去取户口簿。已扣发了三个月的所有票证，全部补发。王芳霞拿回户口簿，将它紧紧地揣进怀里，生怕再次失去它。

生活似乎一切恢复原态。王芳霞照旧踩着原先的生活节奏走，上班，去菜场，做饭。

有天，桂井巷街道的头儿找到她，对她说，你回去和你大女儿商量，她能否下去？

王芳霞这天上班已没有多少心思，她一直在琢磨街道给她说的这件事，王芳霞觉得她们没有被赶下去，已是万幸。下班回到家，她与女儿桐囡说下去的事，没料到桐囡同意。妈，等我读完初三，好不好？

王芳霞去街道，一是询问女儿将下到什么地方去，二是希望女儿读完初三再走，再离开城市。

街道答应胡桐囡读完初三下去，同时告诉王芳霞，胡桐囡去的地方是宁海林场。王芳霞后来打听到，宁海林场虽然偏僻，来一趟宁波极不容易，但林场员工是事业编制。王芳霞内心原本的歉疚感多少消失了一些。

惊惧地生活了几个月后，让王芳霞心情大好的消息接踵而至，她的大儿子胡孟人入党了。部队派人来调查时，王芳霞心里原先是十五个吊桶打水，七上八下的，颇为不安。后来，据说孟人所在部队的连指导员用人格担保，胡孟人顺利入党。仅一年时光，儿子胡孟人就入党了，这让王芳霞开心且自豪。紧接着，她就收到儿子胡孟人的信，说自己入党了，且当兵已满一年，母亲可以去杭州看望他了。王芳霞看完信，心里又是久久难平，她仔细地抚摸着信封皮，往事历历，十几年前就是掐着他的鼻子让他鲜血直流而走出那个偏僻的村庄的。这个儿子似乎是来报恩的。

马上就是清明节了，王芳霞欣然回信，清明节去杭州。她自己做了些青团，又买了宁波有名的糕点香糕，是声名大噪的赵大有牌。清明节那天，王芳霞带上小女儿胡小杭去杭州。火车走了四个多小时才到杭州城站，城站靠近西湖湖滨路。孟人接到母亲王芳霞和妹妹小杭后，即来湖滨走走，随即到了他的部队，他的居住地也就在西湖边。王芳霞来到孟人的部队，孟人的战友都出来迎接，他们见到王芳霞都礼貌、热情地叫着阿姨，这让王芳霞觉得备受尊敬。不久，连指导员也过来，他一见到王芳霞，一个劲地夸道：阿嫂，你培养了一个好儿子。王芳霞似觉有一股暖流直涌了上来。她笑着连连说，谢谢，谢谢。她对连指导员说，是您教导得好，是部队这个大家庭对孟人好。

王芳霞和女儿小杭在杭州的每一天都是开心快乐的，她们有时自己上街去走走，大多数时间都是孟人或孟人战友陪她们在西湖走。最让她们开心的一次，是孟人和他的战友带她们去钓鱼，那一天，一边钓鱼一边玩耍，或坐于休闲椅上看看湖光山色，拂着湖面煦煦和风。这次，他们钓了一篓子鱼，有十多斤。回部队后，孟人和他的战友们做了一桌鱼宴招待她们俩。

在杭州，王芳霞和女儿小杭待了一个月。这一个月，王芳霞所受到的尊重是前所未有的。杭州之行仿佛是一次精神的加持，王芳霞精神饱满地回到宁波。

然而，生活不会是一潭永远平静的水，一颗小石子扔进来，这潭水刹那间就会荡漾起来。回到宁波后，或许正是她在杭州的精神加持起了作用，她对任何生活所突兀而起的不堪状态，都已是泰然处之，她觉得也许那就是生活本身。

王芳霞和小女儿小杭回到宁波，这时已是傍晚五点多了，却见家里的门关着。她不知道家里发生了什么事，按理说，大女儿桐囡应该在家。她心里有种不祥的感觉。邻居见到她们，遂告诉她们，桐囡去第一医院陪孟宁了。王芳霞在这个五十三号大院住了三年多了，三年多来，她友善邻里，她常会在胡声宇背回一些奉化土特产时拿出些给邻居，她常对孩子们说，好亲不如近邻，邻里与我们的生活密切相关，这些道理希望孩子们懂，不要爸爸拿些特产回来给邻里一些，你们就嘟着嘴。你们以后会懂。妈告诉你们，永远记住，没人会抬手打笑脸人。

邻居又告诉王芳霞，桐囡在第一医院陪了一整夜，孟宁阑尾炎住院了，你快点去。

王芳霞放下行李就直奔第一医院。她找到儿子孟宁时，见他局促地躺在一张儿童床上，王芳霞心疼了，儿子虽仅十四岁，却是一个大高个，见他蜷曲的样子，王芳霞心疼不已。她去找医生，要求马上换一张大床。

换好大床后，王芳霞坐在病床前详细询问才知，孟宁是急性阑尾炎，当时只有桐囡在家，桐囡立即与他来到第一医院，因病床紧张，临时加了一张儿童床。王芳霞很难过。这个小儿子在去年即一九六一年，就去宁波工艺竹编厂工作，那时，他还是一个十三岁的孩子，王芳霞和胡声宇无论如何也不同意他这么年少就去工厂做事，他还是读书的时光。但孟宁坚持要去，他已经不想读了。王芳霞拗不过儿子，就依了他。学徒时，工资每月十三块五角，每月拿到工资，孟宁就将十三块给她，自己仅留五角。厂子在南大路三角地，距家里不远，这个十三岁的孩子就常常背一些废弃的边角木料回来，他对王芳霞说，妈，以后家里的柴火我包了。他说这话时，是一脸骄傲与自豪的笑，他似乎觉得自己终于可以减轻母亲的生活压力了，终于可以为这个家做点事了。王芳霞笑了，笑着笑着，她转过背去就掉下泪来，他哪里知道母亲的歉疚与心酸？无论生活怎样沉重，还不至于让这个年仅十三岁的儿子来分担。

王芳霞回到家。她给儿子孟宁炖河鲫鱼汤，这些鱼是杭州孟人和他的战友在临走时送的，他们让她带回了整整一桶，鱼还是活蹦乱跳的。王芳霞点着柴火，这些柴火就是孟宁从城隍庙三角地的厂里背回来的。她一边点着柴火炖着，一边想着一些辛酸的过往。孟宁一生下来，似乎就不是时候，她没有奶水，孟宁那么小的年纪就被送给附近村落的奶娘去养，三年困难时期，十一岁的孩子，每天说吃不饱，自己乘坐班车去几十公里外的奶娘家，捋摘竹米吃。想到这些，一股心酸又起。

炖好河鲫鱼汤后，王芳霞又送到医院去。她坐在儿子孟宁的病床边，敦促他吃鱼并喝掉鱼汤，那鱼汤白而恰如其分的浓。孟宁连声说，好喝。

王芳霞这才稍许有些欣慰地离开医院。

第二天，王芳霞又炖了河鲫鱼汤。她一连炖了五天，这五天或她送去，或叫桐囡送去。

五天后，儿子胡孟宁终于康复出院。王芳霞这才把一颗心放下了。

儿子孟宁有惊无险地出院后，没多久，王芳霞就被通知分流到段塘那儿的一个工厂去，这个工厂是生产陶瓷制品的，主要是生产陶瓷碗。但对王芳霞来说，这是一个不利的消息，一是远，二是要上夜班。段塘距他们所居住的大院有近十五里，要乘一路公交车到段塘终点站，再走进去；此外，上夜班不仅让她无法照顾家里的小女小杭，还特别伤身体。

但王芳霞无法选择。

王芳霞从湖西化工厂来到位于宁波南部段塘的陶瓷厂，她的工作岗位是给碗上釉。后来她得知，让她上釉是因为厂里已打听到她是个干什么都有灵性的人。靠人工操作的岗位，一个人的灵性与悟性是很重要的。原来上釉的那个人，据说常将釉上得很厚，使瓷碗失去锃亮的色泽。

对王芳霞来说，这毕竟是个挑战。在湖西化工厂，她的第一个岗位倒是个技术岗，后来进入管理层，几年来，她已经脱离了吃技艺饭的环境。来到段塘陶瓷厂，她不敢怠慢，先向人请教关于陶瓷制品的相关知识。

这是王芳霞进宁波城后的第二份工作，她自然是珍惜的。她被分配到上釉中最难的一道工序。她的师傅是从江西景德镇请来的，师傅是个讷言的人，不太多说，教了后，只看你操作，关键处点拨你一下。师傅见她过来，愣了一下，似乎觉得她年龄有些大，王芳霞已三十九岁。王芳霞朝师傅笑笑，是爽朗而令人舒畅的。师傅告诉她，一批又一批的年轻人来过，他们大都二十多岁，没有人能干好，怎么教都上不好釉，都走了。

一批工人都围着王芳霞，他们打趣般地让王芳霞来上釉看看。王芳霞看看师傅，师傅即上来详细操作一遍，然后分解给王芳霞看。师傅叫王芳霞上手，一帮年轻的工人轰地一下上来围观。王芳霞沉稳地不慌不忙地走上操作台，她上的釉厚薄均匀，亮光也好，光线打上来没有突兀与明暗不一的跳动感。师傅笑颜绽开。他对王芳霞说，你可以上釉。

这家厂也有一百多人，比原先的湖西化工厂稍多些。王芳霞后来知道，上釉是很重要的一道工序，这道工序做不好，陶瓷制品就会成次品或废品。陶瓷的原料都是从江苏宜兴运过来的泥搅制而成，成本比较高。王芳霞后来越来越被工厂重视。

从共青路五十三号院去段塘上班，实在有点远。大儿子胡孟人探亲时，她就让孟人教她骑自行车，在二中操场上骑了多次，终未学成。王芳霞放弃了骑自行车，为了省几分钱，她也不乘公交车，而是走二十来里路去上班，后来因为走路来回太远，她就住在厂里。遇到休息时，她才回家。

幸好，小女儿小杭十岁，已能照顾自己了，这让王芳霞住在厂里心安了些。王芳霞厂里的住宿条件并不太好，一个小房间挤着六张床铺，工人们的生活习惯与习性不尽相同，王芳霞住在厂里很少有深眠的时候，好在，由于辛劳，她倒是倒头沾床就睡。浅眠对她也是好的。周六休息，她回到家，做好家务后，赶紧补觉。

在陶瓷厂，王芳霞不久就兼做厂工会的事。她既是上釉的技术操作工，又是工会干部。渐渐地，工厂工人对她越来越信任，不久，她就成为工会实质上的掌门人。厂里的许多福利性事务都是工会在弄，人们信任她，她从不自利，只是利他，做什么都是公平公正，一碗水端平。每当分什么东西时，她都会想起乡邑百姓对公公胡次乾的评价：公正贤良。这种精神，像粒种子早已撒在她的心里。她主持分东西时，总是将好的分给别人，最后留下一些差的，她默默地分给自己。有次，厂里分饼干，饼干是易碎的，好坏相差很大，她将好的没被压碎的全分给别人，一些碎的全给自己，当她拎着一袋碎饼干到家时，孩子们吃的都是碎饼干，有的还是饼干碎末。孩子们边吃边讶叫：这叫什么饼干呀！妈，你公平公正是对的，但碎末都自己拿，也不公平呀。王芳霞听了笑笑，一边干活一边说，在一个单位，尤其是你有权分派什么时，吃点亏是有福的。以后你们长大就懂了。王芳霞觉得孩子们都大了，不是特别紧要的事，她不再正襟危坐地说了，这种"随风潜入夜，润物细无声"的方式更好。

一九六〇年春节后，胡声宇离开西坞农业中学到南岙农场。一九六二年九月，胡声宇结束了一年多在南岙农场的劳动，被调入奉化白杜小学。他又正式当老师了。这所小学是白杜一所完全小学，一级一个班，学校共六个班。学校就办在一座恢宏大气的城隍庙里，九名教职人员，这是按班级数一比一点五配的，当时老师住在庙的厢楼上，北边背阳，男老师住；南边向阳，女老师住。学校配管理人员，分别为校长、教导主任、总务主任，胡声宇就是总务主任。总务主任管学校九个人的吃喝拉撒睡。胡声宇除了管吃喝拉撒睡外，有时还兼点课，他后来就兼教过语文和美术、书法。

胡声宇到白杜小学时，四十一岁，这本来不算大的年纪，在这所小学他成了一位年长者，其他人都比他小。或许正由于他资历老，学校的教师中，他的工资最高，为五十九元，又外加二元五角钱粮价补贴，胡声宇的工资为六十一元五角。他的工资不仅为学校最高，还是全乡近八十名教职工中最高的。那时，凭票买米、买肉、买油，米价为一角三分一斤，肉价六角三分一斤，油为六角八分一斤。海鲜不在供销品之内，那时，鲜带鱼每斤二角七分，黄鱼每斤三角三分。胡声宇这时对自己的现状多少是满足的。他为人谦逊谨慎，又厚道，所以，他成了一些年轻老师调侃的对象，比如常让他请客吃夜宵，学校就在白杜街的尽头，进出老街很方便。

干总务不是件轻松的活，又累又容易得罪人。对于老师们来说，一日三餐最重要。但怎么弄好吃，不是件轻松的事。白杜是没有海鲜定量供应的，老师们要吃上新鲜的海产品，一是必须起早去供销社买，二是要与人家搞好关系。而这两点，胡声宇都扛在自己肩上。年轻老师都爱睡懒觉，学校原来准备让老师轮流早起去供销社买鱼，老师们纷纷表示四五点起不来。胡声宇说，他去。从那以后，胡声宇早早起床，洗漱完就背着竹篮去供销社买海鲜。他在白杜已多年，大伙都认识他，见他都尊称一声"胡老师"，这或许就是胡声宇的优势。他每天将买好的菜，一五一十地记得清清楚楚，回到学校又当着厨师的面一一过秤。除了休息日，胡声宇天天如此。

胡声宇在周六的黄昏浸漫在月湖上时回到了家。王芳霞一如既往地给他温点老酒，又多炒了两个菜。她心疼这个男人，她知道他忍受了许多委屈，但她发现他依旧是沉稳且豁达的。王芳霞暗自为自己遇上这个男人庆幸。她懂他的隐忍，也懂他的豁达。她的丈夫就是凭借这两点，将日子过成了日子。在胡声宇睡熟后，她悄然披衣起身，看着压在玻璃板下的一张他们的合影，他们是那么年轻，目光神采奕奕，自信且坚毅。王芳霞抚摸着照片，她将它翻个面，欣欣然在空白处写上："良缘凤愿，佳偶天成。"她用手掌合成一个罩子，罩住灯光，她生怕灯光刺醒了自己的丈夫，他太需要好好补觉了。她借着微光，再看看自己写的这两句，她感动得落下泪来。

王芳霞早早起来，做好早饭就上街去买了一些白坯布，又买来一些染料。回到家，她见胡声宇吃好早饭就在弄院子里垛在那里的一堆柴火，他把一些粗的劈成细条形，这样便于点火生煤球炉。

王芳霞微笑着，你歇歇吧。她顿了顿，你猜我一早上街买什么来了？胡声宇"嘿"地笑了一声，我哪猜得着？你猜下嘛。王芳霞带着撒娇的口吻说。

真猜不着。

我买了白坯布和染料。

你真要染布啊？胡声宇有点惊诧。他曾经跟她说过，买些白布和染料，自己也可以染，自己染要节省一些钱。他原先只是和她说说而已，没想到她真这么去做。

你不是说能自己染吗？能，我们自己染，能省几个钱就省几个钱。

这个周日的上午，胡声宇就教王芳霞怎么染布。他们琴瑟和鸣般干了一个上午，王芳霞一学就会了。下午，小女儿小杭又要听故事。胡声宇就给她讲"从前有座山，山里有座庙"。小杭兴奋地尖叫着打断爸爸的声音，说，"庙里有个老和尚，老和尚跟小和尚讲故事"，爸爸坏，老讲这个，耍赖。胡声宇赶紧说，爸爸下次给你讲聊斋里你没听过的，爸爸今天要赶回白杜去，现在有事上街去一下。胡声宇边说边出了大院。

胡声宇回到家时背回了一大堆塑料桶。这次他买了六只塑料桶，都是老师或白杜熟人托他买的。胡声宇觉得这是举手之劳，回宁波时顺带点东西，没什么的。孩子们觉得他们的爸爸太累了，回家了也没能好好休息下。王芳霞理解他，但心里也觉得他太辛苦了。胡声宇倒是心里舒畅着。

胡声宇不是每个周末都回家，他不回来时，王芳霞就在休息日染布。她买来各种颜色的染料，将布染成枣红色、蓝色、绿色，染得最多的是靛青色，然后将布晾干。王芳霞算了账，确实比买花布要便宜多了。她将布收纳好。年底快到时，王芳霞就用自己染的布给孩子们做布鞋，纳鞋底，做鞋帮。为了好看，她把几色布剪裁缝成整块布再做鞋帮。过年时，孩子们穿的鞋，别致新颖。孩子们给邻居拜年时，大家都夸他们的鞋漂亮，夸他们的妈妈手巧。

王芳霞听了也开心，像是苦涩的生活中开了朵花，美且香。

第十五章　日子

　　胡声宇在白杜小学，除了管吃、住外，还兼教高年级的语文，同时也兼教书法、美术。他教语文很特别，将每一个字讲透，让学生彻底掌握。学生都喜欢听他上课。学生们口口相传，这事被老师们知道，有的老师就去请教他。他说，给学生讲一个字，要把这个字的音、形、义讲透，讲透了，学生们听进去了才会彻底掌握这个字，否则还是一知半解。如果有可能，对高年级的同学，还可以延展开去，讲讲这个字的语法意义。比如"刺"字，它的音是什么，形，也就是这个"刺"的字的部首、笔顺和结构，这两部分都很重要。但仅止于此，同学们是没法掌握这个字的，更重要的是它的"义"，而"义"又有它的基本义和引申义，我们讲清楚它的基本义，就行，如果再深一些，加强同学们对这个字的更多感觉与认识，可以顺带讲讲它的引申义甚至比喻义。这样，同学们就彻底懂了这个字。再来看"刺"，它的基本意义是指尖锐物穿入或穿过物体，由此衍生出引申义：刺激，如刺耳的声音；暗中打听，如刺探；用尖刻的话嘲笑别人的短处，如讽刺；刺杀，暗杀，如刺客；比喻义是尖得像针一样的东西。我们如果对每一个义项再造一例句，同学们更容易掌握。

胡声宇讲完，都会谦和地笑笑，我们一起学习、探讨。

这之后，胡声宇几乎成了大家的活字典，大家有疑惑都会向他请教，甚至于两个人为某件事争论难止时，都会请他作为最终的裁决。

有天叶勤俭老师找到胡声宇。叶勤俭是奉化师范大学毕业的，她教书也是深受同学们欢迎，她有女老师特有的亲切与细腻。

胡老师，想请教你，你有空吗？叶勤俭小胡声宇二十一岁，她是个年轻的老师。

叶老师，不要说请教，我们一起学习。你说，看看我懂不懂。

教育局又要对老师们考试了。我其他没多大问题，但对"的、地、得"的语法意义还没有完全掌握。今天请教你一下。叶勤俭微露羞赧。

胡声宇谦和地说，小学一般不太会讲这三个字的语法，但作为一个老师，要掌握。"的"与它前面的词语构成一个"的"字结构，这个结构与它修饰的后面的名词构成前偏后正的偏正词组，"的"字结构作定语。比如：彤红的晚霞、燃烧的激情、清脆的鸟鸣、平静的湖面，等等。而与"地"构成的词组，在动词前，修饰动词的，它作状语，说明某种状态。比如：快快地跑、轻声地说、动听地唱、慢腾腾地走、开心地笑，等等。"得"呢，这个短语结构形式往往是：动词加"得"再加上形容词，它是作补语的，"得"与它后面的形容词，是来补充说明动作的。比如：说得真快、染得很漂亮、开得正艳、脸绷得紧紧的、冷得像冰，等等。

叶勤俭连说，谢谢胡老师。

不用谢。简单地归纳下，就是"的"字结构是作定语的，"地"是作状语的，"得"是作补语，补充说明它前面的动作状态。胡声宇补充说。

这使年轻的叶勤俭老师受益匪浅。

胡声宇给同学们讲唐诗宋词，并不止于生字音形义的讲析，也不止于诗句的解析与诗的诗意讲解，他往往会将同学们的知识视野带向更高更远，让同学们不仅知道诗的基本意思，还让同学们知道诗人写这首诗的社会背景，给同学们细致地讲述诗人一生的境况、秉性与人格。他讲李白《赠汪伦》，除了其他老师都会讲的内容外，胡声宇还详细给同学们讲李白狂放不羁、洒脱倜傥的一生，讲李白在何种人生境遇下来到安徽泾县，来到桃花潭。他讲《黄鹤楼送孟浩然之广陵》，除了讲诗本身的内容之外，他会给同学们讲李白与孟浩然的一生，讲他们的交谊与各自的性情，这样使同学从情感上理解诗之美，更懂得诗人表达的情感之美。

胡声宇的才学与低调、谦和的品质，像一盏置于夜行人之前的灯盏，吸引、照亮着他人。这所学校的老师都愿意找他聊天，海阔天空地聊，他常会将人们的视线从眼前的尘俗之世牵引到浩渺的天宇，将目光引向更高处。

几个年龄稍大点的老师常找他下象棋。在一座庙宇的略显逼仄的空间，恰到好处的娱乐，是他们的解压剂。在这七八个老师中，胡声宇的棋艺是最高超的，但他从不显摆。老师们找他下棋，他不会一上来就威风凛凛、杀气腾腾，而是谦逊的、微风式的，有时不露声色地故意输几步，让对方的自信心瞬间满满的，让对方在下棋中体悟到智慧的美感。胡声宇最后总会赢，但看上去都赢得有点险。有的年轻气盛的老师，往往会在离开棋桌时，拍拍胡声宇的肩膀，其意无非就是说，再下些时日，就可以赢了。胡声宇总会谦讷地笑笑，说，我老了，再下，我定会输。

几个年龄更小的，精力旺盛，他们喜欢找胡声宇打乒乓球，胡声宇同样谦和地对待。

白杜小学一团和气。

胡声宇几乎顾不上家。

家里不久又发生了事：王芳霞的厂转产了，她离开工厂回家了。换句话说，王芳霞没工作了。

王芳霞离开陶瓷厂待在家，她开始时相当失落，工作没了意味着收入减少，而家里的吃穿用开销不减，这个家又要全依靠丈夫胡声宇，他的工资虽然算是比较高的，但家里捉襟见肘的状况依旧会出现。王芳霞决定在家做点事，以己之力去减轻家庭的负担。

胡声宇周末回家时，她跟他说，家里单靠你一人，不行。

胡声宇倒是很心疼她，他觉得打她带着孩子们进宁波后已经够辛苦了，说，没工作就工作，你干脆好好休息，开销有我的工资也够用，我们不去和人家比奢华比阔气。

全靠你，那不行，我看着也难过，再说我待在家不做点什么，人也会废了。

那你打算做什么？

我想在我们家楼上的走廊边纺纱。我去弄一台纺线车。王芳霞说。

胡声宇知道王芳霞的女红不错，他也就同意了。

王芳霞弄了一台纺线车放在家中走廊上，她料理好家务事后，就坐在纺车前纺纱。不久，大女儿桐囡去宁海林场了，一般情况下就是她和小女儿小杭，胡声宇只是在周末回，而且，他大多数不是每个周末回。

王芳霞熟悉女红活，她纺纱又快又好。纺一锭纱用不了多少时间，没几天，就能纺十几锭，然后，她又将纱浆好，再去卖。就这样，她干了半年多光景。

不久，王芳霞又做金丝凉帽。那时，她发现大家流行戴金丝凉帽，这个比纺纱更好，她就做这个了。起先，她不熟悉编织的工序，就去请教，她相信自己的一双手，懂了程序，编织就解决了。她中午也从不停歇，不午睡。她累了，才停一会儿，起身活动活动，或干些其他活，比如为晚饭做准备，像择菜什么的，有时也坐下来吃点水果。她最喜欢吃的是橘子，橘子是能放长一些时间的水果，如果没有橘子，就吃点其他时令水果。王芳霞喜欢吃橘子，在于她喜欢闻橘皮的香与回甘味，她告诉她的儿女们，橘子全身都是宝，肉核可吃，橘子皮如浸泡几天挤出涩水可炒着吃，橘皮晒干就是中药材中的陈皮。家里若有橘子，尤其是黄岩蜜橘，她会让大家将皮收好，别丢弃。

有天晚上，王芳霞吃好晚饭后就感到头沉沉的，头疼，她便去床上躺着，但身体一沾床，眼睛又圆睁着，没有睡意。这时家里只有小杭。她叫小杭给她泡一杯茶并放点陈皮，也就是橘子皮。

小杭给她泡好茶，忘放橘皮。

你去找一片橘子皮放进茶杯里。

小杭找了一下，在一角落的果盘中看到几片橘子皮。

王芳霞躺在床上，头疼得让她无法入眠。她稍微欠起身子，半斜靠床头，叫着小杭。小杭，你去给妈找一堆橘子皮来。

你要干吗？妈。

妈要用，你拿来便知道了。

胡小杭找了一会儿没找到，她不知道放在什么地方。王芳霞把收纳橘子皮的吊篮告诉她。胡小杭抱了大堆橘皮，那些橘皮还有点润，没完全干。王芳霞接过橘皮，将橘皮摊开放在她枕头边的两片干毛巾上，橘皮围满了枕头。

这橘皮能起到镇定作用。所以，妈让你们不要丢弃橘皮。王芳霞告诉小杭，她努力地将生活中的一切经验与智慧传给他们。

这个晚上，王芳霞果然睡了一个安稳觉。

第二天，王芳霞又一身的精神。女儿小杭见到她，也惊叹。

日子安好，小杭上学，王芳霞继续编织金丝凉帽。她差不多一个月能编一顶半金丝凉帽，一顶可以卖二十元钱。对于一个比较拮据的家庭来说，是一笔相当可观的经济收入。

胡声宇回来了，拎了两大篓奉化水蜜桃回来。他听说王芳霞头疼无法入眠，心疼。他洗了两只大的水蜜桃给她吃，又挑了一只给女儿小杭。王芳霞在厨房间准备晚餐的食材。胡声宇走过去让她放下手中的活，递给她一条干的擦手巾，嗔斥她，放下活，赶紧吃了桃子。王芳霞转过头笑了笑，两只大大的眼睛盈满了幸福的神情。她拿过胡声宇递过来的擦手巾，擦擦手，然后走出厨房间。

声宇，你的桃子放哪里啦？王芳霞找了下没看到桃子。黄昏了，光线开始黯淡起来。

你拉亮灯，就在吃饭的墙壁边啊。

啪，灯亮了。他们眼前的世界也亮了。

哦，看到啦。王芳霞又笑了一声。她蹲下身，用手去摸了摸桃子。小杭，给妈拿只果盘来，拿大点的那只。

知道了，妈。

王芳霞挑了一些最好最大的桃子，给几户大院的邻居一一送过去。

小杭对爸爸胡声宇说，妈给人家桃子就给呗，但老是让我们吃最差的。爸爸从奉化带来的不管什么，都要给人家，前一阵爸拎回的杨梅，也是最紫红的给人家，我们吃差的，又红又涩又酸。

胡声宇倒是站在王芳霞一边，他说，你妈这样做有你妈的道理。

你们父女俩在说我坏话啦。王芳霞一脚踏进客厅，放下手中的竹篮子。她把小杭拉过来，这个小丫头已经长得很高了，转个年就读初中了。胡声宇默默进厨房干活去了。

来，小杭，你是个乖女儿，已经很懂事了。你们都不反对并且认可妈妈与邻里搞好关系了。刚才，妈听到你对妈给人家最好的东西有点抱怨，有点不乐意啊。王芳霞笑着，用手指刮了一下小杭的鼻子。你记住，要送就要送好的，懂吗？假如你送的差的，人家知道了，会怎样想？自己想想，就知道这其中的理。

胡声宇回到宁波，这个家似乎更像家了。在五十三号大院，他们家常常弥漫着温馨的气息。周日的中午饭后，小杭又要爸爸给她讲故事。胡声宇跟女儿小杭讲，下午得上街去一下。

爸爸，你又要去买塑料桶吧。

胡声宇开心地笑了起来。是，爸这次不仅要买塑料桶，还要买几只脸盆——小杭，等你明年考上二中，爸奖给你一件东西。

爸，你说话要算数哦。

好。爸什么时候说话不算数过？

胡声宇出去买了三只塑料脸盆和一只塑料桶，回家，匆匆与王芳霞和女儿小杭告别就回奉化白杜去。

几个月后，王芳霞去宁波镇明纸盒厂工作，这是她到宁波后的第三份工作。厂子在偃月街的小书院巷，工厂为区办的工厂，全厂五六十个人。这家厂距离他们所居住的湖西边的共青路五十三号大院不远，对王芳霞来说，这比原先在段塘那边的搪瓷厂要好得多，离家近，便于照顾家。纸盒厂主要生产纸质包装盒，由于礼品的包装越来越讲究，所以厂子里的订货不少，生产任务比较多。工厂有各种技术工种，主要工种有设计打样、划线、折合等，划线又有小刀、中刀、大刀之分。王芳霞刚去就被分为划线打样。这道工序，要求工人的技术性更高，但比操大、中、小刀的人要轻松得多。一个灵性足、悟性强的人，干什么都会胜人一筹。王芳霞划线、打样，不多久，就干得得心应手。那些操小刀、中刀、大刀的人，就有人嫉妒她，说她太轻松，对厂领导说，那个划线打样的岗，不能专门让一个人干，轻活、重活，大伙要轮着干，否则不公平。拿着笔，划划线，这活谁都能干。

王芳霞就被调到大刀岗位上去。但只干了一天，厂长就又将她调回到划线岗上去。原来，换其他人去划线，没有划好，连换几个人，都不行。下道工序的人按他们划线做盒子，盒子盖要么大，要么小。厂长恼火了，这下批评了那些嫉妒王芳霞的人，把一堆废弃的盒子盖扔在他们面前，一句话没说就走了。这下大家都对王芳霞心服口服。

一九六五年夏天，胡声宇放暑假一个半月。他放暑假在宁波的时候不多，这年的一个半月，他同样不在家，他先是在白杜的生产队里参加半个月的劳动，他与生产队的社员一样，早出晚归，去稻田和社员一起割稻。他是一个高个子，站起来一米八二，长久地弯下腰去割稻，使他非常累，干一天就腰酸背痛。午饭时，他往往是草草吃点，他要抓紧分分秒秒，直挺挺地躺在床上，这样才缓解一下腰疼。中午，哨子一响，胡声宇就起床又与大家一起到田里去割稻。烈日当空，稻田里燠热的蒸汽，一团一团地包围着他们，这个时候，头埋下去挥镰，其苦状可想而知。胡声宇割了一天的稻，黄昏中回到自己学校的那张小床上，他才仿佛活回了自己，他下点面条，烧点水洗个澡，赶紧又躺在床上，这一个晚上才算踏踏实实地属于自己，他可以高枕下，甚至可以沉睡，明天，光亮会刺醒他。他害怕的是中午，那是真叫苦，想睡，却不敢睡，担心一睡不醒，担心别人在烈日下已挥镰，自己还在赶去的路上。胡声宇最怕别人对他指指点点，背后议论他。其实，他知道白杜队里的社员都认识他，都尊敬他，见到他，点头微笑，尊他一声"胡老师"，有的男社员还会递上一支劣质香烟。但是，胡声宇要的是自尊，不管多么累。

这样割稻，胡声宇割了整整十五天。之后，他又参加了十五天的集中学习。三十天后，胡声宇已是精疲力竭般地回到宁波，回到家。王芳霞看到胡声宇一脸沧桑，又黑。她心疼地去摸摸他的脸，脸上的皮又皱又松弛。尽管已是酷热难耐，王芳霞还是每日晚上烧水让胡声宇泡脚。

王芳霞悄悄告诉胡声宇，小杭考上二中了，还是以湖西小学第一名的成绩考上的。

这一消息让胡声宇非常开心。他的父亲胡次乾，不管在什么环境下，都跟他说，孩子们读书好，才是真好。

我悄悄告诉你，就是让你悄悄地兑现自己的诺言。王芳霞笑着，那笑声温暖着胡声宇。胡声宇突然感到内心清爽，有一个懂你的人在身边，这是上苍恩赐。那天，他偶然间看到一张照片后王芳霞的题字，"良缘凤缔，佳偶天成"，她的这几个娟秀的楷书，长久地震荡着他。

第二天，早上吃过饭，胡声宇就上街去给女儿小杭买了一只书包，是天蓝色人造皮革的，单肩背的款式。胡声宇跑了几家百货商店才挑下这只。回到家，他叫女儿小杭过来。

爸今天要兑现一个诺言。胡声宇对女儿小杭说。

什么诺言呀？爸。

胡声宇从身后取出这只天蓝色书包。

哇，书包！胡小杭高兴得蹦了起来。爸，太好看了，我喜欢这颜色。

喜欢就好。爸爸希望你好好读书。

嗯，谢谢爸。女儿小杭拿着崭新的书包，回到她的卧房去。

夏天过去了，胡小杭正式成为二中的一名初中生。

生活不管呈现怎样的色彩，时间的钟摆永远以它惯常的速度行进着，任何人都无法施加自己的意志。胡小杭读完一个学期，很快就腊月了，随之而来的就是旧历年。旧历年后，王芳霞依旧早出晚归，她依旧干着她的划线、打样工作。胡声宇还在白杜教着他的书。胡小杭又兴高采烈去二中念书。日子看上去一切风平浪静。但几个月后，气氛就变了。胡声宇最早咂摸出了，学校开始动不动开会学习中央文件。学校应该是一个安安静静地读书的地方，教师潜心于教材，学生潜心于学习，这才是正常的。他的感觉没错，几个月后，学校的墙上开始刷一些标语了。这年的下半年，胡声宇不仅要在自己所在的白杜小学管总务、教书，还分派在白杜小学戴帽的白杜农业中学教数学。换句话说，他要为两所学校服务。不久，大约在这年，即一九六六年十一二月，除了原有的工作外，胡声宇还被要求写标语。上面将标语发下来，他就把这些标语写在两所学校的墙上空白处，差不多两个月，中午或是黄昏漫上时，胡声宇都在写标语。

他在休息日回到宁波。王芳霞见他甚是倦怠，就问他怎么了。胡声宇摆摆手，示意王芳霞别再问下去，因为他看到女儿小杭坐在窗前正在看书。王芳霞就没再问什么。

晚上，他们将头顶的灯放下绳结，将灯放下，使灯距离桌面很近。胡声宇轻声地对王芳霞说，你去把那些珍贵的名人字、画等都拿来，不要保藏了。王芳霞问，怎么了？胡声宇告诉她，外面的形势不太好。她用尊重又疑惑的口吻问自己的丈夫，形势会那么严重？她再怎么睿智，也还是要多听听丈夫胡声宇的，她欣赏并钟爱着胡声宇。胡声宇说，烧掉吧。

胡声宇和王芳霞一起来到一叠樟木箱前，两人合力抬起一只只箱子，他们将藏有名人字、画的最底下一只箱子，抬到灯光下，灯光照亮了那些珍贵的字、画，两人将那些字、画取出，并一一烧掉。他们俩只留下一件珍贵的什物：结婚证。王芳霞在曾经的艰难岁月，为了珍藏和保护这张结婚证，吃了许多苦。苦难来临时，她怀里揣着的结婚证给了她无限的力量。

王芳霞越来越明白，不管多艰难，不管多孤独，胡声宇在，就一切皆好。爱，终究会消除孤独感。

在那些日子里，胡声宇还是上课、开会，别人议论，他沉默，不说话。他的脸容越来越肃穆。他尊重别人，也尊重自己，这是他的底线。他时常会想起他的父亲，父亲是个不苟言笑、公正贤明的人。张泰荣叔叔对父亲的评价中肯而直指要点。胡声宇想，做一个像父亲那样的人，足矣。

第十六章　拒绝被践踏尊严

　　王芳霞和胡声宇终于度过那两年艰难而悲苦的岁月。王芳霞以她的智慧、友善、热情，将那日子里原本可能出现的刺儿，一一拔掉。而胡声宇凭着他的隐忍、肯干和谨言慎行，度过了那些不堪的日子。

　　未来，终归是未来，他们推测不了，也无法去校正日子的方向。一切大势像滔滔不绝的江水而来时，他们要么避，要么正面迎接。

　　一切悄然发生的事，隐隐地含在事件中。小女儿胡小杭读完初一，正准备读初二时，外面的形势变化太大，学校停课了，而另一面的敲锣打鼓的场景出现了，知识青年上山下乡的热潮仿佛潮水般涌动着。街道对他们说，他们的女儿胡小杭要下乡去。

　　女儿胡小杭面临选择：去黑龙江，每月有三十二元工资；不去黑龙江，则要么去鄞县集士港，要么去象山，去这两个地方没有工资拿。胡小杭倒是愿意去黑龙江，一是去那儿的人多，去遥远的北方，有一种新鲜与神秘感，这些感觉强烈地吸引着这个年仅十七岁的少女；二是还有工资。她不喜欢宁波乡下这两个地方，她似乎厌倦了。

王芳霞忖了一夜。她其实打心眼里舍不得小杭走那么远，那真是千里迢迢。其实，又何止千里。她心疼自己的女儿，大的女儿桐囡，也是为了这个家能安稳才下乡去了宁海林场，虽近，却同样隔山隔水，去一趟太不易，而且，桐囡那时也是十七岁就离开了她和胡声宇。

王芳霞等天亮，吃过早饭就找来一本中国地图，她迅速地翻开黑龙江省地图，她认真地比画着小杭要去的那个地方，那个叫作集贤县的地方，在佳木斯市的正东边，距离佳木斯不远，交通发达，农场是国有农场。她心里同意了女儿小杭的想法。

王芳霞把女儿小杭叫过来，妈考虑了一夜，你还是去黑龙江好些，那儿是家国有农场，妈昨天仔细看了地图，农场所在的集贤县离佳木斯市不远，交通比较发达，还有工资，眼下有没有工资，对你、对我们这个家来说，都很重要。等你爸回来再听听你爸的意见。

胡小杭说，好。

胡声宇从白杜回到宁波，王芳霞就把女儿小杭要去黑龙江农场的事和他说了，并且告诉他，小杭不愿待在宁波本地的乡下。胡声宇思忖了一会儿，极赞成王芳霞的想法，你考虑得很周到。在本地，有时更难处理好各种关系。

胡小杭赴黑龙江前，王芳霞用嫁过来的皮袍子，改成派克大衣送给她。母亲又让二哥给小杭打了一只柜子，柜子用来装发下来的军大衣和军棉裤。这一切，都将随列车带去黑龙江。

　　一九六九年的夏天，六月十三日，十七岁尚不到的胡小杭与其他知青一起，登上了北去的列车。王芳霞看着火车渐行渐远，最后消失在她的视线中。

　　她们都不知道中国又在悄然地发生着变化。这些变化在许多个时日后，又会将她们母女俩的命运联在一起。

　　他们的女儿小杭兴高采烈地、懵里懵懂地来到黑龙江集贤县，又很快到了一个叫笔架山的农场。农场的居所为四间瓦房，女的住一间，瓦房间里炕床是一排的，胡小杭挑了里面最靠墙的一张炕床。炕床是七十五厘米宽，或者说，她们每个人所居的宽度为七十五厘米。胡小杭挑最里面的铺位，是因为那张炕床有一面是墙，这会使她自在些。

　　一个十七岁的女孩，起先对这个时空有着强烈的新鲜感。她和大家一起，荷锄出去，站在地垄上，支着锄柄，一眼望去，无所尽头，天地一色，中间无遮无拦。他们一起挥锄垦地，有时嘻嘻哈哈，俨然自己就是这片黑土地的主宰者。胡小杭觉得这种生活迥然不同于以往的生活。他们垦地、种地。后来，胡小杭又分派到蔬果班，她背着一只长长的柳条筐，去蔬果地里干活。

　　劳动终归是件累人的活，像胡小杭这样从城市去的年轻又有知识的人，在与土地和劳作工具长久地打交道时，另一种情绪会逐渐替代原先的新鲜感，这种情绪就是厌与怠。

　　来到黑龙江后的首个春节即将来临，胡小杭想家的念头越来越浓。腊月初，她写信给母亲王芳霞，她要回宁波过年，她想念母亲，字里行间都充满着想家和撒娇味。信寄出后，胡小杭每天都在翘盼着妈妈的回信。大约过了十天，胡小杭终于收到了母亲王芳霞的信。她迫不及待地打开信，看完信，胡小杭高兴得要跳起来了，妈妈不仅同意她回家过年，还给她寄来了盘缠。王芳霞之所以这样，是她也太想念女儿了，这个从未离开过她的女儿，一离开就去了千里迢迢的北方。女儿的信也勾起了王芳霞对这个远在北大荒的女儿的无限思念。这个女儿上学后，从少年先锋队中队长做到大队长，学习成绩也一直名列前茅，年年评上三好学生，家里的墙上都贴满了她的奖状。这么一个品学兼优的孩子，如果能一直读书，她定能考上大学，能像她的父亲一样当个人民教师。但现实打乱了她原本可以走的路，遽然地让她远去北方。现在，让这个尚不满十八岁的女儿在那儿独自过年，王芳霞也放不下那个心。

王芳霞在这个腊月，也一天一天盼着女儿小杭的到来。

在年关将迈着脚步踏进门槛时，去了黑龙江农场半年多的女儿小杭，也迈进了五十三号大院。这个除夕，胡声宇、王芳霞和胡小杭忙忙碌碌，王芳霞和胡声宇发觉眼前的这个女儿，确乎像是历练过的人了，她不再是原先的模样，而是打水、烧火、洗碗等，什么活都会干了。除夕、初一、初二……日子平凡，却弥漫着温煦的暖意。他们守在一起，聊黑龙江，聊她在的那个笔架山农场。

外面是寒冷的，北风呼啸着掠过湖面而来，但炭盆里炭火的余温还在。

许是家里的舒适，让女儿小杭抗拒着北上。年过好，胡小杭待了三个礼拜还没有动身的迹象。王芳霞提醒并催促她，要收拾好行李与自己的心情，准备去黑龙江。胡小杭仍未有动身的声响。王芳霞再催促。胡小杭不动。妈，没关系的，黑龙江那边太冷了，妈，真的不习惯，我再待些日子，等天气暖和点过去，好吗，妈？王芳霞沉默不语了，理智与情感仿佛两只钟摆在她心里摆荡着，她心软了，最终是母性占据了她全部的心。王芳霞上班出门时，还是被冷风吹得直打寒战，她想宁波都还没见暖，黑龙江更是寒气逼人。

胡小杭回到宁波待了两个多月后的四月，已是仲春了，春暖花开，万物争艳。王芳霞这次很严肃地叫这个撒娇的小女儿，无论如何要北上去黑龙江了。两天后，胡小杭收拾行李，再度北上。

日子，又仿佛平静了。

胡小杭去黑龙江了，胡声宇继续在白杜农业中学教着书，王芳霞早出暮归地上着班。

很快，王芳霞的工资被停发，她即使去上班，工资也没有。不仅如此，王芳霞很快影响到胡声宇，因为王芳霞，胡声宇的工资也被停发了。这个时候，旧历年又快到了。家里的一切，王芳霞对远在黑龙江集贤笔架山农场的女儿小杭守口如瓶。

一九七一年一月二十六日，除夕。又一个春节到了，胡小杭因为去年回家过年并且住了两个多月，来到黑龙江的第二个春节，她就不打算回宁波了。农场刚实行宁波知青一年一次探亲假，假期包括来回路上的时间共二十一天。胡小杭住的知青瓦房里，只剩下她一个人了，别的知青在除夕之前都陆陆续续地回家了，除夕的瓦房里，只有她孤零零的一个人，原来炕上并排躺着七八个女孩，累得哼哼唧唧的，总还有许多有趣的声息，如今，忽地一下，瓦房炕上死寂，一点声息也没有。她原来计划在这瓦房里度过一个别具一格的春节，但她突然害怕了，孤独感仿佛潮水般淹没了她。她一个人在瓦房里忙得手足无措，最后在黑龙江本地知青的帮助下度过了除夕。晚上，胡小杭躲在被窝里想哭，她想念远在南方宁波的妈妈、爸爸、哥哥、姐姐……

而这年的这个除夕，五十三号大院，王芳霞和胡声宇两个人过着，未守岁，他们俩相对无言，但一切都懂。

两地的年，都过得寂然。胡小杭是，王芳霞与胡声宇也是。

节后，王芳霞依旧上班，但她没想到这一天噩梦开始了。王芳霞走进工厂，被进驻到厂里的工作组的头儿叫住了。

王芳霞，来办公室一下。

王芳霞去了。在他们面前坦坦荡荡。

你还敢来上班?! 你这个大地主的女儿，你就是剥削人的人。

我一生没做过坏事。我十八岁嫁人，老公教书，我去剥削谁?! 王芳霞在他们面前义正词严地说。

你这个大地主的女儿，敢说没剥削过人? 还嘴硬。

我说过，我一生清白，从来没做过半点坏事，人在做，天在看。王芳霞厉声说道。

那个工作组头儿恼羞成怒。过来，你过来! 他手指着一个手下的人。你给我把她反手绑起来。我看她还嘴硬不嘴硬。

王芳霞被两个人将双手反过来，王芳霞呵斥他们，她本能地反抗着，她欲挣脱，然而，她怎么使劲地挣脱，都无济于事。她没有哭，她只是觉得天地昏暗。她没有停止挣脱，但越挣脱，手越疼得厉害。王芳霞出冷汗了，最后脸色惨白，已露出生命危险状。

或许，王芳霞惨白惨白的脸色让他们有些惧怕了。他们放了她。

一脸惨白的王芳霞回到家被胡声宇看到，胡声宇伤心地仰天长叹。胡声宇帮助王芳霞脱去外衣，让她好好休息，他去生火做饭。

王芳霞的手受伤了，手臂已无法抬举，她已不能上班了，她的手已不能划线打样了。王芳霞打了病假条，托人带去厂里。在家休息的时候，胡声宇悉心地照顾着，胡声宇打水、买菜、生火、做饭。几天后，胡声宇也要去白杜了。

你怎么办？一个人待在家没关系吧？胡声宇难过地问。

没事。你去吧。王芳霞看看胡声宇，他也五十一岁了，白发仿佛一夜之间爬上来了。

胡声宇无可奈何地走了。他不忍把还在受着双重折磨的妻子扔下，但他又有什么办法呢？

王芳霞看着胡声宇孤孤单单地远去，她反身回屋，同样是孤寂包围着她。

几天后，胡小杭突然回到家。原来，胡小杭所在的农场职工陆续回到瓦房，胡小杭再也熬不住，悄然回到宁波，她想念家中的父母、哥哥、姐姐。胡小杭踏进房门那一刹，王芳霞惊呆了，她没料到女儿回来了。

王芳霞稳住情绪，不露声色，照旧与小杭拉着家常，聊聊农场的事。

人生有时就是这样让人错愕。一个黄昏已褪去，暗色即将笼罩的时分，王芳霞厂里的女工胡亚芬，慌里慌张地跑到王芳霞家里，这个二十五六岁的年轻姐妹，上气不接下气。她站在王芳霞面前，不停地用手平复自己的心跳。

王阿姨，不得了，你赶紧走。胡亚芬一下班就一路跑到王芳霞家。

王芳霞见到惊恐的胡亚芬，也是大吃一惊。

王阿姨，你快点走，越快越好。明天，他们要叫你戴高帽子游街。他们已经扎好了高帽子了。我下班连家也没回，直接奔到你这儿的。

王芳霞仿佛一下子坠落到黑洞里。她不知说些什么，身体只是不停地颤抖。

王阿姨，我走了。老公催我回家。这个义气的年轻工友一边走，一边朝王芳霞挥手，王阿姨，我走了，你小心，不要告诉别人我来过，啊！

王芳霞对胡亚芬连连感谢。她望着胡亚芬消失在视线里，突然就眼前一黑，晕倒了，无边无际的悲愤和屈辱感一下子冲她而来，她担惊受怕的事还是发生了，而且还是在小女儿目睹下发生了。该怎么办?! 戴高帽子游街示众这种屈辱和人格尊严被无情践踏的事，她无论如何忍受不了，如果那样，活着还有什么尊严。在王芳霞所受到的传统教育里，人格的高贵、骨气的清正，等同于生命。她绝不能让这事发生。

夜深了，外面黑寂寂的。她拉亮灯，光明罩着她。

女儿小杭走到王芳霞身边，她知道了她的母亲即将受辱的事。妈，把大哥、二哥都叫来。

妈，这个时候还是走为上策。儿子胡孟人说。

妈能去哪儿呢？王芳霞痛不欲生地对孩子们说。

我哥说得对，走为上策。去哪儿都行。先避过风头，其他事我和哥顶着。胡孟宁怒目圆睁，他的牙齿咬得咯咯响。

妈，我和你去上海。女儿小杭说，去上海宝信叔叔和二婶那儿都可以。

行。小杭说得对，去上海。那么大的上海。胡孟人说。

一股巨大的暖流包裹着王芳霞。这三个孩子此时驱走了王芳霞身上的寒冷。她同意孩子们的建议，要去就去上海你们小婶婶那儿，宝信叔叔那里，人太多，易出事。

那我赶紧去火车站买明天一早的火车票。胡孟人说完，就像一支响箭般射了出去。

胡孟宁帮母亲一起收拾行装，这也许会是次羁居。他们收拾了两大行李袋，王芳霞对他们说，即便住小婶那儿，也尽量带足自己用的东西，不要麻烦人家。

火车票买到了。儿子孟人对母亲王芳霞说，妈，你先去上海。我和孟宁去交涉，你等我们的消息，如果没事，我们会拍电报给你，你回来，有事的话，就待在上海，不要回来。

王芳霞与女儿小杭整夜未眠。王芳霞对女儿胡小杭说，春节没在家过，这次好不容易回来一趟，农场刚有探亲假二十一天，你只住了一个礼拜，回黑龙江什么都来不及给你买，空手让你回去，妈妈实在很伤心。她们聊到半夜。胡小杭对母亲王芳霞说，我没事，妈，你的事最要紧。王芳霞说，家里还有一包红枣，你带到黑龙江去吧。女儿胡小杭说，送上海小外婆吧，我们也不能空手去。王芳霞抱了女儿小杭一下。

第二天一早她们俩就坐早班火车奔往上海。她们来到虹口区马厂路，找到王芳霞二婶竺菊香家，叩门，开门，竺菊香又惊又喜，她赶紧让王芳霞和胡小杭进屋。王芳霞的二婶，这个小杭要叫小外婆的人，是奉化箭岭下邻近村庄万竹村人，她是王宝贤、王宝信同父异母弟王宝珍的妻子。她也六十七岁了。胡小杭递上一些红枣，小外婆，我们来得太匆促了，什么也没有带，对不起外婆。竺菊香拉着小杭的手，都是自家人，不要客气，不要客气。

王芳霞将来上海避居之事的来龙去脉，一一告诉二婶竺菊香。二婶连连对王芳霞说，不要紧的，在这儿住多久都行。

王芳霞离开宁波后的第二天，她的儿子胡孟人和胡孟宁来到她所在的工厂。胡孟人本身是宁波一大工厂的工会领导，他对母亲王芳霞所在的工厂领导严肃地说，我的母亲是一个爱岗敬业的好工人，她一生以光明磊落、勤恳工作为荣。我母亲的手受伤了，她已无法工作了，等她好了，她会来厂上班。工作是她的权利。

两兄弟离开厂，厂里告诉他们，等他们的母亲手伤好了就来上班。

第二天，邮局一开门，胡孟人就进去，他给避居在上海的母亲王芳霞拍去一封电报，电报上五个字：已无事，可回。

王芳霞和女儿小杭在上海，尽管避居在亲人家，但内心依旧是忐忑不安的，二婶家里那口座钟的秒针，嘀嘀嗒嗒的声音都仿佛重锤在击打着她。她烦躁难静，心绪难宁，坐立不安。一小时，甚至一分钟，王芳霞都觉得是那么难挨。小杭陪着她来到上海南京东路，这是上海最繁华的地方，小杭希望这里的繁华景致能冲淡母亲不安的情绪。这些昔日曾来过两次的地方，王芳霞已无心看了，她仿佛是个木偶人，被女儿提着走而已。天黑尽，灯光华丽而炫目，黄浦江被照得幽亮，船只过处，像一块银被搅碎，有时，一片碎亮的光像块尖利的碎片朝她袭来。王芳霞在黄浦江边徘徊、踌躇，小杭陪着她，和她说着话。

又是一夜无眠，心神不宁。

一丝光亮射进窗棂。王芳霞便起床，洗漱完后，她去厨房与二婶一起忙着准备早点。她不想将这种人生的不安感带进这儿，她的二婶也快七十岁的人。王芳霞佯装无事地与二婶拉家常，说些老家的事，尽管她们年岁相差不小，但那片共同的家园、那些共有的记忆，将她们的话题黏在了一起。

一起吃过早饭，收拾完碗筷，刚要坐下来时，门铃响了，是邮递员送来了一封电报。王芳霞一听，就惊得从座位上立了起来，二婶，是我的，是孟人拍来的。

王芳霞接过电报，手激动得颤动着。二婶和小杭都围了上来。王芳霞展开一看：已无事，可回。

女儿小杭也喜泣着。这个二十岁不到的人，这几天感受到了世间的悲与喜、恶与善、丑与美。

王芳霞的二婶竺菊香，连连拍着王芳霞还捏着电报的手，我说过，不会有事的。

二婶，谢谢你，这几天麻烦你了。

阿芳，你说哪儿话。

王芳霞与女儿小杭在上海住了三天。二婶，我明天回宁波去。

不要这样子急，你好好住几天。改天，我陪你去看你爸和宝信、宝珍他们曾工作过的地方。

王芳霞很理解二婶提及父亲与二位叔叔，她是暗示她和王芳霞有着不一般的关系。二婶，没事了，我就要回宁波，我还要上班。

王芳霞接到儿子孟人的电报后，第二天就离开上海。她在这里避居了三天。

她离开后，女儿小杭也北上回到黑龙江农场。

第十七章　安详

王芳霞回到宁波。她有种涅槃重生的感觉。

胡声宇在王芳霞回来的这天也回来了。他一进门看到王芳霞，双眼饱含着温情与怜爱，这个让他牵肠挂肚的女人，受了太多生活的磨难。胡声宇对王芳霞说，回来了就好。

一个五十一岁，一个四十九岁。姻缘让他们走到一起，整整三十年了。

黄昏漫上来，他们生火做饭。日子里又升起袅袅炊烟。

你没事吧？

我没有。孟人、孟宁他们去了一趟学校，两个人事先也没和我打招呼。

你这人啊，我晓得你，跟你打招呼的话，你就会阻止他们去。他们怎么去，我不晓得，但我去上海时，告诉过孟人孟宁，你的工资已被扣发了。

胡声宇只顾吃饭，不再说什么。他是个能藏事且心思豁亮的人，对事物的揣度，他是比较准确的。王芳霞很清楚这点，也信服他。

第二天，胡声宇说去外面转转。他走出院门，就朝二中去，他和门卫打声招呼就进去了，他去了解学校的教室和礼堂。转了圈离开学校，去街上转了一下，就回了。王芳霞在洗菜，准备做饭，胡声宇一块走进厨房。下午三点左右，胡声宇离开宁波去白杜。

王芳霞睡了一个安稳觉。天一亮，她就起来，坐在梳妆台前，她正了正台上的铜脚的鹅蛋镜，这面由父亲王宝贤在上海买来的镜子，她用了三十年，父亲当时跟她说，这是市面上最时髦的梳妆镜，鹅蛋形的镜面恰到好处地映照出一个女子的妩媚。她将手上捏着的淡绿色的一片薄绸围在肩上，然后用银亮的银梳一下一下地梳着头发，将头发梳理得顺顺畅畅，然后将银梳上挂着的几根发丝捋下，扔进篓子里，缓缓地解下薄绸巾，又小心地将掉落在绸巾上的头屑轻轻抖落在篓子里。既然是生命的涅槃重生，她就更珍视每一天。

吃过早饭，王芳霞就去上班了。年轻的工友胡亚芬激动地拥抱着她。

日子开始安详了。

一年后的一九七二年，白杜小学变为白杜中心小学了。学校有十二个班，每个年级两个班，老师也比之前多了，共有十六位老师。胡声宇还是做总务主任，兼教语文或数学，有时还临时去讲常识，常识包含历史、地理等内容。胡声宇依然受众人尊敬，他低调、谦逊、宽怀，对谁都客气。老师们担心他压不住一些调皮捣蛋的学生。不久，这事还真的出现了。有次，胡声宇去讲数学，班上一个叫陈善德的学生就从凳子上跳到桌子上，随即又跳到讲台上。胡声宇耐心地教导他好好学习，不要扰乱课堂，这个班上最矮的学生根本不听胡声宇的话。事后，老师们都怪胡声宇太迁就学生了。他们告诉胡声宇，陈善德在他们讲课时吵闹无法无天的话，他们当即呵斥并拖将出去，几个回合，他就不敢调皮捣蛋了。胡声宇笑笑。胡老师，你别笑，你还会有苦头。老师们笑着对他说。

不久，真的发生一件事，这件事让老师们言中了。这个叫陈善德的孩子，不喜念书，文化课几乎门门不及格，老师都很烦。陈善德家住白杜，其父亲在宁波工作，陈善德也经常去宁波。有天，胡声宇从白杜乘船回宁波，在濠河头埠头下船后，就一路往前走。冷不丁一只手从后面搭在了他的肩上，并拍打着胡声宇的肩膀，"哈哈，胡老师。"胡声宇倒没有生气，只是叫住陈善德，和他聊宁波和他父亲的事。陈善德，你读书还是要好好读，知道吗？胡声宇温和地对他说。胡老师，你没生我的气啊？陈善德露出了孩子气的羞涩。老师没有啊。

陈善德快走几步，转身回头对胡声宇说，老师，对不起啊，刚才太不礼貌了。对不起老师。

胡声宇说，你快点去你爸那儿，不要让你爸爸担心。

走回家时，王芳霞已下班在家了。胡声宇放下一只简单的拎包，就与王芳霞一起忙晚饭。孩子都大了，像鸟大了飞离巢穴一样，他们都不在这个家了。晚饭时，灯光下只有胡声宇与王芳霞，他们相对坐着，胡声宇品哑着王芳霞温好的老酒，这次酒里有一个鸡蛋。胡声宇说，鸡蛋不用放，节俭点。王芳霞说，老酒温上鸡蛋对身体好，你身体要紧，你还得熬好几年。我明年可以退休了。胡声宇一边品着酒，一边端详着眼前的妻子，他的眼里突然放亮，仿佛某种令人期盼的东西终于可以握在手上似的。好，好，退休了，踏实了。

小杭要回宁波了。她正在想办法回。

快三年了吧？胡声宇说，似在自言自语，又像在问王芳霞。

三年。这孩子也吃了不少苦。

一九七二年元旦后，胡小杭就加紧了回宁波的行动。她的户口必须离开集贤县才可以回宁波。不久，她在友人的帮助下，将户口从农场调往依兰县农村，这样，户口才可以从依兰调往宁波奉化白杜。

白杜公社农机站急需一台变压器，如果胡小杭能弄到一台变压器，她就可以在农机站工作。这件事很难，但对胡小杭来说，还是件天大的好事，她终于可以从黑龙江依兰县调回奉化白杜。她之所以回白杜，就是等待以后能顺利接父亲胡声宇的班。

王芳霞把儿子胡孟人和胡孟宁叫到家里来，他们一起商量如何去解决一台变压器的事。胡孟人对王芳霞说，妈，变压器我去想办法看看。此时，胡孟人已为开关厂工会副主席，他的路子广一些。胡孟宁说，哥要是弄到变压器的话，运输的大卡车，到时候他去弄。

王芳霞很欣慰。她随后对女儿胡小杭说，这件事不要向任何人声张。王芳霞主要担心一声张就把事情弄砸了。

　　胡小杭从黑龙江农场寄回了一只箱子，在箱子还未到宁波前，她背了一只包回到了宁波。

　　对王芳霞来说，好消息是，她的两个儿子将白杜公社农机站需要的变压器办妥了。然而，胡小杭准备去上班时，农机站又不接收了。

　　胡小杭突然非常失落，她神情沮丧。王芳霞对眼前这个已二十岁的女儿说，你不要急，没工作，我和你爸可以养活你！

　　王芳霞仿佛给胡小杭打了一剂强心针，她脸上的愁容即刻云散。后来，胡小杭去了白杜公社元钉五金厂做车床工。但车床工是一个技术工种，她不会，厂里让她去宁波四新标准件厂学习车床工。一站到车床边，她就发怵，她心底里就不喜欢甚至有些讨厌这个工作，所以，学习时，她完全投入不进去。她学了一个月，还是跟没学一样。厂长对她还是不错的，让她今后也不用上班了，厂里有什么东西需要去宁波采购的话，让她去采购东西。胡小杭自己也明白，她迟早会离开五金厂。

　　一九七三年，王芳霞从镇明纸盒厂退休了。从一九五九年夏天起，王芳霞进入工厂，到她退休时，她在宁波干了十四年。退休那天，厂里给她开了一个热闹的欢送会，王芳霞笑中泛着泪花，过往的岁月，不管是欢快的，还是不堪的；不管是荣耀的，还是屈辱、心酸的，都彻底过去了。

　　王芳霞回到家。她坐在那面父亲给她的鹅蛋形的梳妆镜前，镜中的另一个自己告诉她：她五十岁了。

　　胡声宇回家了，他们的女儿胡小杭也回家了。

胡声宇对王芳霞说，这回，你可以彻彻底底休息了。

王芳霞笑了。她对胡声宇说，你还得几年。

我争取早点退休，这样，小杭可以早一些顶替我。胡声宇对王芳霞和胡小杭说。

王芳霞退休在家也没闲着，她料理好家务事后就会去参加居委会的活动，有时还做志愿者。女儿胡小杭在家与白杜那边的五金厂两头走，厂里需要在宁波采购什么东西，就让她去。

胡声宇还得干几年。他除了原有的工作外，还做些其他老师做不到或做不了的工作，比如让老师们来宁波听一些公开课。一九七三年后，教育工作开始被重视了，老师们敏感地感觉到形势在悄无声息中发生着变化。白杜的老师们也越来越重视自身的学习。但白杜为一偏僻之地，信息比之县城大桥等闭塞多了，老师们苦于没有去外面充实自己的机会。胡声宇知道了就默默不语地利用回宁波的机会，去打听公开课的信息。在所有的老师中，只有他有这个便利的条件。所以，胡声宇在很多时候回到宁波，也多半在家待不了多少时间，他经常去宁波几所有名的学校打听公开课的情况，他去得最多的是广济中心小学、四眼碶小学和江北中心小学。胡声宇觉得居于偏僻之地的老师，去宁波听一堂教学公开课，对提高老师的教学水平有极大的帮助。老师们从白杜坐船到宁波濠河头埠的船票均由学校报销，如果需要住宿，住宿费也由学校报销。老师们非常感激他。后来，胡声宇干脆主动去这几所学校打听公开课的安排情况。

一九七六年四月，清明节前，胡声宇决定带着高年级两个班的学生进行一次长途跋涉般的旅游。这年，胡声宇已五十五岁了，头发也白了。他自我感觉到这是职业生涯的最后一次长途春游。这次春游，他选定的一个重要目的地是鄞县樟村，那里有宁波市最大的革命烈士陵园，他希望孩子们去接受一次心灵的洗礼。这次长达七天的春游，由胡声宇打前站，所有的线路都由他规划。

四月一到，他们的春游就开始了。胡声宇打前站，四个老师带着两个六年级班的学生，孩子们个个背着一床薄被子和洗漱用品，他们打着一面红底白字的校旗，旗上"奉化县白杜学校"几个字格外醒目。近一百名学生站在迎风猎猎的校旗下，个个兴奋、激动、期待。孩子们背着行李，挤在一起，欢笑，跳跃，像一群林中的飞鸟。哨子声一响，孩子们排好队，又鸦雀无声，他们等待着出发的指令。

出发令一响，校旗高举在队伍的前头。春，天空湛蓝而又极富江南味，旗帜在行进中被风拂得哗啦啦响。一百多人迈着步，嗒嗒的声响从地面向上传来，队伍中还发出搪瓷杯碰撞的咣当咣当的声响，它们，使偏居一隅的声响充满着无限的、见所未见的情趣。

第一天，他们来到奉化第四小学。晚上居于小学教室。

第二天，他们步行到江口中学。晚上居于江口中学教室。

第三天，他们步行到鄞县鄞江中学。晚上居于鄞江中学教室。

第四天，这天正是清明节，他们步行到鄞县樟村中学。胡声宇和老师们带着学生来到樟村四明山革命烈士陵园，在高耸入云的革命烈士纪念碑前，献上挽联，挽联上写着：革命烈士永垂不朽。又向长眠在陵园的革命烈士敬献花圈。老师与一百来名学生，肃立在纪念碑前，默哀，鞠躬。

第五天、第六天，胡声宇和老师，带着一百来人的春游队伍来到宁波。许多孩子第一次来宁波，他们开心、快乐。这两天，他们游览了外滩、宁波火车站、月湖公园和儿童公园。晚上，他们又去游览灯光下的三江口。

第七天，他们返回白杜学校。

这次富有情趣的生动活泼的春游，后来成为许多学生最深刻的记忆。多年后，这些长大的孩子遇到他们的老师时，都说这次春游对他们太重要了。

胡声宇是辛苦的。他事先去与途经的学校一一落实孩子们的住宿。春游的这七天，他先开拔，一一做妥后等着同学们，与大家接头后，他又赶往下一站。在樟村和宁波，他和大家一起。累，但值。

两年后，胡声宇退休了。这年，胡声宇五十七岁。离开白杜时，他感慨万千，白杜这片奉邑的土地，接纳了他整整二十年，他生命中的壮年及暮年的时光，都在这片土地度过。他一步一步地离开白杜，灵魂一步一步地将他拽回。

胡声宇离开奉邑，他们的女儿胡小杭，仿佛带着他的衣钵又进入奉邑。胡小杭在一九七八年九月一日这一天，来到奉化舒家中心学校报到。校长将她分配到舒家中心学校属下的新鲍中学，这所中学有小学、初中和高中部，高中部仅有一个班，这个班正缺一名高中历史老师。

去的话，教高中历史，你行吗？

好。

胡小杭不假思索地回答。

好，那你去新鲍。

第二天，胡小杭带着行李，来到新鲍中学。这所位于奉化县城与江口之间的学校，风光倒是旖旎，在一小山坡上，坡不陡，它的后面就是绿油油的茶园。但胡小杭无心欣赏这些景致。她被领到自己的宿舍后，当天就再也没有走出房门。这天，胡小杭宿舍的灯光亮到了深夜十二点。她在备课。其实，她没有多少底气，她虽然平时喜欢历史，但并没有真正系统地学习过。当时，校领导征求她意见时，她之所以脱口而出，是因为她太看重教师这一职业了，她在父亲胡声宇那里感觉到教师的平凡与不平凡，她相信自己能教好。这一个晚上，她恶补了历史，又对第二天要讲的内容反反复复地看，备课做得扎扎实实。第二天，二十六岁的胡小杭登上讲台，滔滔不绝，声情并茂。让她意外的是，下课时，同学们报以掌声。

胡小杭就这样开始了她的教师生涯，只是后来因婚姻关系又戛然而止。

王芳霞退休十年，一九八三年春节过后的一天，她把几个儿女都叫到五十三号大院。这次被叫来的还有儿媳和女婿。八个人来到她跟前。王芳霞这年六十岁，六十是人生大寿了。王芳霞欣喜，她的丈夫胡声宇也健健康康，按古时说法，他们是椿萱并茂。人生得此境遇，就是幸福。她的孩子们都不太清楚她要做什么。他们都团簇在她周围，等待着她。

我有一桩心事未了，今天叫你们过来，就是去了却这个心事。我打算去舟山六横岛看看你们叶师母，小杭不太知道，那时你还小，孟人你们几个应该知道。我们住在奉化胡荻弄四十六号大院子里时，有一个叫叶志鹏的老师，我就是想去看看他的夫人。叶师母随她丈夫叶老师一起下放到原籍舟山六横岛。叶师母后来在六横岛卫生院做保洁员，工作出色，被评为先进工作者，一九六三年，她去杭州开省里的先进表彰大会，路过宁波，来看我。我们有聊不完的话。那时，其实是你妈心情苦闷的时候，但妈的苦闷不能让你们几个知道，所以你们看到的妈妈，脸上总是乐观、安静的样子。你妈在你们面前总是坚定、开朗的样子。叶师母来看我，我才是另一个人，那时，谈生活的艰难与希望，谈过往日子经历的苦难。在那个特别时候，叶师母来看我，我很感动，一直记在心里。叶师母也苦哇，她是评上先进了，才敢来看你妈。其实，还有一件事，妈没有与你们说起。你们不知道，我在做志愿者的时候，在帮助居委会管理我们这个片区的卫生时，有一天，那是炎热的夏天，大约中午时，太阳已走出了湖，我正准备回来做饭，你们知道我看见谁了？我看见张道文，他是谁，你们知道不？他就是奉化中学教导主任，是一个对生活极讲究的人，跟学生讲课时，总是一身阔挺的西装，打领带，戴金丝眼镜。可是那天，我见到他时，他拉着手拉车，戴着一顶草帽，草帽边缘的一条草带都烂掉垂下来了，他的脖上搭着一条旧毛巾，晒得一身黑，他弓背拉着车从共青路过，我觉得面熟，就立下来看他，果真是张道文。我大吃一惊，他告诉我，他被打成右派后，没有工作，家里很困难，他出来替人拉点货，挣几个钱。我们聊了好长时间，他说，家里实在困难，他的夫人原在单位做统计，就是因为困难，他的夫人自愿去做装卸工，一个弱女子扎在男人堆里，和男人一起扛货物，就是为了每个月能多拿一点钱。他说着说着就抹眼角的泪。他说，我对不起夫人啊，我们困难得连毛线衣都不敢洗。唉，不说了。你们还好吧？声宇还好吧？声宇也苦哇，从来不多说一句。不说了，我走了。我看着他弓着背，拉着手拉车吃力地爬桥。回到家，想着想着，我一个人趴在桌子上哭了。活着，太不容易了。

王芳霞说到这儿，眼泪又淌了下来。

不说了。我们去看叶老师，你们几个都要买礼品。

大家都带上礼品，在约好的日子，王芳霞与她的儿女和媳妇、女婿，共九个人，先乘汽车来到白峰码头，再摆船渡来到六横岛。这天，天气晴和，风清日正，但在船上，王芳霞还是一路呕吐，脸色蜡黄。他们九个人上岛，找到叶老师家，那是一幢新建好的屋子，叶师母与她大儿子和大儿媳招待了王芳霞他们。王芳霞与叶师母一见面，两人就抱头大哭。她们仿佛把二十年的思念的时光抱在了一起。王芳霞问：叶老师呢？他去年走了。叶师母抹干眼泪说。王芳霞又是一阵伤心，叶老师受苦又受委屈了。叶师母就又含泪，与王芳霞抱头哭了起来。

王芳霞在六横岛住了一晚。

返回宁波时，王芳霞对她的孩子们说，我看了，放心了。老年最怕无依无靠的凄凉。

王芳霞接着又说，我还有一个心愿要还。后来胡小杭听母亲说，她把当年上海王宝信叔叔给的二百二十元钱，并加上了多年的利息，写上王宝信叔叔的名字捐赠给了宁波慈善总会。终于了却了她多年的心愿。

王芳霞到了老年还是那么睿智、超凡脱俗。

胡家，一切如常，一切呈现安详的状态。日子，更像它本来的模样，平平凡凡却又实实在在。一家人聚在一起，谈天说地，灵魂渐渐飞升；劈柴、打水、生火、做饭，炊烟袅袅，说笑，打趣，烟火气在这个家蔓生。

王芳霞退休时的镇明纸盒厂，后来并到宁波通用机械厂，最后又合并到埃美柯阀门厂。埃美柯阀门厂是宁波的一家大厂，它的埃美柯品牌闻名海内外。这家厂每年春节都要慰问退休职工，除夕前几天，厂里还会请退休老职工去厂里吃年夜饭，看越剧，还给每位老人送一份春节礼物。这是王芳霞高兴的时刻，她感觉到尘世间的温暖，感受到了被尊重。回到家时，她的双眼总会发出异样的神采。

春节后，日子继续。日子依旧平平凡凡，却又实实在在。

王芳霞与胡声宇坐在客厅，王芳霞会沏上一壶茶，他们喝喝茶，守着日子。他们从未吵过嘴。晚上，王芳霞另外用紫砂壶泡上橘皮，喝橘皮茶，可以助眠。

日子渐渐老了起来。他们也老了。王芳霞打算与胡声宇去敬老院。这次，他们吵了，意见相左，胡声宇执拗得很，坚决不去，甚至大声嚷了起来。

好好好，不去就不去，嚷嚷什么呢？人老了，不见爱了。王芳霞半笑半揶揄地说。

从此，他们守着日子，与日子一起变老。

后 记

这部非虚构文学作品,在二〇二三年中秋、国庆双节来临前一周写完了。现在,我又仿佛避世般来到诸暨斯宅的爱吾庐民宿,写这个后记。我与这家民宿似乎有着某种宿命般的情缘,我喜欢这里的清古、幽丽与雅致,喜欢檐下那一溜悬垂的红灯笼,喜欢这儿弥漫着的一切旧时光气息。它们,让我从喧嚣的尘世中,返回。五年前的这个时节,我在这儿安妥了五天四晚,在这儿,再一次安静地读着梯利的《西方哲学史》,读着黑格尔的《美学》;更早些时候,与一批友人,在这儿度过两夜,把酒言欢,白天,一窗青翠扑窗而来,倚垂帘凝视,心中直是感叹:山翠扑帘,卷不起青葱一片;月色漫上,在富于诗意的一盏青灯下,共谈人世与慰藉灵魂的写作。在这儿,灵感似乎比其他空间活跃得多。

《江南旧事:父母爱情故事》的创作,最早开始于二〇二二年的夏天。我依稀记得,我远游在外,多年的友人陈荣军先生打电话给我,希望我接受这个写作任务。他的电话,让我无法拒绝，于是，我和胡小杭、陈荣军等在外滩见面。这部非虚构文学作品，要写的就是胡小杭父母的爱情故事，她为她父母一生相濡以沫感动不已，她说她父母的一生，于今，是一种财富。之后，我差不多有五个月时间没有与胡小杭联系，因为，我搜索了很长时间，都没有找到让我兴奋、感动，并为之可以动笔的扎实材料。我的写作一定要始于自己凝视历史后的感动，这种感动倘若没有出现，我就会放弃。所幸的是，我不久读到了一百二十万字的材料，我在这浩如烟海的材料中，梳理出了许多关于胡小杭爷爷以及她外公的有价值的信息。我埋首于这些材料中，整整三个月。之后，我兴奋地告诉胡小杭，我可以动笔了。

其实，我说可以动笔了，隐含的意思是，这部非虚构长篇作品可以写。但如何写，是另一回事。我静坐书斋，不摸任何一本书，脑子里只是想怎样去写作这部书，要呈现怎样的丰富内涵，要用什么样的叙事视角、节奏、语言，去表达这些丰富的内容。渐渐地，一个人物出现了，这就是胡小杭的母亲王芳霞。在长达近百年的历史时光中，王芳霞几乎是一个可以勾连起百年时光的人与事的最重要人物。我立即锁定这个人物，将她的视角作为这部非虚构长篇的叙事视角，这个构思让我兴奋了好几天，后来写作的全部过程都证实了这一叙事视角的可靠性与艺术性。这一叙事视角，使得百年甚至千年的历史叙事，呈现出摇曳生姿的美感，避免了冗长的沉闷感。此外，更为可贵的，一是深切父母之爱的主题，二是大为深化、拓展了主人公王芳霞对爱的追求与深邃表达，厚重地呈现了王芳霞的心灵世界，她的爱不是肤浅的单纯的男欢女爱，而是基于对仁与义、良与善的价值认同的爱，她觉得只有将这些作为爱的坚实基石，爱，才会是坚贞不屈的，才会在任何处境下开出绚丽夺目的花。

这部非虚构长篇作品写完后，我校对了一遍又一遍，每一次重读，都会落泪，为作品中人物的际遇、人性的美落泪。

现在，这部作品呈现在大家面前。作为一个写作者，我希望每一个读者，打开这部非虚构作品，就打开了看一道生活的大门，看到岁月深处原本的模样，看到人性的美、善，看到坚韧、智慧的伟大光芒。这一切，都将给予我们别样的生命体悟。

樵　夫

于二〇二三年十月